Divina

Divina

Françoise Mallet-Joris

Traducción de Elena Cano
e Íñigo Sánchez-Paños

ALFAGUARA LITERATURAS

Título original: Divine

Juan Bravo, 38. 28006 Madrid
Teléfono (91) 578 31 59
Telefax (91) 578 32 20

ISBN:84-204-2692-X
Depósito legal: M. 10.173-1992
Diseño:
Proyecto de Enric Satué

ALFAGUARA

Una editorial del **GRUPO SANTILLANA** que edita
en España, Argentina, Colombia, Chile, EE.UU.,
México, Perú, Portugal, Puerto Rico y Venezuela.

A mi sobrina Françoise, que también es mi amiga.

Siempre me sucede algo interesante —se dijo Alicia— cuando como o cuando bebo.

Alicia en el país de las maravillas

El alma no se encuentra ebria con lo que ha bebido, sino muy ebria, y más que ebria, con lo que no ha bebido y jamás beberá.

Hadewyck d'Anvers
El espejo de las almas

1.

Envuelta en el chal grande de lana que le sirve de bata, con el pelo negro, fuerte, cayéndole hasta la cintura, Jeanne sale al descansillo. Frente a ella, las tres puertas de corredera de los tres ascensores que existen en la torre. A su izquierda, el piso de los Larivière. A su derecha, el de «Louis Adrien, agrimensor», según reza una plaquita de cobre. En una esquina, una puerta cortafuegos por la que se accede a la escalera. Jeanne se dirige resueltamente hacia aquella puerta, la abre, le echa una ojeada perpleja a la escalera, bastante ancha, cuidadosamente cubierta con una alfombra lisa, y que parece bajar hasta el infinito. ¿Cuántos escalones habrá por piso? Para saberlo, no queda más remedio que pasar por la experiencia. Seguramente, nadie en la torre lo ha intentado nunca. Y a estas horas de la mañana, Jeanne no corre el peligro de encontrarse con mucha gente. Resueltamente, envolviéndose mejor en el chal, baja un piso. Diez, quince, veintitrés escalones. Eso es. Vuelve a subir, con bastante agilidad a pesar de los kilos. Veintitrés multiplicado por treinta y uno son...

Justo cuando va a entrar en su casa, el señor Adrien sale al descansillo.

—¡Ah, amiga Grandier! ¡Ha visto!

—¡Pues sí! Los ascensores.

En los descansillos, las ventanas se reducen a un par de troneras. A pesar de ello, el señor

Adrien intenta echarle una ojeada al «patio ajardinado», que es la gloria del inmueble.

—Seguro que todavía siguen ahí. ¡Y eso que la policía está a punto de llegar!

—Es que no tienen miedo —admite Jeanne.

Le está entrando un poco de risa.

—Acabo de llamar al gerente. Un vecino del bajo ya le había avisado. Se trata de los mismos que destrozaron el patio, hace un mes.

—Creía que los habían detenido —dice Jeanne.

Tiene la mano en el pomo de la puerta, le gustaría entrar, pero al señor Adrien le encanta charlar y es suspicaz.

—Detuvieron a dos o tres, y por eso los demás han querido vengarse. ¡Son *cabezas rapadas*!

—¡Ah! ¿Sí?

—Espere... Tiene que haber algún medio... Voy a traer unos prismáticos de teatro.

Se mete precipitadamente en su casa. Jeanne empieza a tener frío. Y, aunque no es en absoluto convencional, con el camisón de franela que lleva puesto, mal disimulado por el chal, y el pelo revuelto, se encuentra un poco incómoda delante del señor Adrien, que está hecho un dije a pesar de lo temprano que es. Ya está aquí otra vez, bajito, delgado, atizado por una indignación permanente. Se arrima al estrecho ventanuco. Y, con la lente de los prismáticos pegada al grueso cristal, dice:

—No veo casi nada. Me parece que ha llegado la policía y que se están pegando —dice con satisfacción—. Pero lo que es la reparación... Eso va a ser harina de otro costal. Vamos a tardar en poder bajar.

—¡Habrá que ponerse a ello! —dice Jeanne.

Y abre la puerta.

—¡No se lo aconsejo!

—¿Por qué? —pregunta sorprendida, ya en la entrada de su casa.

—Pues... Pues... ¡porque estamos muy alto! ¡Se va a poder conceder usted un día de vacaciones!

—Por qué no —dice por educación.

Y cierra la puerta. ¡Un día de vacaciones! ¡Como si ella fuera de esas que necesitan descanso! Odia por un momento al señor Adrien, con esa pinta que tiene de gallo pequeño y sus indignaciones virtuosas. Después, lo olvida. Debe darse prisa, tiene una clase a las nueve, y aún no ha empezado a asearse. Se mete en la estrechez de su cuarto de baño, a la derecha según se entra. El dormitorio está a la izquierda, con la puerta abierta, y por un momento se pregunta si el señor Adrien no habrá visto la cama deshecha, los montones de libros por el suelo y, encima de una silla Luis XV un tanto raída que le ha dado su madre, la bandeja del desayuno. Se lava, tal vez un poco apresuradamente, se peina ese pelo tan espeso en el que con frecuencia se le parte el peine, y va a enfundarse el vestido saco, modelo único del que posee varios ejemplares, cuando suena el timbre agresivo del teléfono. Évelyne.

—¿Jeanne?

—¿Quién quieres que sea? ¿Qué pasa?

—Pues... Pues... Yo creo que eres tú quien me lo tiene que decir... Me ha telefoneado tu vecino.

Jeanne no sale de su asombro.

—¿El señor Adrien?

—Pues sí. Nos vimos una vez en casa de Pierquin; ya sabes que se conocen...

—¡Ya lo creo que lo sé! —Jeanne se echa a reír—. ¡Rose quería que me casara con él! ¿Tú te das cuenta? ¡Un solterito rancio! A mí me recuerda a un champiñón deshidratado. Pero ¿por qué te ha llamado tan temprano?

—¡Pero, Jeanne, por favor! ¡Para advertirme de que unos gamberros os han dejado fuera de servicio los ascensores!

—¿Lo ves? ¡Qué cotilla!

—Eres injusta. Es un chico la mar de amable. O sea, quería decirme que daba la impresión de que no te dabas cuenta... O sea, ¡no pretenderás venir al colegio!

—¿Por qué no? ¡Ah! ¡La escalera! Pero es que yo no soy lo que se dice una debilucha, ¿sabes?

—Precisamente por eso. Perdona que te lo diga, pero...

Se concede un breve silencio cargado con los ochenta y cinco kilos de Jeanne.

—Siempre te lo tomas todo por lo trágico —dice Jeanne, molesta—. ¡No está tan alto!

—¡No está tan alto! ¿Sabes por lo menos cuántos escalones...?

—Los he contado: ¡veintitrés!

—Veintitrés por piso, supongo. ¡Y tú vives en el treinta y uno!

—¿Y? —dice Jeanne, desafiante.

—Treinta y uno por veintitrés son...

—Setecientos trece.

Jeanne siempre ha sido buena calculando mentalmente.

—¡Y te crees que vas a poder bajar y volver a subir setecientos escalones...!

—Corriendo no, claro. Ni de una tirada. Pero parándome de vez en cuando...

—¡Es una estupidez, querida! Con el peso que tienes... El corazón... Con todo lo que fumas no tienes el fuelle que... ¡Y, además, *nunca* haces ejercicio! Si vinieras conmigo a hacer un poco de gimnasia suave... O sea, te lo pido por favor: ¡no lo intentes! Voy a avisar a Élisabeth, lo comprenderá; y Jean-Marie no tiene nada a primera hora, seguro que se hace cargo de tu clase sin problemas. Era anatomía, ¿no? Sí, y a mediodía, en el caso de que no hayan terminado la reparación, te mando a un alumno con un tentempié... O, si quieres, voy yo misma...

—¿Porque a ti setecientos escalones no te dan miedo? —dice Jeanne enfadada.

—¡Claro que sí, mujer! —protesta Évelyne, con bastante torpeza—. Pero es que no puedes comparar... Ni siquiera sé si voy a llegar... ¡Pero alguien tiene que hacerlo! Te aseguro que sería peligroso...

Évelyne parece sinceramente preocupada. Es la mejor amiga de Jeanne desde que tenían doce años.

—¡Eres un cielo! Y yo soy una pobre desgraciada. Pero seguro que no van a tardar mucho. Los coches de la policía llegaron hace media hora.

—Con eso no se arreglan los ascensores.

—Evidente.

—¿Han sido los tres ascensores?

—Si no hubieran destrozado más que uno no habría resultado divertido.

—¡Tienes unas cosas! Ya sé que no te gusta quejarte. Pero hazlo por mí, no te muevas. Yo me encargo de todo. Aviso en el colegio, le vuelvo a telefonear al gerente, te mando tus comidas sea como sea...

Jeanne empieza a sentirse un poco deprimida.

—Pero, ¡por favor, Viví, que no soy una inválida! ¡No padezco del corazón!

—¿Y tú qué sabes? ¡Siempre te niegas a ir al médico! Desde luego, no podía preverse, pero, cuando te fuiste a vivir a esa torre, tenía que haberte advertido que no era prudente.

—¿Te pensabas que se iba a derrumbar?

—¡De qué mal humor estás, Jeanne! —suspira Évelyne. (Suspira mucho, es una de sus características.)

—Es verdad, soy injusta. ¡Con lo amable que eres! Pero es que siempre estás advirtiendo de cosas desagradables. Si me hubiera ido a vivir a las catacumbas, también habrías dicho que no era prudente.

—¡Naturalmente! Porque nunca haces nada como todo el mundo. Entre las catacumbas y el piso treinta y uno, hay sitio para una vivienda *normal*! ¡Qué se le va a hacer! ¡Es muy propio de ti! Cuando teníamos doce años... ¡Anda! ¡Las ocho y media pasadas! Me voy. Luego te llamo. Jean-Marie se ocupará de dar tu clase. ¿Qué era, que no me acuerdo?

—...

—¡Dalo por hecho! No te preocupes por nada. Me voy corriendo. Luego te llamo. Y...

Jeanne cuelga. Dulce, servicial, adorable, exasperante Évelyne. Bonita, desdichada, quejosa, incansable Évelyne, víctima de sus maridos sucesivos, de sus niños insoportables, siempre dispuesta a cargar con el trabajo atrasado de un compañero, con las horas de guardia que nadie quiere hacer... Siempre extenuada, complaciente, propensa al catarro de nariz, a la angina benigna, a la retahíla de pequeñas dolencias que no justifican la baja por enfermedad y, sencillamente, le hacen la vida un poco más pesada...

«¡Y yo me pongo furiosa, cuando sólo está pensando en echarme una mano!»

Suena un portazo en el descansillo. ¡El señor Adrien! «¡Voy a decirle yo cuatro cositas a ése!» Jeanne sale rápidamente. Demasiado tarde. Adrien está ya en la escalera, ha empezado a bajar, con la cartera en la mano. Se vuelve y grita, como si estuviera ya muy abajo, muy lejos:

—¡Adiós! ¡No se preocupe! ¡Aproveche para descansar!

«Pero ¿por qué se han empeñado todos en que descanse?»

Jeanne vuelve a meterse en su casa, malhumorada de nuevo, y como desorientada por no tener nada que hacer a esas horas de la mañana. ¿Y si por una vez siguiera el consejo de Évelyne? No es más que un pretexto, claro, una coartada. Podría perfectamente bajar. Pero un día libre siempre viene bien, ¿no? Hace mucho que está deseando tener un día tranquilo para poner un poco de orden en el cuarto de estar, lleno por todas partes de libros que todavía no ha sacado de las cajas (¡y hace casi un año que se mudó!), de fotos que tiene que seleccionar y pegar, de dibujos de niños con los que tiene el proyecto de montar una exposición en el gimnasio. Poner orden, sí. Pero nunca ha sido lo que se dice una amante del orden, y esos montones repletos aún de posibilidades la reconfortan en el fondo, lo mismo que las sábanas guardadas en el armario o las provisiones en el frigorífico. Por cierto, el frigorífico seguramente estará vacío, puesto que es viernes y el viernes por la tarde, aprovechando que cierran el colegio a las cinco, es cuando Jeanne va a hacer sus compras. Pero de aquí a esta tarde...

Un día tranquilo para leer un libro que no tenga nada que ver con sus clases, para forrar de plástico transparente los de la biblioteca que tendría que haber devuelto hace quince días, que, por otra parte y con todo lo que se ha propuesto hacer, no tiene tiempo de leer, y que sólo saca por esa especie de glotonería intelectual que hace que no pueda ver un libro recién llegado sin cogerlo, olerlo, llevárselo jurando que lo trae al día siguiente, pero que luego no se decide a devolver, como si se tratara de un niño con el que se hubiera encariñado...

Un día tranquilo para contestar a las cartas atrasadas, a los amigos que están lejos y en los que piensa a diario sin encontrar el momento para escribirles una postal. Para clasificar las plantas secas que va guardando, aplanadas, entre periódicos atrasados, para un herbario que no termina de ver la luz y que le serviría para sus clases de botánica. Para pasar a limpio las notas que, sin ningún orden, ha ido tomando sobre escritores del siglo XVI, notas que le tiene prometidas a Didier desde hace varias semanas; pero que, por no haberlas plasmado en fichas en el mismo momento, están ahora desperdigadas en diversas libretas, garabateadas en sobres viejos, en facturas que tenía en el bolso cuando una idea se le vino a la cabeza, o una reminiscencia, e incluso, a veces, indicaba una referencia en la última hoja de un libro que iba leyendo en el autobús y, a la vuelta, dejaba el libro tirado entre todos los que alfombran el cuarto de estar... ¡Cualquiera sabe ahora dónde está cada cosa!

Después de la minúscula entrada (flanqueada a izquierda y derecha por la habitación y el cuarto de baño), el cuarto de estar es una habitación amplia, clara, con una cristalera que da al patio ajardinado. Al fondo, a la derecha de esa habitación grande y muy llena de cosas, la cocina, que también da al patio y tiene igualmente un balcón de hierro forjado bastante feo, donde languidecen unas begonias blancas que Jeanne plantó amorosamente con sus propias manos torpes, pero que se olvida sistemáticamente de regar, para darse cuenta de pronto de que se están muriendo y rematarlas, ahogándolas en demasiada agua. Compadeciéndose de tanta incompetencia, su amiga Évelyne le manda de vez en cuando, con alguno de sus hijos, otras compradas en el mercado de Juana de Arco y que correrán la misma suerte. Évelyne dice a veces, en sus raros momentos joviales, que el afecto que Jeanne le tiene, y que está fuera de toda duda, es del «tipo begonia», que está hecho con sucesiones de efusión, de entrega, de interminables conversaciones, de atenciones delicadas y de olvidos inexplicables, de bruscos y breves incomodos, de tempestades y de súbitos arrepentimientos. «¡Me gustan tanto las begonias blancas!», dice Jeanne, sincera y afligida; y también dice: «Pero es que ¡quiero tanto a Évelyne!», cuando ésta se cansa por una temporada de tantos cambios climáticos.

Rara vez se da cuenta Jeanne del cansancio que impone a quienes la rodean. Los adora, ¿no? ¿No basta con eso? Quizá con eso basta. En todo caso, le basta a ella, que, aunque vive sola, tiene la sensación de rodearse de seres interesantes y complejos que le entregan su afecto.

Hoy, sin embargo, ha sentido una molestia que no ha podido expresar y que la oprime. De pie en medio de la divertida leonera de la habitación, frunce sus bien dibujadas cejas a la vez que, sin prestar atención a lo que está haciendo, se desbarata el moño elaborado con trabajo, y por mucho que piensa que «ha estado bien» —expresión heredada de su abuela Ludivina—, es decir que, excepcionalmente, ha sabido contenerse, no deja de estar de mal humor, fenómeno tan raro en ella como frecuentes son los breves ataques de cólera en los que se complace.

«¡Descansa!» «¡Descanse!» ¿Es que parece que está cansada? ¿Enferma? ¿Que es desgraciada? «¡Y se telefonean a mis espaldas! ¡Y me quieren impedir que baje!» La ha sorprendido tanto aquella ofensiva de su seco y diminuto vecino, de la quejosa y dulce Évelyne, que, como quien dice, se ha dejado convencer. Seguramente el vecino ha llamado a Évelyne y Évelyne ha llamado al colegio, antes de que a ella le haya dado tiempo siquiera a rechistar. ¡Y total por setecientos trece escalones! «¡Bueno, no voy a convertir todo este asunto en un drama! Estábamos diciendo: un día libre para...»

¿Es posible que su mal humor se deba precisamente a la cantidad de cosas que tiene ganas de hacer? En ocasiones, es víctima de esa bulimia infantil que siente frente a la vida, que lo quiere todo, y todo a la vez, igual que se queda a veces ante la carta de un restaurante, paralizada por la abundancia que se le ofrece, accesible, y entre la que sin embargo tendrá que elegir... Sí. Pero, en definitiva, aquella mañana libre, llena de posibilidades, se la han impuesto. Ésa es la razón de su mal humor. «¡Se han aprovechado del efecto sorpresa!» Y ahora es demasiado tarde para reaccionar.

¿Y si intentara sacarle partido a aquel descanso forzado? Con mano distraída se pone a rebuscar en una caja de libros de segunda mano comprados en bloque y con los que se había prometido sorpresas deliciosas, y da con un jersey azul cerámica empezado durante las vacaciones de Navidad. ¿Y si lo siguiera? Hacer punto tranquiliza. Por lo menos, eso dicen. Pero Jeanne lo hace mal, demasiado deprisa, distraídamente. Se equivoca y siempre se niega a deshacer lo que tiene empezado. «¡Esto es artesanía!», dice cuando Évelyne le hace ver desigualdades hacen daño a la vista. Y además se le ha perdido el modelo... Y además ya no se acuerda de dónde ha guardado la espalda de aquel jersey empezado... Y además entre las fiestas de fin de año (subrayadas con algunos excesos) y Semana Santa, que le ha dado la impresión de que caía ocho días más tarde, a lo mejor ha cogido un poquitín de peso, con lo que la talla del jersey...

¡Bueno, qué más da! De todas formas, nunca lo habría terminado. «Yo no estoy hecha para trabajos de señoras.» ¡Ni para ese «pequeño régimen» que, precisamente durante aquel tiempo, sus amigos le habían aconsejado con tanta insistencia! Nada hecha para los regímenes, las restricciones, las molestias que se impone uno a sí mismo. Eso está bien para Évelyne, ¡que se siente culpable cuando hace el amor con su propio marido! Y, sin embargo, han intentado bastante influir en ella: su amiga Évelyne, su amiga Manon, las alusiones del doctor Pierquin, las burlas de los alumnos, la directora, la señora Mermont, que (sin muchas esperanzas) declara, mirando de reojo, que la enseñanza es, también, un oficio público. «¡Yo no soy una azafata!», replica Jeanne, que no es de las que dejan pasar sin recoger ese tipo de ataques indirectos. ¡Ella es como es! ¡Y hace bien su trabajo! ¡Élisabeth no es quién para darle consejos sobre qué sombrero elegir! Si ha conseguido imponer su personalidad, sus clases que a menudo van más allá del programa, sus horarios fantasiosos, ¿por qué no su peso? ¿Qué es lo que semejante cosa puede molestar?

Y sin embargo, a algunos les debe de molestar. A Évelyne, que, a propósito de algo que tenía que hacer, le decía un día: «Tú que tienes peso en el consejo de administración...», y se ponía luego coloradísima. Jeanne se echó a reír: «¡Qué equívoca es esa expresión, eh! El ideal de la mayoría de las mujeres, en definitiva, es perder peso físicamente y ganarlo en sentido figurado. ¡Venga! ¡No te pongas así! Ya sé que tengo eso que tú llamas púdicamente un problema de peso... O ni siquiera. No tengo un problema de peso: estoy gorda, e incluso demasiado gorda. ¡Para mí es un derecho fundamental!» No volvieron a hablar de ello. Pero hasta en aquel ataque frontal tuvo Jeanne la impresión de haber cedido un poco de terreno. Porque, al fin y al cabo, demasiado gorda ¿para quién? ¿Por qué? Se encuentra perfectamente, como el Pont-Neuf. Nunca piensa en su cuerpo, o casi nunca. Hoy sí piensa en él. Por culpa de la solicitud de todos esos imbéciles. Desde luego, no es ningún plato de gusto, pero podría perfectamente... setecientos trece escalones... Con tiempo... La han condenado sin pararse un poco a analizar. ¡Es injusto!

De todos modos, no hay por qué hacerse mala sangre. Una hora de clase perdida no es ninguna cosa del otro mundo. Los de la reparación van a llegar de un momento a otro, seguramente ya han llegado. Esta tarde irá a dar su clase de las tres, su clase de las cuatro (un grupo difícil pero interesante) y, después, a hacer las compras de la semana, como todos los viernes.

Se pasa la mañana poniendo libros en orden. Algunos se los trajo cuando la mudanza, otros no fue capaz de dejar de comprarlos en una venta que se organizó en el colegio, aunque no tenga mucho sitio donde ponerlos. ¿En el cuarto de baño? Echando una ojeada por aquí, entresacando una página, un párrafo por allá, Jeanne se mete en lo suyo y se olvida de sus humores hasta que dan las doce de la mañana.

Llaman. Seguro que son los que han venido a reparar los ascensores, que pasan a informar de que ya están funcionando. ¿Tengo algo suelto para darles? Es un chico de sexto B, una clase de la que se ocupa Évelyne.

—La señorita Berthelot me ha mandado a que le traiga la comida. ¡Está alto, eh!

Se ríe. Le tiende una bolsa de plástico. Pescado congelado. Es decir: lo que más odia... «Esto me pasa por ser educada: probablemente tomé algún día pescado en su casa y dije que no estaba malo. ¡Me está bien empleado!»

—¡Pero un montón de alto! —repite el chico, no sin intención.

Es rubio, paliducho. Listo. ¿Se está burlando de ella? ¡Ah, no! Le alarga la mano con una malicia graciosa.

—¡Toma!

—Diez francos... por treinta pisos...

—Treinta y uno.

—¿Y la bajada? ¿No la cuenta?

—Es menos duro —dice Jeanne riéndose.

—Ponga cinco francos, entonces.

Jeanne encuentra en el monedero un billete de veinte francos doblado.

—Dame la moneda, y te doy el billete.

El chico se queda sorprendido. Acostumbrado ya a obtener sólo lo que logra arrancar con sus dientecillos puntiagudos de roedor. Tan sorprendido, que hasta intenta ser amable.

—Los obreros están abajo. Han dicho que qué buen trabajo.

—¿Los ascensores?

—No, el destrozo. Van a volver esta tarde o mañana.

—¿No antes?

—No tienen los recambios que necesitan.

—Ah, ya... Gracias.

El chico no se va, se pone a dar saltitos de un pie al otro.

—¿Quieres ir al cuarto de baño? —se preocupa Jeanne.

—¡No, no!

Emilio, aquel pequeño de once años, no logra saber muy bien lo que siente. ¿Quizá el deseo de ser útil, sensación estrafalaria que lo desconcierta?

—No se preocupe, ¿vale? Si quiere que vuelva esta tarde... A lo mejor tardan mucho, ¿quiere que le traiga el pan? La señorita Berthelot no me dijo nada, así que no lo cogí. Pero si no tiene...

—No, no, gracias —dice Jeanne rapidísimamente—. Tengo todo cuanto necesito.

—¿Y si tardan ocho días?

—No tardarán ocho días.

En aquel rostro sin belleza, los ojos pálidos del chico parecen por un momento entristecidos, como avejentados. La mira. La *ve*...

—De todos modos, si dura ocho días, le traerán las cosas en helicóptero. Como en *La torre infernal*. Adiós, señorita Grandier.

Se marcha. Baja los primeros peldaños de la escalera; ella lo observa desde el umbral. Él se vuelve:

—¡Le habría hecho un buen precio, sabe!

Jeanne se ha metido en su casa. Se queda un momento inmóvil en la entrada. Golpeada de lleno por el siguiente pensamiento: lo que ha leído en los ojos de Emilio, ¿no es una especie... una especie de compasión?

De pronto, un ruido: *ploc*, *ploc*, no muy lejos de ella. Vuelve la cabeza. ¡Vaya por Dios! ¡El pescado! Se lo ha dejado olvidado un buen rato encima de la consola, una consola tan bonita, regalo de su madre, la única cosa bonita de verdad en aquel piso acogedor y sin estilo. Con una curvatura inimitable por la que, cuando vuelve a casa, pasa la mano como sobre el lomo de un animal (con frecuencia, además, piensa en su madre, Gisèle, como en un animal gracioso y algo amanerado: cierva, antílope), bueno, es un rito, es...

¡El pescado! ¡Está goteando, va a impregnar la madera! ¡Rápido, una servilleta de papel y, *plof*, al evacuador de desperdicios con esta porquería! «Le tengo horror a la pescadilla, ¡y, por si fuera poco, congelada! ¡Y de la cocina del colegio, donde siempre dejan pasar las fechas de caducidad!»

Se limpia las manos con un trapo a cuadros, suspira de alivio y luego, desconcertada de pronto, piensa: «Pero ¡yo no estoy bien de la cabeza! ¿Qué es lo que voy a comer ahora?» Y mira hacia el evacuador de desperdicios como si, en un arrebato de compasión, le fuera a devolver su presa. ¡Jeanne! ¡Jeanne! ¿Cuándo se te van a curar esos impulsos tan locos? Con los ojos clavados en la puertecilla cerrada, no sabe si va a echarse a reír o a deshacerse en sollozos.

Ludivina, su abuela, la que se ocupó de ella, no era así. Que no perdió nunca la cabeza, ni siquiera en pleno «follón del fin de semana». (Cocinera. La «Abuela Grandier».) Que no rompió nunca un plato, haciendo gala, con sus manos toscas, de una destreza y de una habilidad que Jeanne, con sus bonitas manos de dedos afilados, no ha heredado. Que no se alocó ni ante una mayonesa cortada, ni al comprobar un déficit, por la noche, en la buhardilla grande que compartía con su nieta, inclinada cada una de ellas sobre un libro, de clase o de cuentas. ¿Qué habría hecho Ludivina? Habría bajado las escaleras, por supuesto. Jeanne se seca los ojos (lágrimas de rabia y lágrimas de risa entremezcladas) y, sobre el vestido saco que le disimula las formas, se pone una chaqueta amplia y ligera. Más que suficiente para el mes de mayo; y, además, ¡con la subida entrará en calor! Una bolsa, el monedero... ¿Las llaves? Casi no vale la pena. ¿Quién, aparte de Évelyne, subiría setecientos escalones para venir a verla? Conque no hay necesidad de echarle el cerrojo a la puerta, que se abre por fuera con el picaporte. Vamos al descansillo. Una mirada a la espiral desgastada, azul océano, de la escalera, y ¡adelante!... Se esfuerza para no ir deprisa. En la fábula de la liebre y la tortuga, ella sería más bien liebre, a pesar de su corpulencia. Pero hay que reservar fuerzas. Baja.

Un poco deprimente, la bajada. A pesar del esfuerzo que supone, una subida es algo más tonificante. Todo objetivo se sitúa por fuerza arriba, no abajo. ¿O se trata de una idea preconcebida? Baja sin grandes dificultades. Aunque, poco a poco, le va dando la impresión de que el cuerpo se le va haciendo más pesado y, al mismo tiempo, que se convierte en la prisión de algo que se encuentra en el centro, como el badajo de una campana. ¿La respiración? ¿El corazón? Hacia la mitad de la escalera (lleva contados trescientos escalones, pero a lo mejor se ha equivocado), se dice a sí misma que quizá, después de todo, ese «pequeño régimen» que siempre le están aconsejando que haga no sea tan absurdo. O, si no, ¿dejar el tabaco? Sin detenerse, va canturreando: «Que una, que dos y que tres...» En una palabra: adelgazar. Adelgazar a los treinta y cinco años no es imposible. Pero ¡cómo le molesta semejante idea! Adelgazar es privarse y, sobre todo, es doblegarse. A las miradas de los demás, a la moda, a la idea de que la opinión que de ella se tiene depende de su aspecto. Es enajenar algo de su independencia.

Por otra parte, ¿dónde está la independencia, cuando vecinos y amigos se llaman por teléfono como locos, porque ella podría ponerse a bajar una escalera? «¡Pues, toma, la bajo!», se dice, pero con una alegría triunfante algo menor de lo que desearía. Hace una parada, abre la puerta del descansillo para comprobar dónde está. Piso diecinueve. «No se da uno cuenta, cuando se está bajando.» Cuando va a darse cuenta es subiendo. Y con una bolsa llena de algunas provisiones. ¡A menos que (y, de pronto, su alegría habitual renace), en lo que tarde en hacer las pocas compras, arreglen los ascensores! ¡Entonces sí que iba a triunfar! «No, no puedo decir que sea verdaderamente fácil, pero resulta que ¡no soy tan *minusválida* como tú pareces creer!», le dirá a Évelyne. Que, entre paréntesis, se ha puesto un poco pesada (cuando se para uno a pensarlo, ya no se dice ni una palabra inocente) insistiendo en una dificultad en definitiva muy superable. Ha creído que hacía bien. ¿Ha creído que hacía bien?

Jeanne empieza a impacientarse y abre de nuevo una puerta. Piso quince. «Pero ¡si sólo voy por la mitad! Es verdad que estoy falta de ejercicio.» En el piso diez, se tiene que sentar en el estrecho reborde de la ventana. «¡Évelyne, pase! Pero el señor Adrien seguro que le ha echado algo de malicia a su solicitud. Seguro que se ha enterado por Rose Pierquin de que, cuando quería a toda costa echármelo a los brazos, comenté: me gustan los niños, pero no quiero caer en el enanismo. Yo lo traté de enano, y él me trata de obesa. La guerra es la guerra. Pues ¡vaya por la guerra!» Intenta levantarse pero un músculo del muslo derecho le hace tanto daño que vuelve a sentarse. Y, además, es cierto que tiene la respiración un poco entrecortada. El tabaco... Se le va a pasar. Un poco de paciencia.

Es verdad que no es la mejor de sus cualidades. Pero va bien equipada: hace tiempo que suprimió de su vestimenta todo lo que oprime, realza, envara. En cuanto a los pies, tanto en invierno como en verano, lleva zapatillas de tenis o de baloncesto, cosa que contraría a la señorita Élisabeth Mermont, directora, y al señor Mermont padre, latín y griego, y hace reír a sus alumnos. Jeanne ve en esa risa una complicidad, una prueba de simpatía. Évelyne, que se tortura con escarpines y se pone cinturitas con esos trajes de chaqueta estirados que lleva de la mañana a la noche, se desconsuela.

Como no se le pasa el calambre, Jeanne se agarra al pasamanos y sigue. Es un calambre, ¡ya está! No es por el peso. Con un poco de gimnasia... Pero ¿quién se la imagina en chándal? Por fin, sexto, tercero, bajo. En la entrada del edificio —mármol y plantas verdes, muy alto *standing*— reina cierto movimiento. La señora Larivière, su vecina de descansillo, se abalanza sobre Jeanne como si acabara de salir de un naufragio.

—¡Señora Grandier! ¡No habrá bajado usted toda esa cantidad de pisos! («¡Ya ve usted que sí!»). Tenía que habérmelo dicho... No me habría costado nada...

La señora Larivière es la madre de Bérengère, alumna del colegio, y la mujer del señor Larivière, un hombre alto y guapo que va en el ascensor hablando solo. La señora Larivière juega al tenis varias veces por semana y tiene una bicicleta de interior en el balcón, a la que se sube —según cree Jeanne— cada vez que ella aparece en el balcón contiguo. Más gente: la japonesa del diecisiete, la pareja de viejos del diecinueve, varios desconocidos rodean a un señor con barba que ha enviado el gerente y que está prometiendo cosas. Jeanne cruza la entrada haciendo un gran esfuerzo para mantenerse erguida, no dejar ver ninguna fatiga, sale, da la vuelta a la esquina del inmueble y se viene abajo en la plaza ajardinada. No se ha atrevido a dirigirle la palabra a nadie, por miedo a traicionar su sofoco, y está segura de haber salido entre murmullos de admiración. Pero ahora, en el banco de la plaza, entre dos álamos anémicos y frente a un cartel gigante de queso Mirbel, Jeanne, incapaz de dar un paso más, pierde todo su orgullo y se dice, como un niño aterrorizado: «¡*Nunca jamás* podré volver a subir!»

Jeanne tiene treinta y cinco años. Es dueña del apartamento en el que vive, que va pagando a plazos mensuales, y de unas cuantas acciones del Relais Limousin, el restaurante en el que su abuela fue cocinera durante muchos años, antes de comprarlo. Es verdad que lo que gana con el restaurante se lo pasa a su madre. Hizo buenos estudios. Enseña ciencias naturales en un centro privado, el colegio Pacheco. Es una morena de ojos grandes, nariz fina, tez mate y expresión maliciosa, que recordaría bastante a un zorro si no fuera por su corpulencia. De hecho, la cara no le cuadra bien con el cuerpo. Hasta las manos, que son blancas, regordetas y finas a la vez, con unos dedos afilados, aristocráticos y torpes que dan la impresión de ser de otra persona. No desentonarían saliendo de una manga acuchillada, de un puño de encaje. «¡Las manos de Ana de Austria!», dice Didier Schmidt, profesor de francés. Y, en coro, todos cuantos la conocen: «Jeanne podría gustar, si quisiera...» Quisiera. Quisiera hacer un «pequeño régimen». Quisiera vestirse como todo el mundo. Quisiera dejar ese eterno cigarrillo a medio fumar que no se quita de la boca. Quisiera cortarse el pelo o, por lo menos, peinárselo como es debido. Quisiera, sin más. Pero, por lo que parece, no quiere.

Jeanne fue educada por su abuela, Ludivina Grandier, mujer grande y fuerte a quien ni el calor de los fogones conseguía darle color, ni los olores más apetitosos desarrugar. Robusta chica embarazada que subió a París con su banal secreto, que se hizo precioso a fuerza de ser callado, Ludivina, fea con severidad, austera sin afectación, se entregó a la cocina como se entrega uno a Dios (no tenía religión, cosa rara en su pueblo), trabajó sin descanso, ahorró dinero y palabras, sí, se calló verdaderamente mucho, inventó un *soufflé* al jugo de trufas que aún lleva su nombre, se calló también cuando su hija Gisèle, cosas de un destino molesto, se encontró a su vez seducida, embarazada y abandonada, pero como los tiempos habían cambiado se la llamó madre soltera, cosa que era, según creía, subir un escalón, y no tardó en dar a luz una niña a la que le pusieron Ludivina, como la abuela y como santa Lydwine de Schiedam. Ludivina-Jeanne. El seductor, sobre el que no planeaba misterio alguno, se llamaba Jean, no reconoció a la hija, fue trasladado a un lugar de provincias, desapareció muy rápidamente. Era representante de Enciclopedias Larousse.

La abuela se guardó de hacer ninguna recriminación. Gisèle, dejando al bebé en la cocina, hizo estudios de esteticista, los terminó más o menos bien, encontró un trabajo de media jornada: viviría a media jornada toda su existencia. Iba mucho al cine, soñaba, mientras la niña crecía, sujeta con un brazo sobre la cadera robusta de la abuela, a la vez que el otro brazo le daba vueltas a las salsas. Todo aquello iba viviendo, pobremente pero en paz, con la pirámide de la familia basada en la taciturna lemosina, cuando estalló la tormenta. Ludivina-Jeanne tenía cinco o seis años; su madre, Gisèle, un día de cierre, anunció sonriendo que dejaba su empleo en el salón de belleza Cleopatra para casarse.

—¿Casarte? —dijo Ludivina, al tiempo que se le desencajaba su tosco semblante.

Pues sí. Había encontrado a un chico, mejor dicho un señor, un industrial —«¿Te das cuenta, mamá? ¡Un industrial!»—, de buena facha. ¡Desahogado, por supuesto! ¡Distinguido, por supuesto! Venía luego una empalagosa descripción de la que Jeanne se acordaba muy bien. Como del estupor, que iba a convertirse en indignación, de su abuela.

—¡Pero, Gisèle, por favor! ¿Y Jean?

—¿Cómo Jean? Se portó como un miserable. Ni siquiera reconoció a la niña, y además se lo he contado todo a Félix. La prueba de que es un hombre que está muy bien es que me ha dicho que comprendía, que él también era viudo.

—¡Pero tú no eres viuda!

—Es como si lo fuera, ¿no?

—¡No! —había dicho Ludivina con indignación.

No se enfadaron de verdad, pero se enfriaron las relaciones. Ludivina se quedó con la nieta. Años más tarde, aún profería con amargura palabras secas e inapelables que la niña recogía, sin comprender demasiado. «Lo que ella hizo no se hace. ¿Y el recuerdo, qué? ¡Se ama una vez y basta! ¡Y si no se ama...!» Una mueca de desprecio. Y se ponía de nuevo a destilar los olores, los sabores, las muy sutiles armonías de la liebre real, de un jamón al caramelo como no se había vuelto a hacer desde Marie-Antoine Carême. Sólo leía libros de cocina y, durante mucho tiempo, fue ella misma al mercado central de abastos. Cuando introducía alguna innovación, tomaba como testigo a la niña, que hacía sus deberes en la trasera: «¿Te gusta?», y no se contentaba con una respuesta dilatoria. Había que analizar, reflexionar, sugerir a veces. La niña se despertaba así a un mundo de una sensualidad muy fina, a leguas de la glotonería, y que no descuidaba ningún matiz de un ámbito más amplio de lo que se piensa. Así iba a hallar el gusto por la diversidad, el sentido de la variedad infinita de las cosas, a aventurarse por otras tierras que no eran huertos, a ir hacia otras conquistas. Pero no dejaba de querer, con una pizca de ternura, aquel gran rostro huraño, tutelar, que, parco en palabras, les daba un sentido definitivo y afirmaba con la misma fe de salvaje: «¡La salsa que no se hace con el jugo ya no está bien!», y: «Se ama una vez y basta.»

Ludivina no reveló ni siquiera a su nieta sus secretos culinarios, ni dejó nota alguna, para gran desdicha de los aficionados. Ni tampoco hizo alusión (salvo una sola vez) a la aventura única y apasionada de sus veinte años, ni siquiera con un nombre. Padecía del corazón, de ahí la tez terrosa que la hacía aún más fea. La pobre mujer se quedó tiesa delante de los fogones, en pleno follón del mediodía, como una enorme estatua tallada en un tronco. Se fue, llevándose su secreto y el de una *bouillabaisse* que a los propios meridionales les parecía incomparable. Jeanne tenía cerca de catorce años. Nunca se le había ocurrido, quizá por aquel físico sin edad, que su abuela pudiera morir. Y ahora, sin embargo, aquel cuerpo desdeñable, que con el delantal áspero uno no se imaginaba, aquel cuerpo simbólico (sólo la cara y las manos contaban; a veces los antebrazos, cuando apretaba el calor y se arremangaba las mangas), aquel cuerpo se iba, llevándose todo lo demás.

Todo el calor y la seguridad que poseía hasta entonces aquella chica tan joven a la que llamaban Divina.

Ella nunca había pensado en la muerte: era alegre. Algunas veces había reparado, a su pesar, en esa trampa que era el cuerpo. Después apartaba la idea: era fuerte. Pero ¿cómo estar siempre apartándola cuando se vive en la celebración de los apetitos? Y sabía que, en el pasado, su abuela, su madre, habían caído en aquella trampa. La gente dice simplemente: «caer en la trampa», y ya se sabe lo que quiere decir: el niño concebido no deseado.

La «Abuela Grandier», grande, fuerte, severa y fea, había sido un día la joven Ludivina, en un pueblo lejano, junto al bosque. La habían encontrado bonita o, por lo menos, deseado un día, una semana, ¡quién sabe! Luego, había sido la huida, los suburbios, el trabajo duro de pinche de cocina, los ahorros, las habitaciones sin agua corriente. El éxito, por último. El amor, nunca más. Gisèle, bonita, seducida y después dejada como por distracción, había conocido un destino más frívolo. Manicura, después esteticista, tonta, después menos tonta, amablemente indiferente con su madre, con su hija, después ausente, casada, divorciada, sonriente. La niña, confiada desde su más tierna edad a la abuela, sólo había significado para ella un accidente benigno. No más grave que un sarampión. Un accidente del cuerpo, sin más. La niña Divina tenía delante a dos mujeres: una de ellas, herida de por vida, la otra, inmediatamente restablecida. Así ocurre en los accidentes de coche, en las enfermedades. Unos se salvan y otros no.

La niña a la que llamaban Divina sabía que era un accidente, una enfermedad. Que un accidente, una enfermedad podía tocarle.

El cuerpo. «Está ahí», pensaba la niña, acostada bajo el inmenso edredón de pluma, en la buhardilla donde esperaba, antes de dormirse, a que subiera su abuela —Ludivina tenía muchas veces que permanecer en la cocina hasta bastante tarde—. *Lo* sentía respirar, crisparse, digerir, existir; se quedaba lo más quieta que le era posible en el interior de aquella caja, en la que intentaba sentirse a sí misma. ¿Un hueso en una fruta? ¿Un haba en una vaina? ¿Dónde está el *yo*? Al cuerpo le hacían ruido las tripas, le daba un calambre, deseaba beber, tenía ganas de un caramelo. Pero ¿dónde estaban, exactamente, las ganas? Y si yo decido en mi cabeza, si digo: «No tengo ganas, no tengo sed, no tengo hambre», y las ganas resisten, ¿dónde están esas ganas? ¿Dónde?

Ella crecía, el cuerpo se desarrollaba. «Por dentro, soy muy pequeñita», se decía. Pero ¿no había que tener*lo* satisfecho para que se callara? ¿Para qué otra cosa servía toda la buena comida que, con sabiduría, preparaba aquella mujer mayor y grande de delantal azul, más que para aplacar (como en las películas antiguas se aplaca con una ofrenda humana, una chica joven y rubia coronada de flores, un niño negro de sonrisa conmovedora, al dios-cocodrilo, al dios-chacal) al dios de la enorme dentadura, maléfico pero poderoso, al dios-cuerpo del que dependemos? ¿Por el cual (llegaba a pensar en aquel entonces, hacia los diez o doce años), por el cual *ya* hemos sido comidos, puesto que estamos dentro?

Quedaba la evasión del sueño, claro. Pero Jeanne lamentaba que, liberándola de su enemigo, le impidiera también ser consciente de ello. De sacarle provecho. ¿Para qué? Acaso para escaparse. Y, en sus horas de vigilia, se aburría de su prisión, de un cuerpo que, sin estar aún gordo, le parecía torpe y pesado. En ocasiones *lo* maltrataba cortándose, quemándose. «¡Por Dios, qué torpe es esta niña!» Lo era, pero había que vivir así, sin que lo pareciera.

Luego fue Ludivina, desplomándose como un árbol. El joven Éloi, por aquel entonces pinche, perdiendo la cabeza y aullando, nadie sabe muy bien por qué: «¡Policía! ¡Policía!» Gisèle, a quien llamaron por teléfono y no estaba. Los clientes, que terminaron por darse cuenta de que algo estaba ocurriendo, levantándose con la servilleta en la mano, arremolinándose a las puertas de la cocina. Declarando sobriamente uno de ellos: «Soy médico. Está muerta.» El camarero preguntándole a la chica, estupefacta, que ni siquiera se había levantado de delante de su plato de lentejas con panceta (el plato del día): «Señorita Divina, ¿lo anuncio?», como un realizador de teatro. Todo aquello, Jeanne lo recordaba con tristeza, pero sin horror.

El horror había sido dos días después (cuando ya había reaparecido Gisèle como un hada demasiado bonita para ser honrada, y como si se hubiera materializado ante el notario), con el restaurante transformado en capilla ardiente. «Dile un último adiós a tu abuela.» Las palabras de Gisèle no querían decir nada: «abandono cobarde», «divorcio en trámite», «buscar un gerente», «último adiós», lo decía igual que habría dicho: «¿Quieres un poco de pan?» El horror era el ataúd abierto, el cuerpo tendido, con los brazos torpemente colocados a ambos lados, porque la falta de fe de Ludivina había impedido que le pusieran, como Gisèle habría deseado, un rosario entre los dedos. Era aquel traje grotesco, de tul blanco y negro, con el que habían emperifollado aquel cuerpo tan grande, tan tieso, que nunca nadie había visto más que vestido de tela azul y enmascarado con un delantal, como para retirarle una dignidad que había sido la suya, y la de toda su vida; aquella dignidad que le había impedido maquillarse, nunca, peinarse de otro modo que no fuera con un moño ingrato (no tenía el hermoso pelo de Jeanne, sino una especie de estropajo metálico de color apagado y de pobre textura), aquella dignidad que, por detrás de un aspecto rudo e incluso grosero, era sensible e inspiraba respeto. Aquel respeto estaba allí: lo palpaban los habituales, los dos camareros, el lavaplatos, el joven Éloi, el contable. Incluso Gisèle había tenido que percibirlo, en cierto modo, porque, aunque aquel duelo no le inspirara ninguna pena y la dejara por lo tanto en plena libertad de espíritu, se abstuvo de hacer las manifestaciones y los discursos deplorables que eran su especialidad.

Tan sólo Jeanne miraba, miraba de verdad aquella caja dentro de la caja, aquella prisión de carne dentro de la prisión de madera, y sentía aquel encierro con una angustia tal, que todavía ignoraba la extensión de su pena.

«Quiero que me llamen Jeanne. —¿Por qué? Ludivina es bonito. Divina... —Pasado de moda.» Aquel nombre idéntico era el medio por el que la abuela habría podido atraerla hacia la muerte, hacerle saber que la muerte existe. Hacerle conocer la tristeza, la ausencia. Ella no lo aceptaba. Gisèle —no era ningún monstruo— le decía a veces: «¿Estás triste? —Estoy hambrienta. —¡Ay! ¡Estás demasiado bien acostumbrada!», decía Gisèle, que ya tenía dinero, pero no sabía cocinar.

Convertida en Jeanne, había conseguido bien la transacción entre ella y su cuerpo. Tú por un lado, yo por otro. Comía bien, se encontraba de maravilla, leía con furor, no tardó en hacer el amor, de vez en cuando, sin problemas. El cuerpo no tenía por qué quejarse. No le negaba nada, a condición de que se estuviera callado. Un buen compañero, en definitiva. Reinaba entre ellos esa indiferencia que garantiza las uniones sólidas. Y de pronto, en el banco de una plaza...

Pánico. De verdad. Ahí estaba, omnipresente.

Las piernas pesadas, muy pesadas; un montón de pequeños músculos desconocidos que iban naciendo, como gnomos, le pegaban un tirón por aquí, un pellizco por allá. Los riñones destrozados, como si hubieran soportado una enorme carga. Y una idea: «¿Por qué *como*? La carga soy yo.» La respiración se iba abriendo camino con dificultad, Jeanne notaba que se ahogaba y, sin embargo, el esfuerzo de respirar la extenuaba. Y el corazón, dando a conocer su presencia, que dejaba de ser oculta. Las sienes latían. Aparecía un ligero vértigo. Se agarró al banco. Un terror abyecto la iba ganando: que alguien la viera, le hablara, se diera cuenta del estado en que, al cabo de tantos años, se encontraba sumida. Que alguien se apiadara. ¡Eso no! ¡Eso no! Entonces ya sólo pensó en una cosa: esconderse. Subir.

No pensó que, al otro lado de la plaza, la tienda vietnamita estaba abierta, y que sólo tenía que cruzar la calle. No pensó que los grandes almacenes Inno estaban a menos de quinientos metros. Sólo pensó en una cosa: subir. Intentar subir, recuperar su guarida, esconder aquel cuerpo que, de pronto, se había materializado a su alrededor. Escalón tras escalón, parada tras parada, pánico tras pánico dominado (¿le bastaría con su voluntad feroz, casi desesperada, o, negándose a pedir socorro, se quedaría tal vez una noche entera entre los pisos diecisiete y dieciocho?), había superado la escalera de caracol, serpiente burlona que parecía ir alargándose cada vez más. Como parecía ir haciéndose cada vez más pesado a su alrededor el armazón de carne. Y cuando, después de innumerables paradas humillantes, rabiosas (nadie, gracias a Dios, había pasado en aquellos momentos), consiguió por fin ganar su descansillo, abrir y volver a cerrar su puerta, supo que había sido vencida. Porque no era ella quien había logrado subir: era su miedo.

*

—¡Jeanne! ¿Qué ocurre? He telefoneado por lo menos diez veces y no contestaba nadie. ¿No estarás enferma?

—Nunca estoy enferma.

—Pero algo no funciona.¡Sí, sí, te lo estoy notando! ¿Por qué no contestabas?

—Había desconectado el teléfono.

—Pero ¿por qué? Me estaba preocupando. Todo el colegio se estaba preocupando, nos temíamos...

—¿Cómo que nos temíamos? ¡Una avería de ascensor no es ninguna catástrofe nacional!

—Es que te conozco, me temía que hubieras intentado... Menos mal que has sido razonable. Alabado sea Dios. Tenemos que conocer nuestros propios límites.

—...

—¿Estás enfadada?

—¿Por qué iba a estar enfadada? —contesta Jeanne, enfadada.

—Pero entonces, ¿qué es lo que has hecho? ¿Qué es lo que vas a hacer? Esta tarde me es absolutamente imposible pasar por tu casa, le he prometido a Xavier... Pero mañana, te lo prometo, hago una compra grande y...

—¿Mañana?

—Son las seis de la tarde, querida, está claro que los encargados de la reparación ya no volverán. Émile me ha dicho que no tenían piezas de recambio, y mañana es sábado, así es que el taller está cerrado...

—¡No me digas que va a durar la cosa hasta el lunes!

—Desgraciadamente, me temo que... La impresión que tiene el gerente... Pero puedes contar conmigo, sólo estoy ocupada esta tarde, y dos compañeros me han dado sus números de teléfono por si hay alguna urgencia. Han sido muy amables, ¿sabes? En un caso semejante...

—¡Yo no soy ningún caso! —gritó Jeanne muy fuerte.

Y colgó.

Agotada, confusa, furiosa, rota, incapaz de levantarse del viejo sofá marrón, apenas si había podido contestarle a Évelyne (antes cortarse la lengua que confesar la absurda intentona). Y sin embargo, tenía hambre. Su viernes por la tarde, sus proveedores... placer que se concedía a sí misma, charlando con la pescadera, dándole al hijo del de la tienda de comestibles los sellos que le había ido apartando, y pasando por Inno para encargar lo más importante: fruta, verdura, queso, que a menudo le llevaban la misma tarde o, todo lo más, el sábado por la mañana. Un encargo que no había podido hacer, como tampoco se había podido traer los ejercicios que iba dejando para corregirlos durante el fin de semana. «Tenía que haber esperado sentada en el banco, me habría recuperado. Tenía que haber ido a la cafetería y comer algo. Eso sí que habría podido traérmelo... Tenía que... Bueno, ¡a hacer gárgaras!» Prefiere no analizar el pánico que se apoderó de ella. «¡Corramos un velo! No he bajado, así es que es normal que no tenga nada para comer. ¡Pero tengo hambre!»

¿Acaso un milagro? ¿Alguna provisión olvidada, dejada de lado, y que fuera suficiente, al menos aquella noche, al menos por un momento, para aplacar el hambre que va creciendo, aparta a un lado la angustia y, muy despacito, va ocupando su lugar?

Jeanne consigue por fin levantarse, llega a la cocina, insensible hoy a sus comodidades, a la paz que se desprende del alicatado azul y blanco, de los botes de café, de té, de harina, todos bonitos, elegidos con cuidado, alineados en la estantería, del buen olor a cera y a miel que emana de aquel lugar privilegiado. Empuja violentamente el taburete de madera de roble, abre violentamente la puerta del frigorífico, se pega un golpe en la cadera con el pico de la mesa, se hace daño y casi ni se da cuenta, consternada de pronto por el triste espectáculo que aparece ante sus ojos.

El vacío. El vacío prácticamente total. «¿Cómo no he pensado nunca, no he previsto una situación semejante?» Rejillas vacías. Recipientes vacíos, impecablemente limpios —la asistenta vino ayer—. A la izquierda, un cuarto de mantequilla empezado, envuelto en papel de plata; el fondo azulino de una botella de leche; un bote de judías verdes semifinas (semifinas porque están previstas para una posible comida con Évelyne, que no nota la diferencia); y, en el platito rosa descabalado que sólo utiliza para los restos, una loncha de jamón fina y seca. «Está como la señora Larivière», constata Jeanne con esa incurable frivolidad que es su salvación en los peores momentos. Pero es todo cuanto hay en el frigorífico. Como quien dice, nada.

¿Y si hubiera vuelto el señor Adrien? Él sí que tiene provisiones. Latas. Probablemente consume muchas: Jeanne oye a menudo los golpes metálicos cuando caen por el evacuador de desperdicios. Con frecuencia se ha dicho: «Éste tendría que aprender a cocinar un poco. ¡No es sano tanta conserva!» Pero hoy, si le quedara un bote de *choucroute* o de *cassoulet*, no le haría ascos. Con un nuevo rebrote de energía, se dirige hacia el descansillo, borra voluntariamente de su ánimo el rencor de por la mañana, el telefonazo a Évelyne. «Y además, si tanto se preocupa de mi *caso*, bien puede pasarme un cuscús de lo que sea, o incluso... un bote de *confit* de pato...» ¿No había dicho un día, en casa de los Pierquin, que le mandaban *confit* de pato desde el Périgord? Por un momento la invade la esperanza loca del niño que cree en Papá Noel. Aporrea con fuerza la puerta del señor Adrien. Tocar el timbre no bastaría. Además, también toca el timbre. Nada. Vuelve a aporrear la puerta y a tocar. Silencio. Y a la izquierda, dentro del piso de Larivière, unos leves ruidos y roces la empujan a sospechar que *la Disonante* (así es como llama en su fuero interno a la señora Larivière, por su agresiva amabilidad) podría perfectamente estar espiándola por la malévola mirilla de seguridad. Despechada, Jeanne se mete en su casa.

A Jeanne le gusta su apartamento, su desorden, sus libros, sus cintas demasiado prestadas y en mal estado, su vieja tele, sus muebles descabalados. Pero esta noche, su confortable refugio, feo sin deshonra, le parece inhóspito. Se deja caer en el sofá marrón y, toda triste, echa a volar su imaginación. El señor Adrien ha ido a cenar seguramente a casa de los Pierquin. La señora Pierquin cocina bien. El *soufflé* de dos quesos llega a la mesa bien subido, oloroso, dorado. ¿Qué tomarán después? ¿Un cuarto de cordero al tomillo, muy simple, bien asado, con la piel crujiente y la carne sonrosada? Seguramente. ¿Y como guarnición? Eso es más difícil de adivinar: ¿guisantes? Rose Pierquin vale más. ¿Judías verdes frescas? ¡Es posible! Rose siempre consigue verduras de calidad gracias a su antigua asistenta, ya jubilada, cuyo hijo se dedica al cultivo de verduras tempranas cerca de Mantes-la-Jolie. Como es natural, se dejaría matar antes de dar la dirección. Jeanne se la ha preguntado más de una vez, cuando aún iba a cenar a casa de los Pierquin. Ahora se han enfriado un poco las relaciones, porque Rose siempre quiere casarla con lo que Jeanne llama orgullosamente «desechos», y el doctor Pierquin no deja de sugerirle regímenes que él mismo se ofrece a redactarle. De momento, lo único que ella ha hecho ha sido reírse de la propuesta. De ahí que ya no la inviten. Esta noche, lo siente.

«No lo pensemos más.» Coge un libro, una biografía de Jean de Leyde con algunos detalles que podrían interesarle a Didier. Pero tiene que hacer un esfuerzo constante para seguir atenta a una lectura con la que se prometía un auténtico placer. A su espalda, en la cocina, como una corriente, como una puerta abierta, siente la presencia inexorable del frigorífico vacío. Sin darse la vuelta, le da la impresión de que lo está *viendo*. El bloque vacío brilla, en su imaginación, como un bloque de radio, espacio blanco, rígido, del que ni un solo rincón se sustrae a la fría luz del neón. En la impecable limpieza de aquel espacio, la ridiculez del cuarto de mantequilla, perfectamente cortado en su envoltorio, del bote transparente de judías (semifinas) y de la lonchita de jamón seco es una insolente provocación para Jeanne. Ella sabe que si cede al impulso, que si devora aquella escuálida provisión, luego tendrá aún más hambre.

¿Y mañana? ¿Qué pasará mañana? Lo que ha dicho Évelyne, al fin y al cabo, no es más que una suposición. A lo mejor vienen a arreglarlo enseguida, a pesar de todo. Pero ¿a qué hora? Y ¿cuánto tiempo van a tardar en hacerlo? ¿Y mi desayuno? ¿Y mi almuerzo? Évelyne vendrá. Évelyne vendrá seguramente. Claro que Évelyne tiene un don especial para elegir el pan seco, la mermelada insípida, incluso el yogur pasado de fecha. Claro que Évelyne suspirará, estará extenuada. Y quizá haya en su voz ese leve, muy leve matiz de autosatisfacción que Jeanne ya ha percibido cuando Évelyne se queja de su marido Xavier. ¡Se queja, pero tiene marido! ¡Está agotada, pero se sube setecientos escalones con una bolsa y apenas si pesa cincuenta kilos! ¡En fin! Es Évelyne, su mejor amiga desde niñas, y no se morirá de hambre, ya es algo.

Pero ¿y esta tarde? No la empujarán a telefonear otra vez, a suplicar ayuda. ¡Eso nunca! Pero, en cualquier caso, está sola con su hambre —esa hambre tan antigua—, con un sentimiento de impotencia absolutamente nuevo, y ¡ni siquiera consigue concentrarse en el libro! De repente, una decepción, una rabieta de niño se apodera de ella; tira el libro lejos, con furia, se le llenan los ojos de lágrimas, se pone de pie, a caminar de acá para allá, y poco falta para que se líe a dar patadas. «Pero bueno, ¿es que nadie me va a llamar? ¿Es que nadie se va a ocupar de mí? —piensa ella, ingenuamente injusta—. ¿Es que no se dan cuenta...? ¿Es que estoy sola en el mundo, o qué? ¡¡¡Tengo hambre!!!»

Pues claro, Jeanne, estás sola. ¿Nunca te habías percatado?

*

Sábado a mediodía. Jeanne está esperando a Évelyne. Ha reflexionado mucho, se ha puesto nerviosa, se ha enfadado sola (pero con un placer mucho menor, puesto que a nadie ha impresionado). ¡Se tomará una revancha que nadie podrá ignorar! ¡Telefonearse! ¡Considerarla un caso! ¿Y por qué no hacen una cadena de solidaridad? ¿S.O.S. Hambre? ¿Un mensaje por la radio? «A todas las pantorrillas compasivas del distrito XIII...» ¿O un helicóptero, como sugería Emilio? «Alerta a todas las unidades. Una mujer se encuentra atrapada en el piso treinta y uno, repito: treinta y uno...» ¡No! Demostrarles que no necesita de ellos. Que no estaba en absoluto hambrienta, como loca. Decirles que va a empezar, ¡no!, que *ha* empezado un régimen. Évelyne se quedará de piedra. La idea pone contenta a Jeanne, que es por naturaleza luchadora y se recupera rápidamente.

Desde luego, en su combate contra la escalera puede decirse que ha perdido, digamos, el primer asalto. A los puntos. «Pero, en definitiva, si hubiera comprado seis huevos y una loncha de beicon, ¡habría ganado!» No le presta atención al brusco pánico. A que no compró los seis huevos. Y aún más, a que nunca en la vida se contentó con comprar seis huevos. Siempre viene doblada con el peso de la compra (¡lo difícil que es elegir!), seguramente por culpa de ese pánico de niño en el que no vamos a detenernos (con Ludivina muerta, ya nadie la iba a «alimentar»). Conque se alimenta ella misma, y se alimenta bien. «Más vale dar envidia que lástima», dice un refrán con el que Jeanne siempre se ha sentido plenamente identificada. Pero hoy, «envidia» se aplica a las esbeltas criaturas, y «lástima»... «A lo mejor empiezo *de verdad* un pequeño régimen...»

¡La idea de «causar un efecto», anunciando su resolución a Évelyne, hace que Jeanne olvide un desayuno de una tristeza...! Se ha visto obligada a pedirle un paquete de pan tostado a los Larivière, que no toman pan fresco, según le ha hecho saber Bérengère, la de mejillas de rosa, la de voz de ángel, y que tan mala ortografía tiene. Jeanne ha aguantado el golpe valientemente. Después de haber sacado tres, no, cuatro rebanadas del paquete, lo ha dejado en lo más alto del armario, con la esperanza de no volver a necesitarlo. Se ha puesto a hacer cosas: un poco de orden, le da por ahí de vez en cuando, y ha preparado una clase sobre la ameba (le gusta ese primer surgimiento de la vida; en una ocasión habló de la ameba con tanta delicadeza que a los alumnos les entró la risa floja, a la que ella se sumó de buen grado). Y esta tarde trabajará para Didier. Hacerse un horario es una gran ayuda cuando (se dice Jeanne con énfasis) vive uno «entre privaciones». Es como un primer día de cárcel, de hospital. «¡Venceré!» Siempre ha vencido, ¿no? Menos con la escalera...

Cuando Évelyne aparece, cargada de provisiones y de remordimientos, jadeante, sin respiración, no puede no darse cuenta de que Jeanne, que le abre con mechones sueltos por el cuello, como de costumbre, pero peinada, vestida, no parece abatida, e incluso enarbola ese pequeño aire triunfante que, en general, es preludio de decisiones extravagantes. Évelyne casi está resentida contra ella por no justificar la preocupación que ha tenido toda la tarde y toda la noche, acosada, por si fuera poco, por los sarcasmos de Xavier.

Deja la bolsa en la entrada, recupera la respiración. Uno o dos segundos de más. Los primeros segundos van destinados a devolverle el habla, los dos o tres últimos a hacerle comprender a Jeanne que, al fin y al cabo, bien buena ha sido con...

—¡Vale, vale! —dice Jeanne.

—¿Cómo vale, vale? ¡Podías decir hola, por lo menos!

Jeanne se arrepiente. ¿No estará Évelyne acentuando el cansancio? ¿No lo estará haciendo sólo por delicadeza, para hacerle creer que, a pesar de sus cuarenta y ocho kilos, la escalada ha sido dura? Ante la duda, Jeanne le da un beso.

—Los de la reparación están abajo. Los he visto.

—¡Ya era hora!

—Sí, pero no terminan hoy. Dicen que el lunes por la mañana...

Jeanne se echa a reír antes de haber reflexionado.

—¿Sabes lo que le dijeron a Emilio? ¡Que había sido un buen trabajo, el destrozo! ¿Te das cuenta? Unos técnicos. A estos gamberros los van a reciclar sin dificultades.

Luego, se pone triste:

—¡Jo! ¡La cena que tenía con Manon se ha ido a hacer gárgaras! ¡Y mañana, mi madre! Tengo que avisarlas...

—¿Y si entretanto me dejaras pasar?

—Pasa, pasa, mujer vencida...

El eterno tono lastimero de Évelyne posee el don de molestar a Jeanne, pero, viéndola doblarse con el peso de la bolsa de hule a flores, siente vergüenza.

—Ven a la cocina, te voy a preparar un café.

—¡Ah! ¿Tienes café? Te he cogido un paquete... —dice Évelyne, culpabilizándola.

—Has cargado con doscientos cincuenta gramos de más.

—Ha sido con gusto... (Suspiro.) Sólo tengo un minuto, ya sabes que los fines de semana Xavier quiere que esté en casa... Es tan posesivo, tan difícil...

A Évelyne le gusta quejarse de su tercer marido. Pero es que le gusta hablar de él.

—¡Difícil, difícil...! Tú te lo has buscado.

—¿Qué dices? —se indigna blandamente Évelyne.

Se sirve café, a pesar de toda la prisa que pretende tener. Si se habla de Xavier, se quedará perfectamente el día entero. «Pero yo también tengo cosas que decir», piensa Jeanne, que intenta liquidar el tema.

—Todos tus maridos eran imposibles. Además, eso no tiene nada de sorprendente. Con el padre que tuviste, que te pegó y te violó...

—¡Estás exagerando!

—¡O sea, no me irás a negar que tenía hacia ti sentimientos incestuosos! ¡Y que te pegaba!

—Cuando era pequeña, sí, era violento. Pero se trataba precisamente de un rechazo. Nunca me...

—¡Había intención! Tómate el café antes de que se enfríe... Eso hace que, para ti, sexualidad sea igual a violencia y que siempre te vayas a buscar caracteres asquerosos, diciéndote inconscientemente que van a satisfacer tus apetitos. ¡No hay que ser psicólogo para comprenderlo!

—¡Mis apetitos! ¡Tienes una manera de hablar!

Jeanne consideraba concluido el capítulo. Unas pocas palabras sobre Xavier formaban parte del rito, pero el tema no la apasionaba. Entretanto, Évelyne rebuscaba en la bolsa.

—Te he traído pan de hoy.

—Es inútil —sentenció Jeanne, no sin cierto énfasis.

—¿Por qué?

—¡Ya no tomo pan!

Évelyne no pareció captar las implicaciones que comportaba aquella anticipación, un tanto fanfarrona.

—Naturalmente (suspiro), justo cuando me tomo la molestia de subírtelo...

Jeanne se arrellanó en el asiento, contenta de sí misma, preparando el golpe de efecto.

—¡Me he puesto a régimen! —anunció triunfalmente.

—¿Que te has puesto a régimen? ¿Tú? ¿Desde cuándo?

Un poco herida por aquella incredulidad:

—Desde el viernes por la mañana.

Adelantaba una fecha. No quería pensar que había sido vencida por la escalera.

—Lo decidiste antes...

¡La falta de tacto que tiene Évelyne!

—Antes.

Esperaba al menos un «¡bravo!», un poco de entusiasmo. Hacía ya bastante tiempo que Évelyne, que Manon, que los Pierquin le aconsejaban que...

—¡Hombre! —suspiró Évelyne—. Daño no te puede hacer.

—¿Quieres decir que no te lo crees?

—Lo que importa es que tú te lo creas, ¿no? —dijo Évelyne sin malicia, pero con dejadez.

Jeanne se puso roja de rabia. No le gustaba fallar sus golpes de efecto. Después, se lo razonó a sí misma: era por culpa de la escalera, Évelyne estaba agotada.

—También podías fumar un poco menos —dijo Évelyne en un esfuerzo por cooperar.

—¡Eso engorda!

—¡Ah, sí...!

—Y además, ¡es que no puede una dejarlo todo!

—Es verdad —dijo Évelyne, que se reavivó como una flor cuando se riega—. Eso me digo yo siempre, cuando me peleo con Xavier y luego cedo al cabo de dos días.

«¡El eterno Xavier! ¡Es que es verdad que no piensa más que en él!»

—Ya sabes lo que pienso de Xavier, pero, bueno, es tu marido, no es ni una hogaza de pan del día, ni una colilla.

—Cada uno tiene su propio destino... —dijo Évelyne en tono vago.

—¿Y mi destino es pesar cien kilos? ¿Y el tuyo es mantener a Xavier?

—Ya hace mucho que no lo mantengo, como tú dices. Desde *Quentin Durward*.

—Donde hacía de tercer alabardero en el séptimo episodio...

—¡Donde hacía de Campo-Basso durante toda la segunda parte!

—¡No te enfades, anda! Pero si quieres que te diga lo que yo pienso, ¡Xavier será Depardieu cuando yo sea Arielle Dombasle!

Évelyne suspiró una vez más, dio la impresión de querer contestar y después concluyó en su fuero interno que sería inútil. Se fue susurrando que volvería.

Dejaba a Jeanne insatisfecha, delante de un *camembert* que parecía de escayola, unos rábanos un poco blandos, una bandejita de chicharrones, un bote pequeño de *cassoulet*, un escalope mal cortado, y en esa atmósfera de afecto impotente, de melancolía, de resignación vagamente sensual que era propia de Évelyne.

Las doce y media de la mañana. ¿Iba a comer antes de terminar con la pejiguera de avisar a su madre y a Manon? Jeanne miraba sin entusiasmo las provisiones que estaban encima de la mesa.

«¡Qué escalope!» Era una tajada de esas que basta con mirarlas para saber que se van a retorcer y a abombar en la sartén como por efecto de un maleficio. Pero, después de haber subido setecientos escalones por puro cariño, no era el momento de decirle a Évelyne que nunca había sabido elegir ni carniceros ni maridos. «Para el marido sí que se lo he dejado entrever, a pesar de todo. ¡Qué tía más desgraciada soy!» Pero cuanto más mira el escalope, más le parece (está sometida a esos bruscos repentes de la imaginación) que ofrece sorprendentes analogías con Xavier. En cuanto le hablas, el marido de Évelyne parece sumergido en aceite caliente: se contorsiona, se retuerce, se hace odioso por falta de naturalidad (¿será porque es actor?). Tenía que haber sin duda un medio de tratarlo que lo hiciera inofensivo (no parece que Évelyne lo haya descubierto), como Jeanne tiene el propósito de hacer con el escalope: a la parrilla eléctrica, aplastado entre dos planchas ardientes, ningún embrujo le permitiría adquirir aspecto de sarmiento ni de mandrágora. Será, sin más, una loncha de carne blanca, una carne a la parrilla, insípida y sin veneno, lo mismo que sería quizá Xavier un marido aceptable entre manos que no fueran las de la lastimera Évelyne. «¡Y yo una amiga algo más comprensiva!», terminó mentalmente Jeanne.

El regreso a sí misma no le dura mucho. Enciende un cigarrillo, frunciendo el ceño. ¿No será mejor telefonear antes de cualquier intento culinario? Cada dos sábados, Jeanne cena con Manon, que esta noche espera reunirse con ella en el Panier d'Or. El domingo va a ver a su madre. Privarse de la cena (gastronómica) la aflige. Darle plantón a su madre, un poco menos. Vacila, dándole chupadas al cigarrillo, expulsando el humo con una energía inútil, delante del teléfono. Imposible retrasarlo más: va a tener que dar explicaciones o mentir.

Mentir... ¿Para qué? ¿Para no reconocer ante su madre, ante Manon (¡ya es más que suficiente con Évelyne y los compañeros, que «lo han comprendido muy bien»!), que no ha podido medirse con una escalera de setecientos peldaños?

Pero ¿por qué tendría que haber podido hacerlo? ¡Ella no es ni campeona de esquí, ni alpinista! Se imagina a Gisèle en semejante circunstancia: «¡Setecientos escalones! ¿Y mis riñones? ¿Y el corazón?» Habría alertado a toda la ciudad. Así es que... ¿Y Manon? Habría bajado, sí, aunque hubiera tenido que hacerlo sobre el trasero o pararse cada tres escalones; pero, una vez abajo, se habría colado de *ocupa* en casa de uno de sus amigos ricos y no se habría movido hasta la definitiva reparación. Así es que ¿por qué no Jeanne? Habría podido irse a un hotel, a un hotel modesto. Algunos hay en el barrio. Habría podido irse a vivir con su madre, en el ridículo «saloncito», esa pequeña habitación octogonal, cubierta de espejos, en la que tanto tiempo había dormido, cambiando la cama de sitio cada noche. Sí. Nada la obligaba a batir récords. Salvo ella misma.

«Vamos a dejarlo. También va a ser un pequeño récord anular la cita con ambas.» Gisèle iba a compadecerla. Demasiado. Manon no la compadecería suficientemente. Y aquello supondría otras dos personas más, desde ayer por la mañana, que sabrían... ¿Qué? ¿Que estaba gorda? No. Que era vulnerable.

¿Y el régimen, por cierto? Las ganas que le habían entrado de golpe, las ganas de lanzar un reto, las ganas de llevar a cabo una hazaña de la que nadie la creía capaz, la molestia de haberse sentido, aunque hubiera sido sólo por un fin de semana, dependiente, las ganas —¿por qué no?— de cambiar, ¿esas ganas eran dignas de ella? ¿No irían a imaginarse que cedía a una moda, a una coquetería súbita, a la presión de los Mermont, que a veces la amenazaban con la medicina laboral? ¿No irían a pensar (idea que sólo la rozó, quemándola, que rechazó, que volvió) que se había puesto a régimen para gustarle a Didier? «¡No, por favor! ¡Eso no!»

Aplastó el cigarrillo con gesto decidido en el cenicero ya demasiado lleno, y descolgó el teléfono.

—¿Mamá?

—¿Eres tú, grandullona mía?

—¡Odio que me digas eso! ¡No soy tan grande!

—Por lo menos más que yo... Y, además, ¿qué importancia tiene eso, cariño?

—Claro. Mamaíta, no voy a poder ir mañana.

—¿Lo ves? ¡Tú lo has dicho!

—¿Qué?... ¿Qué es lo que he dicho?

—Me has llamado *pequeña:* me has dicho *mamaíta*. Y es verdad: soy más pequeña que tú, por eso cuando te llamo...

—¡Mamá!

—Divina, hoy estás de mal humor. Espero que sea porque no me vas a ver...

—Claro que sí. ¡Claro que no! ¡Y no me llames Divina, mamá! Ya te lo he pedido más veces. Casi preferiría que me llamaras Lulú...

—¡Lulú! ¡Con lo que te quería tu pobre abuela...! ¡Y Ludivina es un nombre tan original! No entiendo por qué has querido...

—Mamá, no empecemos otra vez con la misma polémica. Llámame Jeanne, como todo el mundo. Me...

—Es que tú no eres todo el mundo, cariño.

—Ésa no es la cuestión. ¿Qué estaba diciendo? Contigo se empieza una frase y luego ya no se sabe por dónde se va...

—Ya sabes cómo tengo la cabeza, cariño: ¡la meningitis que pasé a los ocho años!... El tío Pierre lo decía: «O se muere uno, o se queda tonto.» ¡Conque...!

Jeanne nunca sabía si su madre hablaba en serio o en broma. O si tenía lo que se llama un «complejo de inferioridad». O si se valía de sus incompetencias para seducir. Para desarmar. O incluso para agredir. En cualquier caso, conseguía bastante bien desconcertar a su hija. Estaba claro que se querían. No iban a volver a empezar otra vez con lo mismo.

—¡Mamá, hija! ¡No digas tonterías! Lo que te estaba diciendo es que mañana no voy a poder ir.

—Pero ¡si es domingo!

—¡No te pensarás que no lo sé, mamá!

—No empieces otra vez a echarme la bronca, Divina. Sabes perfectamente lo que me gusta que pasemos un rato juntas el domingo... Precisamente mañana no viene nadie más. Margarita ha anulado la cita para jugar al bridge porque Edgar está con gripe, y los Delannoy están de fin de semana en Ézine.

—Tienes tantos amigos...

—Pero sólo tengo una hija, pichoncito mío. Y me gusta que estemos un poco solas las dos. Además, te necesito, me he quedado sin la Dos.

—...

—La segunda cadena. Cuando le doy al botón sale como nieve. Ya sabes cómo soy, he debido de darle a algún botón que no era... A mí, las máquinas...

—Pero ¿las demás cadenas funcionan?

—Sí. ¡Es el colmo!

—Es más bien una suerte, me parece a mí. De todas formas, seguramente no es más que un simple problema de ajuste.

—¡Sí, ya sé que para ti será fácil! —dijo Gisèle con una especie de fervor extraordinariamente gracioso.

Jeanne no pudo impedir reírse. Era poco habilidosa, pero no tanto como para no poder ajustar una televisión.

—Estamos a sábado, cariño. Todavía puedes llamar para que te lo arreglen.

—El aparato ya no está en garantía —dijo Gisèle con firmeza.

—Bueno. Pues iré el lunes por la tarde, sin falta. Te lo arreglaré.

—Pero ¿por qué no mañana? Quería ver una emisión sobre los Romanov. No es muy intelectual, pero no tengo remedio: ¡son cosas que me apasionan! La actualidad feliz, ya sabes.

—En lo que a los Romanov se refiere, no es eso precisamente.

—Era una manera de insistir —dijo Gisèle—. Entonces ¿qué? ¿Vienes? Aunque sólo sea un momento.

—Mamaíta, te juro que no puedo.

—Pero ¿por qué?

Jeanne calculó mentalmente el tiempo y lo complicado de una explicación, de los comentarios que luego vendrían...

—Tengo que preparar el día de «puertas abiertas» del colegio.

—¡Ah, en tal caso! —dijo Gisèle, inmolándose—. Tu carrera profesional... Lo comprendo. Pero abusan de ti, ¿sabes? ¡Se aprovechan de la situación!

¿De qué situación? Jeanne prefirió callarse.

—¡Podrías decirles un día que tienes una madre! O, por lo menos, una madre para los domingos... Ya sé que no soy muy divertida... con la salud que tengo... los pocos medios...

—Pocas personas me divierten tanto como tú.

—¿De verdad?

—Es una manera de hablar. Bromas aparte, corazón, es un caso excepcional. No puedo decir que no, de verdad. Sabes que me habría gustado...

—Ya lo sé —dijo Gisèle con una tristeza que parecía sincera—. Le diré a Éloi que venga a hacerme compañía a última hora, si tiene un momento. Ahora cierra los domingos por la tarde, ¿sabes? Pero a lo único que sabe jugar es a las damas. ¡Muy divertido! Pero bueno, a falta de pan... Hasta el lunes, cariño. Intenta por una vez que no te tomen el pelo.

Imitó en el aparato el ruido de un beso. Jeanne no la imitó, le parecía una cosa tonta; colgó, sintiéndose culpable. Ahora, ¡a Manon! Comunicando. ¡Qué aburrimiento! Gisèle no siente ningún interés por los problemas de los demás mientras no sean también un problema para ella. Pero Manon es curiosa. No le gusta que le anulen una cita. No se contentará con un pretexto. Jeanne vuelve a marcar dos o tres veces, cada vez con más repulsión. Sigue comunicando. Y cuanto más tarde telefonee, más enfadada se pondrá Manon. Jeanne, que no duda en enfadar e incluso en ofender a los amigos con su franqueza, odia hacerlo por descuido. En tales casos, es de una timidez inexplicable sobre todo porque no tiene la culpa de semejantes ofensas. Así es que se queda sentada junto al teléfono, dispuesta a volver a llamar cada cinco o diez minutos. Por pasar el rato, recoge mecánicamente el libro que había tirado la víspera, cuando su mal humor, y que se había quedado a los pies del sofá.

La primera noche, el culpable fue colgado de una garrucha —entiendo que de una cuerda— y torturado en varias ocasiones, de modo que los huesos se le descoyuntaron; después, atado y desvestido, fue entregado al vergajo y cinco veces azotaron tan cruelmente a aquel desgraciado que ya sólo era sangre y magulladuras. Una vez en el suelo, lo condujeron a la prisión pero, para que no pudiera saborear el tan implorado reposo de un momento de sueño, lo encerraron en una especie de jaula atada en alto mediante cuerdas, de tal modo que, durante toda la noche, sacudido por los guardias cada poco, vio acrecentado su tormento porque se le reabrían las llagas. Cuando amaneció de nuevo...

Jeanne da un respingo, vuelve a tirar el libro, lo recoge. ¿Qué es este horror? Supone que se trata del relato del suplicio de Jean de Leyde, derrocado de su efímera realeza. Le parece recordar que lo habían encerrado en una jaula, donde le daban tormento. ¡Pobre loco! Es verdad que él mismo también había ordenado matar a bastante gente, en Münster. Y además, era una época cruel. Es verdad que hoy en día los campos, los genocidios, los pequeños tiranos a izquierda y derecha... Le da un escalofrío; tiene que obligarse un poco para ponerse de nuevo a leer. ¿Sensiblería?

Cuando amaneció de nuevo, lo ataron otra vez al instrumento de tortura y, mientras se hallaba en aquella cruel postura, suspendido en el aire, le colgaron de los dedos gordos de los pies ciento cincuenta libras de plomo; por lo que, con tan horrible estiramiento, todos sus músculos, nervios, tendones, coyunturas...

¡No! ¡No puedo! No puedo leer estas cosas. Peor para Didier. Tendrá que leer él mismo semejantes descripciones. Y peor para Jean de Leyde si vivió en el siglo XVI y fue contemporáneo de... Ha vuelto a tirar el libro y, de pronto, le choca el color de la tapa. No es la biografía que estaba leyendo ayer. Es otro libro con el que se ha encontrado al alcance de la mano por casualidad. Se había caído de una pila. Es uno de los libros que compró de ocasión, que todavía no ha tenido tiempo de leer, y, mirándolo mejor, el espantoso suplicio descrito no es el del falso profeta, sino el «castigo atroz, cíclico» del asesino del Príncipe de Orange, en 1584, y cuyo autor, el italiano Camporesi cuenta que duró cuatro días.

Ella que ha estudiado anatomía, ella que se vanagloria de haber asistido, un lejano día (aunque la verdad es que no fue plato de gusto), a una disección, se siente de pronto a disgusto frente a un simple relato. ¿Qué iba a pensar Didier, que se había fiado de ella para que le ayudara a dar consistencia a la tesis que tenía la intención de preparar sobre «Realismo y poética del cuerpo en sufrimiento en la literatura del siglo XVI»?

¡Cuatro días! ¡Cuatro días antes de morir, después de haber alcanzado extremos de dolor que ni siquiera llega uno a imaginarse! Aunque el pensamiento se apague, probablemente, una vez alcanzado cierto umbral de dolor. ¿No había leído ella, en una obra sobre la resistencia, el relato de un hombre que había sido torturado y que, más allá de determinado punto de sufrimiento, hablaba de una especie de insensibilidad repentina? Son cosas de hoy en día. El Gulag, las desapariciones en América del Sur... ¿Por qué pensar en ello? ¿Por qué pensar en ello precisamente hoy? ¿Por qué ser, hoy, particularmente sensible? «Es el cansancio, el hambre, es ese dolor confuso que se remueve blandamente en el cuerpo, maltratado por el esfuerzo inacostumbrado a que ayer se vio sometido. ¡Ya lo he encontrado! ¡Es como si fuera mi cuerpo quien leyera! ¡Hombre, es curioso! Tengo que telefonearle a Évelyne para... Telefonear. ¡Dios mío, Manon!» Esta vez consigue línea casi inmediatamente.

—¿Manon?

—¿Por qué me llamas a estas horas? ¡Estaba dándome un baño!

—Es más de la una.

—Estamos en fin de semana. Anoche salí con Helmut. No estuvo mal.

—¿Ah?

—Perfecto, sin más, como decía Shaw. Pero ahora estoy con resaca. ¡Estos alemanes con el champaña!

Manon está a menudo con resaca. Jeanne, nunca. Injusticias de la naturaleza.

—... así es que necesito una o dos horas más para estar lista. ¿Es urgente lo que me tienes que decir? ¿No podías esperar hasta esta noche?

—Es que, precisamente... —empieza Jeanne en tono lastimero.

Se lo cuenta, echándole toda la desenvoltura que le es posible:

—... y, en resumidas cuentas, no habrán terminado hasta el lunes.

—¡No fastidies! Como me habías invitado tú, no tengo nada en casa.

—¡Yo tampoco, anda! Y tú, por lo menos, puedes salir.

—¡Mira, si quisieras...!

La observación de Manon, que es fruto del egoísmo más puro («¿Tienes problemas? ¡No quiero saberlo!»), le produce a Jeanne más satisfacción que la solicitud de Évelyne. Al mismo tiempo, piensa que tiene un carácter poco conveniente. Pero es un hecho que con la gente egoísta resulta a veces mucho más fácil vivir.

—A lo mejor. Pero, en cierto modo, me viene bien.

—¿Y eso?

Jeanne coloca la bomba, pero con menos confianza que hace un rato.

—Porque me he puesto a régimen.

—¿Tú?

Es un placer oír el estupor de Manon. Por lo menos alguien se impresiona.

—Yo —dice Jeanne pomposamente.

—¡Fenómeno! ¿Cuánto tiempo llevas? ¿Te lo ha puesto alguien? ¿Has leído el libro de Liz Taylor sobre el régimen que siguió? ¿Has perdido ya algo de peso? ¿Cuánto?

Semejante entusiasmo y curiosidad reaviva la decisión vacilante de Jeanne. En el fondo, quizá se ponga a régimen de verdad.

—Tres kilos —contesta a voleo.

—Por supuesto que casi ni se te notará todavía. Seguramente has suprimido el vino, el alcohol, ¿no?

—Sí —contesta Jeanne, otra vez a ciegas.

—¡Es eso! Suprimes el alcohol y pierdes tres kilos. Es matemático. Luego es cuando se hace más duro. Vas a sufrir mucho, pero ¡qué razón tienes! ¡Es que ya no estabas presentable!

—Gracias.

Manon es absolutamente impermeable a las vejaciones que impone a los demás, lo que permite suponer que se trata más de una forma de ser tonta que de ser mala. «¡Una cosa no impide la otra!», dice Jeanne, que tampoco es un angelito, pero a quien se le perdona con mayor facilidad, por su buen humor, por cierta redondez tanto moral como física. ¡Ojo! Quiere esto decir que si adelgaza...

—Tienes que contármelo todo, ¿eh? ¿Por qué? ¿Cómo te has decidido? Estoy segura de que fue hace quince días, ¡cuando fuimos a ver el pase de modelos de Jean-Louis! El conjunto rojo y gris que llevaba te dio envidia, ¿no?

Desde la conmiseración de sus amigos hasta la muerte de Ludivina, pasando por la brusca reaparición de un cuerpo hasta entonces descuidado, Jeanne ha pensado en todo, ¡menos en Manon y en su conjunto rojo y gris!

—Ya sabía yo que no eras sincera cuando decías que los kilos te importaban un comino. ¡Te conozco! Eres una falsa extrovertida. Llena de pudor, con tus aires de mujer sin sombra. Eres...

—¡Deja de hacer citas que yo misma te he dicho! —corta Jeanne, refunfuñando—. Y de decir que no soy sincera. He cambiado de parecer, eso es todo.

Le daba la impresión de que se estaba encerrando, de que la conversación tomaba un sesgo que ella no deseaba. Sin embargo, no se podía decir que Manon se negaba a cooperar.

—¡Y has hecho bien! ¡Has hecho estupendamente bien! Te ayudaré a aguantar, puedes contar conmigo. Te comprendo tan bien... ¡ya te imaginas! Ahora te dejo porque tengo que intentar localizar a Helmut: le había dicho que no a acompañarlo a la embajada de Dinamarca, puesto que teníamos que... Pero lo comprendo. ¡Lo comprendo! Te llamaré cada dos o tres días para darte ánimos.

—No te pido tanto...

—¡Que sí, que sí! ¡Aunque seguro que ánimos no te faltan! Me lo imagino, me lo imagino...

—¿El qué? ¿Qué es lo que te...?

—¡Calla! ¡Sé que no me vas a decir nada! ¡Por pudor! Pero me lo imagino: ¡estás enamorada! ¿Me equivoco? Cuelga, anda... cuelga. Ya me lo dirás algún día. Te...

Jeanne había colgado, en efecto.

«¡Por favor, la estupidez de la gente! ¡Y la mía! ¡Qué necesidad tenía yo...!» ¡Y todo por culpa de esa miserable escalera! Se ha dejado engañar. No hay ni una probabilidad entre mil de que semejante eventualidad (el sabotaje de los ascensores) vuelva a producirse. Conque no hay ni una necesidad entre mil de ponerse a régimen: ¡luminoso!

Tranquilizada por su propio razonamiento, Jeanne pasa a la cocina y se prepara el famoso escalope que, a pesar del tratamiento de choque que le impone el *grill* eléctrico, conserva su consistencia y su sabor a papel secante.

Los instrumentos de cocina, en el fondo, se parecen bastante a los instrumentos de tortura. Un día, en Roma, durante un viaje de estudios con los alumnos, en un rato de libertad, deambulaba por la calle de las Cuatro Fuentes; se había metido distraídamente en un palacio-museo cuyo jardín la atraía. Se dio cuenta demasiado tarde de que allí mismo tenía lugar una exposición de instrumentos de tortura. Ante aquellos peines de hierro, aquellas botas, aquellos empalamientos, aquellas vírgenes de Nuremberg huecas y erizadas de puntas que se cerraban con un ser humano en el interior (y que un ser humano había imaginado), el corazón se le había venido a la boca. Sólo le dio tiempo a precipitarse fuera, a huir, a lanzarse al primer café con que se topó y beberse una copa de *grappa* servida por una reconfortante matrona. «Ha sido testigo de un accidente», les explicaba con autoridad la buena mujer a tres obreros sentados en la trastienda, que parecían sorprendidos. ¿Un accidente? Una colisión, sí, entre un espíritu curioso, jovial, que se había creído que era libre, y un cuerpo sacudido por el asco, que, abandonando tras de sí el sufrimiento y la vileza humanas, se han negado a saber más, han echado a correr para huir, *con un mismo movimiento*.

«Sí, aquella vez, estaba claro. Pero era un accidente, como decía la buena de la italiana, un accidente. Cuando se ven semejantes horrores, se imagina uno con toda claridad lo que podría ser la tortura, o incluso una enfermedad muy dolorosa, o un hueso roto. Si uno se sugestiona sólo con repetirse: *fractura del cuello del fémur* o *las dos tibias rotas*, se nota perfectamente y no se puede negar que se sea, en cierta medida, dependiente —¿solidario?— de su propio cuerpo. Pero, por último, si se es una persona sana y equilibrada, no hay ninguna razón para pensarlo...»

Abandonando al desdichado asesino a su suplicio (¡ese detalle de los dedos gordos!), Jeanne recoge la biografía de Jean de Leyde, de debajo del aparador.

...despojado de sus oropeles de teatro, desnudo hasta la cintura, doblado en dos bajo el látigo. Lo metieron a patadas en una gran jaula. («¡Ya me parecía a mí!») *Algunos niños, apretujados contra los barrotes, persistían en arrojar al interior alfileres, cagajones, trozos puntiagudos de huesos sobre los que el cautivo se veía obligado a caminar con los pies descalzos...* («¡Es una cita de *Opus Nigrum*, lo reconozco perfectamente!») *...y, a pesar de toda aquella sevicia, muchos insistían en que lo habían oído canturrear.*

¡Eso es! Eso es exactamente. El mismo detalle está en Yourcenar. Canturrear. Y en tantos otros libros sobre mártires, sobre prisioneros políticos... El cuerpo se domina. Se supera. Evidentemente, se trata de casos excepcionales: seres animados por una fe, una convicción... ¿Y el doctor Petiot? ¿Qué? Cuando cae prisionero de la Gestapo, da testimonio de un valor tan admirable que quienes lo hubieran conocido en aquel momento, nunca creerían que fuera un monstruo, un asesino. Si uno domina su propio cuerpo es gracias a una superioridad moral, ¿no?

«Entonces, si no me pongo a régimen, ¿no soy más que una cobarde?», se indigna Jeanne.

Contrariamente a lo que piensa Manon, ha *leído* el libro de Elizabeth Taylor. (Por cierto, ¿cómo llegó a sus manos? Un alma caritativa tuvo que pasárselo.) Y se indignó. Aquel cuerpo orgullosamente olvidado por los mártires, valientemente sacrificado por creyentes de todo tipo, de lo único que se trataba era de mimarlo, cuidarlo, engalanarlo, y, si se le castigaba, era con infinitos miramientos, presentándole excusas. Si se le sometía a bajas calorías, era con todo lujo de precauciones, de preparativos engañosos, de platos presentados de modo apetitoso, con el fin de que no se sintiera frustrado; era —así lo dice la propia actriz— porque se le tenía *respeto*. «¡Las cosas que hay que oír! Yo, por lo menos, cuando me meto un *cassoulet* entre pecho y espalda, no digo que es porque le tengo respeto a mi cuerpo —se dijo Jeanne con una vulgaridad buscada—. Y, además (se volvía hacia la cocina, insatisfecha, a disgusto, con un sentimiento soso en el estómago, que no era exactamente hambre), si me pongo a régimen, no será tampoco por respeto a mi cuerpo. ¡Más bien para librarme de él!»

Un vistazo más a las vituallas —si es que se les puede dar tal nombre— traídas por Évelyne. ¡Hay que tener verdaderamente hambre para comerse semejante cosa! En el fondo, la gastronomía es el espíritu... El hambre es el cuerpo, ¿no? Se pone toda contenta con su hallazgo, que le permite explicar la atracción perversa que siente, muy a su pesar, por el *camembert* de escayola, el pan de goma. Es el cuerpo. *Sólo* el cuerpo.

Sólo él... Jeanne lo subestima. Porque, después de haber pasado de nuevo, en un movimiento pendular, de la cocina al cuarto de estar, después de haber anotado durante dos horas (entrecortadas por breves pausas inquietas en que va a echarles una ojeada al triste *camembert*, a los chicharrones que se están quedando secos, diciéndose: «¡No! ¡Sería una tontería demasiado grande!») la biografía de Jean de Leyde («¿Le va a poder servir esto de verdad a Didier? ¿Es exactamente el tema? Bueno, ¿qué más da?: es interesante»), se topa con un pasaje que la hace reír: *...y como quería que una igualdad perfecta reinara en Münster entre cuantos hasta allí lo habían seguido, los obligó a dejar en una inmensa pila sus camisas de valor, sobrevestas de piel y otras vestimentas, para que fueran repartidas y que cada uno tuviera lo mismo y de igual valor. Pero como no vigiló personalmente el reparto, del que poco se preocupó, ocurrió que se hizo sin prestar especial atención ni a la corpulencia de cada uno, ni a su estatura, cosa que al día siguiente dio lugar a un desfile de lo más grotesco, arrastrando unos camisas o calzas que iban barriendo el suelo, intentando otros cubrirse con sobrevestas que no conseguían cerrar...*

«O sea —piensa Jeanne—, no hay mayor igualdad entre los cuerpos que entre los espíritus.» Se imagina a sí misma vestida con el astracán de Manon. ¡Vaya cuadro! Se ríe y deja de reírse. ¿Régimen sí, o régimen no? Y como se da cuenta de que ya no va a liberarse de la obsesión con que se encuentra incluso en los libros, de pronto, reuniendo toda su energía —empujada también, todo hay que decirlo, por la ociosidad, la inquietud del domingo solitario que se le viene encima, el gusto por la bravata, que también puede aplicársele a ella—, se ha puesto de pie, apretándose el cinturón del albornoz que habrá que sustituir por otro uno de estos días, se ha metido en el cuarto de baño. Se ha plantado delante del espejo, muy tiesa sobre sus piernas algo cortas, y se ha observado.

Primero el rostro, porque en él se reconoce, le inspira confianza, y hay que tomar aire antes de lanzarse al agua fría. El óvalo en forma de oliva, de rasgos finos, la nariz un poco larga pero recta, el mentón apenas regordete y que, si no fuera por eso, sería puntiagudo, los dientes pequeños, blancos, los ojos negros bien rasgados, brillantes, inteligentes, mirada que va de la desconfianza a la malicia (cuando le dicen: «¡Qué ojos más bonitos tienes!», es que está pensando en otra cosa, que tiene sueño o que se ha tomado una copa de más), todo aquello es honroso, incluso agradable, y no le resulta molesto. Y el pelo, su vanidad, su complacencia; el pelo largo, oscuro, de un espesor bonito, que le llega «hasta el escote» y más abajo todavía, que le hace, cuando se peina ante el espejo redondo de la cómoda, en su habitación, como un velo, una tienda bíblica; el pelo le cubre todo lo demás, todo lo que ella prefiere ignorar. Este sistema de la tienda lo aplica también a la ropa que se pone. Cuando no le queda a uno más remedio que comprar grande, tanto da comprar *muy* grande. Y sus vestidos tipo saco, sus enormes niquis por encima de faldas largas, sus jerséis informes son la alegría de sus alumnos, al propio tiempo que le permiten ignorar lo que pasa por ahí debajo, en la sombra.

Y, puesto que tiene que tomar una determinación, puesto que ese cuerpo-refugio, ese cuerpo que era también él una tienda bajo la cual guarecerse, ha dejado de ser protección y abrigo, puesto que una escalera, una observación, una mirada le han atacado la epidermis, puesto que hay que hacerlo, puesto que se lo exige a sí misma, Jeanne se ha desatado el cinturón del albornoz, ha dejado caer el albornoz sobre la moqueta, *lo* ha mirado.

A primera vista, el enemigo parece bastante pacífico. Incluso armonioso. Por no haber padecido nunca la coacción de las fajas que marcan la cintura, de los sujetadores que cortan el pecho, de los cinturones, de los pantalones demasiado ajustados que sierran la entrepierna, de las chaquetas ceñidas que obligan a meter la barriga, nunca jamás vejado ni molestado, el cuerpo se ha manifestado con toda libertad, desarrollándose como un árbol, en círculos; un crecimiento soñoliento, perezoso, lento si se quiere (un kilo al mes significa, al fin y al cabo, doce kilos al año), un crecimiento silencioso, ignorado por aquella a quien envuelve la ganga que la protege y la aprisiona.

Pero ya, bajo su mirada aún incrédula, *él* va cambiando. El cuerpo sale de su quietud soñolienta, se contrae ligeramente, como si tuviera frío; una onda recorre el vientre redondo, una inquietud endurece los pezones oscuros, parecidas a los primeros síntomas, casi imperceptibles, que despierta en el animal la proximidad del peligro. Y ella, paralizada, no puede apartar la mirada de «la cosa». «*¿Ahí dentro es donde yo estoy?*»

¡Ah! Está ardiendo; el cuerpo todo le escuece, le duele. Le gustaría agacharse, coger el albornoz, cubrirse con él, no puede. Es una tortura, la estrapada, la bota, la empulguera. Toda la carne se crispa, se estremece; todos los músculos cuyos nombres conoce, los nervios que estudió en el muñeco despellejado de las clases de anatomía, toda la carne que dormía, de pronto se pone a palpitar, a sufrir bajo su mirada. No puede equivocarse, como tampoco se equivoca el ajusticiado en su jaula: ella es quien siente dolor, efectivamente.

Fascinada. Y sobre todo por esa blancura extrema a partir de las clavículas, esa blancura de papel; mientras el rostro, los brazos hasta el codo son más bien mates, esa blancura tiene algo de taimado, de chocante. Es el primer indicio de un antagonismo secreto. Porque al fin y al cabo, los antebrazos que Jeanne desvela subiéndose y bajándose las mangas, mecánicamente, durante sus clases, están morenos, son nerviosos, y finas las hermosas manos mal cuidadas, y modesta la parte inferior de las piernas, si pudieran verse bajo la falda amplia y larga. Y, en el espejo, esos fragmentos inofensivos quedan como puestos de relieve por ese tono ocre, como en un dibujo anatómico. Pero inmediatamente después de las pantorrillas finas, se desarrollan bruscas las rodillas, plantadas sobre dos finas columnas como un adorno monstruoso y demasiado pesado, una bola barroca como las que hay en algunos jardines, una piña gigante, una col. Después de esa explosión silenciosa bajo la sombra de la falda, el cuerpo ya no tiene por qué sentirse incómodo, y con una calma majestuosa es como se desarrollan los muslos macizos, jóvenes troncos de árbol aguantando un vientre que desde hace mucho tiempo ha conquistado los aledaños: la cintura y el estómago, y sube con serenidad hasta los pechos macizos, bien plantados. Tan sólo las caderas, territorio aún independiente, mantienen una frontera y desarrollan sus almohadillas de modo autónomo e incongruente; negándose todavía a participar en la esfera total que tiende a completarse, en la despiadada lógica de su inercia.

«Pero ¿qué es lo que voy a hacer? ¡Es injusto, injusto!», gimió, dejándose caer en el taburete del cuarto de baño. Y añadió, como si se estuviera justificando: «¡Y decir que nunca pensaba en él!»

Rápidamente, después de haber recuperado su libertad de movimientos, recoge el albornoz, se lo vuelve a poner. Apenas cubierto el cuerpo, el rostro recobra su importancia, le restituye a Jeanne su personalidad brusca y fina. Ella se da cuenta, afligida. Porque ya no podrá echarse atrás. Ahora sabe que la ven. Que la ven envuelta en una apariencia de la que ella tan poco se preocupaba. ¿Y sobre esa apariencia se juzga a la gente? ¡Ay, si se pudiera ser como los santos de los antiguos iconos bizantinos que aún se encuentran, en reproducciones, por los bazares, y en los que sólo la cabeza y las manos son visibles, quedando el resto cubierto con una capa de estaño!

«Así he sido yo. Así me he creído yo que era.» Con el cuerpo invisible, invulnerable. Pero los otros pensaban en él. Piensan en él. Piensan en ella como objeto digno de lástima. Ven a través de la ropa, imaginan... ¡No, por favor! ¡Didier, no! A Didier le importa un comino; Didier sí que ve a través de las apariencias; la ve como ella es, un poco brusca, seguramente, pero viva, jovial, sensible. La ve *delgada*. En su imaginación, claro. Ella no le pide otra cosa. ¡Y por eso, porque no le pide nada más, es injusto!

«Yo, que apenas me encontraba un poco rellenita... ¡Pues no como tanto!» Y, además, comer es una cosa inocente. Comer es una manera inocente de satisfacer el cuerpo, de desarmarlo, sin que a tal placer se asocie ninguna idea desagradable, preocupante. Un poco como el Episodio, en una palabra. «Pienso igual de poco en lo uno como en lo otro. Después de cenar, después El Episodio, lo olvido», se dice Jeanne de buena fe.

Pero ¿olvida ella toda entera? ¿El cuerpo olvida? ¿Y esa segunda memoria, que se va quedando en reserva para resurgir de pronto cuando uno menos se lo espera?

El olvido nunca es definitivo. Va y viene como una puerta mal cerrada, permitiendo entrever, ocultando, desvelando de nuevo un fragmento de intimidad, una cama sin hacer, unas flores, una cortina, una zapatilla dejada en cualquier parte.

La puerta mal cerrada. Se cuela un recuerdo como una corriente de aire, con un año ya de viejo. Jeanne acaba de mudarse a la torre. Ha ido a celebrarlo con Manon. Se conocieron en la universidad, pero Manon dejó pronto los estudios para dedicarse al periodismo. Siguieron siendo amigas. En este terreno, Jeanne apenas escoge: una generosidad y una curiosidad naturales se alían a su espíritu despreocupado y la llevan a ver regularmente «amigos» que quizá no habría elegido si se hubiera tomado el trabajo de pensarlo.

Así es que cena con Manon cada dos sábados. Aquella noche (acababa de mudarse) invitaba Jeanne. En el restaurante Rémy, un antiguo bochinche con un decorado pasado de moda que le gustaba.

—¿Por qué no vamos al Relais?

—Me da no sé qué. Ahora que lo lleva Éloi... Y como todavía tengo algunas acciones, iba a dar la impresión de que voy a vigilarlo.

—Pues si te pone un precio —dice Manon—, la verdad es que no veo por qué...

Hay muchas cosas que Manon no ve. Jeanne, sin embargo, nunca se hace preguntas sobre la amistad de una Manon delgada y bonita, amarga sin razón alguna, siempre perdida en uniones entrecruzadas, superficiales, agudas, en las que se hace daño sin inmutarse. Una avaricia incipiente, que sin duda tendrá agradablemente ocupada a Manon en su vejez, se deja ver sólo, por ahora, en su mirada, rápida, huidiza, tan pronto entregada como recogida, que rechaza toda confrontación, incluso amistosa, la comunicación, lo gratuito, el despilfarro.

Jeanne rara vez se da cuenta de ello y considera que esa aridez natural es reserva y pudor de sentimiento. Seguramente la fidelidad de Manon a sus encuentros contribuye a tal ceguera. Habladora, fértil en anécdotas, en citas, en grandes risotadas repentinas y sonoras, igualando con el mismo rasero y en la misma frase los adulterios de su quesero y los tormentos de la Palatina, una receta de corazón con nata y el descubrimiento de un antiguo autor búlgaro, Jeanne, con sus efusiones eruditas, ingenuas y curiosas, siempre va dejando tras ella, con despreocupación, algo que coger, que retener, que utilizar. Manon escucha y llena la cesta. Pero, como le dice Jeanne con envidia cuando la ve pedir una marquesita de chocolate: «¡A ti nada te aprovecha!», así, con la oreja atenta, la nariz estrecha y palpitante de predador pequeño, Manon todo lo espiga y sólo consigue crónicas secas, elegantes, rápidamente marchitas, que no se retienen.

—¿Estás contenta con tu nuevo apartamento?

—¡Encantada! ¡Por fin tengo sitio para los libros y un cuarto de baño que funciona! No sabía que tuviera tantos libros. Selim me ha subido siete cajas y todavía quedan algunos en el trastero de mi madre. La cocina también es fenomenal. ¡Y tengo dos balcones! Pondré begonias, asteráceas...

—Estragón, albahaca...

—Pues sí, ¿por qué no? ¿Sabes que, de todos los apartamentos que fui a ver, éste es el que está mejor orientado? Le da el sol hasta las cuatro.

—¿Y tú cómo lo sabes? Yo, en esas cosas de orientación, nunca sé dónde estoy...

—¡Iba con una brújula, anda! —dice Jeanne, orgullosa de su sentido práctico.

Manon no le hace mucho caso, adrede.

—Yo no me mudo hasta que por fin me decida...

—¿A casarte con Helmut?

—O con Frédéric. Evidentemente, Helmut es más viril. Pero Frédéric...

En tal caso, Jeanne se dedica por entero al plato que tiene delante. El pato al melocotón de Rémy es una maravilla.

—... o si tuviera un niño.

—Querrás decir: ¡y! *Y* si tuviera un niño.

—¡Oh, no necesariamente me iba a casar por eso! ¡Hoy en día! ¿Si esperaras un niño, te...?

Se calla.

—Te... ¿qué? —pregunta Jeanne, meditando sobre la carta de postres.

—No, deja.

—¿Por qué «deja»?

—Quiero decir... Era una pregunta idiota.

Un pequeño silencio.

—¿Por qué «idiota»? —dice Jeanne distraídamente, sin apartar la vista de la carta.

De modo absolutamente inhabitual en ella, Manon se pone colorada. Es mezquina, pero no es mala.

—Quiero decir: puesto que no tienes a nadie, en estos momentos...

—Para mí, profiteroles —le dice Jeanne al camarero.

Al despedirse, Manon le dio un beso a Jeanne, cosa que no forma parte de sus hábitos. Jeanne se dejó.

Rémy está muy cerca de su casa. Regresa a pie, a paso vivo, casi podría decirse que ligero. Sus digestiones son felices. Aquella noche está, sin embargo, un poco distraída, y ni siquiera se acuerda, una vez en casa, de cerrar con llave la puerta, que tiene picaporte por dentro y por fuera. Se siente una segura en el piso treinta y uno de un edificio nuevo. Y hace tan poco tiempo, por otra parte, que Jeanne se ha instalado —las cajas, sin desempaquetar aún, se encuentran amontonadas en la sala de estar—, que una simple falta de costumbre puede explicarlo todo.

¿Todo? ¿La ausencia de reacción cuando, en la oscuridad (aunque no está dormida), oye que se abre con un bostezo la puerta que da al descansillo? ¿La espera inmóvil cuando unos pasos avanzan por el vestíbulo, se detienen delante de la puerta del dormitorio, a la izquierda de la entrada, como si conocieran el camino? ¿La ausencia de todo pavor, o de toda manifestación de pavor, cuando una sombra se desliza, en la oscuridad, sin tropiezos, como apartando velos, se detiene junto a la cama, se inclina? Después, todo ocurre tan rápidamente: el susurro de unas ropas al caer, un cuerpo grande que se libera, se apodera del suyo como si fuera arcilla, lo modela, lo amasa, toma posesión de él sin que ella oponga resistencia.

Fragmentos de Jeanne se ponen a existir en la oscuridad. Un seno pesado que la mano extraña no llega a abarcar. Un muslo que se levanta. Los brazos, por el contrario, los brazos aún bellos y blancos como en tiempos en que se loaban los brazos blancos, se quedan inutilizados, abolidos. El reflejo primero de la mujer, que es rodear, retener, aprisionar quizá al macho en su abrazo, no le viene. Por otra parte, esos brazos, ese pecho, ese vientre ¿son verdaderamente fragmentos de Jeanne? La oscuridad es tanta que la embruja, y de la distancia que inmediatamente se ha establecido entre ella, flotando en algún empíreo sin estrella, y aquel cuerpo finalmente poseído, con furor, con una violencia deleitosa, circunscrito al tronco sin brazos, sin cabeza, a lo que una carne femenina tiene de menos personal y de más sexuado. Algo magullada, todavía inmóvil, oye ya, cerca, muy cerca, el roce de una tela, un ruido leve, más seco (¿hebilla de cinturón?), pasos alejándose (¿descalzos?). La puerta vuelve a cerrarse, la oscuridad vuelve a cerrarse. Los grandes paños del sueño la envuelven misericordiosamente, reconstituyéndola toda entera para, toda entera, reducirla a la nada, reconciliando tantas sensaciones dispersas en un solo olvido perfectamente opaco.

El olvido ha recubierto aquel recuerdo. El Episodio se ha repetido, no obstante, varias veces.

Pero, desde hace aproximadamente un año, el olvido cumple con su obligación, como pasa el viento sobre la arena.

*

El domingo por la mañana ocurrió una cosa extraña. Jeanne se alimentó resignadamente, aquella mañana una vez más, con los restos de la barra de pan que le había llevado Évelyne, y una taza grande de café. Cuando fue a echarle azúcar al café, vaciló. Es que se resiste como un mal alumno ante una tarea sin embargo necesaria. ¿Régimen sí? ¿Régimen no? Está claro que, para mantener el tipo, hay que alimentarse durante dos o tres días con judías verdes semifinas y escalopes mal cortados, cosa de la que es muy capaz. ¡Pero de ahí a modificar su vida y sus placeres! La mano se le fue al azucarero. Y después la cosa extraña (a lo mejor lo que Évelyne llama, con su piadosa fraseología, negarse a la tentación), la cosa extraña se produjo. Jeanne retiró la mano, se levantó, fue al cuarto de baño; abrió el armario de las medicinas, sacó una cajita redonda, blanca, volvió a la cocina, echó un comprimido en el café. Por un instante, observó el leve burbujeo que se producía en la taza al fundirse el comprimido, después se llevó la taza a los labios (constatando con desagrado que el café se había enfriado ligeramente); bebió un sorbo, después dijo en voz alta (aunque no tiene semejante costumbre, no está chocheando ni trastornada por la soledad: siempre ha tenido suficientes amigos para poblarla), dijo: «El sabor es exactamente igual.»

2.

Cuando Didier llegó al colegio Pacheco, Élisabeth le presentó a los compañeros, y a Jeanne. «Es nuestro personaje extravagante. Se dará usted cuenta enseguida.» Con un gesto de glotonería irónica que exaspera a Jeanne, presentada así, sobre una hoja de lechuga, al aficionado a las curiosidades. Su primer impulso por Didier brotó al contestar éste alegremente: «¡Bueno, pues ahora seremos dos!»

El año escolar pasó. Se hicieron amigos. Así denomina Jeanne unas relaciones aún titubeantes. En junio del 87, durante la reunión de fin de curso, Élisabeth invita a una copa de jerez en su despacho, donde se da trono su padre, el viejo Mermont (latín y griego). Extraordinariamente venerable, con barba, calvo, pero lo justo, ha trabajado tanto por parecerse al busto de Séneca que ahora ya se dispensa de cualquier otro esfuerzo. Por lo demás, posee una bonita voz de bajo, que utiliza con parsimonia pero en el momento oportuno. Todavía hay alumnos tan inocentes que lo toman por un viejo sabio.

Está Rasetti, un hombre guapo y untuoso; Lavieuxville, auténtico repertorio de citas y de informaciones útiles; Jean-Marie, trabajador encarnizado, *tweed*, pipa, tres hijos, católico militante en aquel colegio no confesional, gran organizador de verbenas, de ventas benéficas, de colectas para los regalos al personal: forma parte de esa gente a la que se llama por el nombre. Está la señorita Lécuyer, una mujer bonita; la señora Dupuy, una mujer apagada; y otros, los favoritos de Élisabeth, que van variando de una reunión a otra, por razones que se mantienen en el misterio. Están siempre Jeanne, que no le pone peros a ningún horario, y Évelyne, que se ocupa de las clases de recuperación. Voluntariado y sacerdocio son un par de palabras que a Élisabeth le gustan mucho. También se encuentran en el despacho, rico y severo (ébano y caoba), algunos otros personajes de segundo plano, entre los que no hay ninguno al que le guste el jerez; algunos incluso rechazan las patatas blandas que sobraron de la última fiesta (Semana Santa), pero se sentirían profundamente molestos si no fueran invitados a estos frugales ágapes. Élisabeth los utiliza además con habilidad, como cebo. Es raro que uno se retire sin llevarse, como por arte de magia, algún trabajo nuevo, por el que encima hay que darle las gracias.

—¿Una copita de jerez, Jean-Marie?

—Con mucho gusto. Pero ¿por qué lo llamas jerez? ¿No se dice *sherry*?

—Su verdadero nombre es Jerez... —dice Lavieuxville, exagerando la pronunciación de la jota.

Siempre lo sabe todo, pero su aspecto banal y su voz sorda hacen que nunca le presten atención. O lo interrumpen, se apoderan de sus ideas, aprovechan sus informaciones sin darle las gracias, le llevan la contraria sin haberlo escuchado... La amargura se le va amontonando, gota a gota, en su corazón de pardillo tímido. Tal vez acabe volviéndose malo...

—... por la ciudad...

—Por la ciudad de Jerez de la Frontera —prosigue con autoridad Rasetti—. Es delicioso, Élisabeth. Pero demasiado poco frecuente, como tú, que nos escatimas tu presencia.

—Por eso es bebible, porque es poco frecuente, ¡como yo! —dice Élisabeth con la coquetería melancólica que la caracteriza.

Es una mujer alta y esbelta, sin edad, sin color, a quien no le falta encanto ni mano izquierda. Sabe que Jeanne es la única en enfrentarse a la costumbre pidiendo a veces otra copa del simbólico brebaje; así es que ella desactiva con habilidad la transgresión y la convierte en privilegio:

—Tómate otra copa, Jeanne, bonita. ¡Sí, sí! Sé que te gusta...

—Hoy no, gracias —había dicho aquel día Jeanne.

Pura casualidad.

—No será por miedo a la línea —dice Rasetti—. ¡Yo sí!

Y hace un gesto, como rechazando una copa que nadie le está ofreciendo.

—Tenéis razón los dos —dice Élisabeth sonriendo—. ¡Hace falta tanta personalidad para no preocuparse uno por su aspecto!

Así es Élisabeth, elegante domadora de fieras, siempre con sus golpes dobles, triples, con su voz de tórtola gris.

Didier estalla en una risa de colegial, que inmediatamente sofoca.

—*¿Qué es lo físico? Permite ganar quince días...*

Es Lavieuxville, que consigue colocar una cita en un breve y molesto silencio.

—¿Talleyrand? —pregunta Jean-Marie.

—¿El príncipe de Ligne?

—¿Tú qué opinas, Jeanne? —dice Rasetti, que no se atreve con Élisabeth.

—¿Del autor o de la cita?

La voz de Jeanne es demasiado dulce. Évelyne se lanza con la testuz baja entre los combatientes.

—¿No es Madame de Sévigné?

Clamor general. Risas (¿de alivio?).

—¡No, por Dios! ¡Es típicamente del dieciocho!

—O, más bien, ¡es una típica frase de hombre!

—¡Casanova era feísimo!

—Lauzun...

La tempestad se aleja. Pero Rasetti no quiere soltar presa. Aunque en algunas ocasiones (y ella no lo ignora) haya tratado a Jeanne de «morcilla», no le perdona la mirada sarcástica que le echa cada vez que él suelta alguna de sus baladronadas.

—¿Estás resentida conmigo, Jeanne? Estaba haciéndote rabiar.

—Jeanne tiene demasiado humor para molestarse por una broma, aunque sea un poco pesada —dice Élisabeth, tan preocupada por la paz entre su rebaño que no se da cuenta de que, esta vez, es ella quien está metiendo la pata.

Ninfa algo cansada de la geografía, a la que fácilmente se imagina uno con una mano sobre el globo terráqueo y con la otra echándose hacia atrás el pelo afligido, Évelyne, que estaba soñando, se despierta y se lanza en su auxilio.

—Pero ¿no salís esta tarde? —pregunta conjuntamente a Jeanne y a Didier—. ¿No teníais que ir a *vuestro* cineclub?

¡Qué desastre! Pero ¿qué puede hacer Jeanne frente a aquel «vuestro» cómplice y tierno de Évelyne? ¿Frente a la publicidad que acaba de darles a las delicadas relaciones que empiezan a esbozarse entre ella y Didier? Jeanne nota, sin mirarlo, que Didier se tensa. Conque toma la delantera.

—¡Es verdad! Didier (como con indiferencia), ¿no habíamos quedado más o menos para ir a ver *Atalanta* esta tarde?

—Sí, naturalmente —dice Didier Schmidt con excesiva diligencia—. Incluso había sido yo el primero en hablar de ello. Las películas antiguas tienen tal encanto... El blanco y negro... Pero tengo que ver a unos cuantos padres de alumnos. Hay tantos repetidores este año... Y, además, tengo que hacer las maletas... Salgo mañana hacia la casa que tiene mi madre en la Turena.

Jeanne ha apretado los dientes. ¡Qué torpeza, pobrecito!: «Había sido yo el primero en hablar de ello.» Ni herirla, ni tampoco salir de la habitación colgado de su brazo... Jeanne ha captado perfectamente el matiz.

La conversación vuelve a saltar rápidamente, en torno al cine, a los programas, a mil cosas. Jeanne se ha limitado a quedarse zampando patatas rancias con un simulacro de apetito, vaciando la copa, sirviéndose otra e incluso otra más, aplastando las colillas en una vasija de ópalo: Élisabeth no tiene ceniceros, para desanimar a los fumadores. Dando la réplica. Después, al cabo de un tiempo razonable, se ha ido a coger el autobús, a hacer algunas compras. En la farmacia fue donde debió de comprar, aquel día (necesitaba un tubo de pasta de dientes, lo recuerda muy bien), la cajita blanca que tiene en el armario del cuarto de baño desde entonces. Desde hace algo menos de un año.

*

En su universo interior, que está lleno de referencias, de sobrenombres, de una cronología particular suya en la que pequeños acontecimientos ocupan un lugar enorme mientras hechos supuestamente importantes (el divorcio de su madre, por ejemplo) desaparecen para siempre jamás, engullidos por su memoria independiente y selectiva, Jeanne llama a aquel día (hace algo menos de un año), cuyo recuerdo ardiente, caso excepcional, no logra desterrar: «el Día de Atalanta».

Y tampoco ha olvidado que, la semana siguiente a aquel día, había comprado un libro. No en la librería del barrio, donde habrían podido reconocerla, sino en unos grandes almacenes. Había estudiado con aplicación recetas nuevas para ella, a base de yogur desnatado y de proteínas en polvo. Llegó a probar unas cuantas. Durante ocho o diez días, se había preparado aquellos platos extraños, bajos en hidratos de carbono, bajos en calorías, bajos en todo. El noveno o el décimo día, se había pesado: ni un solo gramo perdido.

Estupor. Indignación cándida. Por último, Évelyne:

—¡De seguir, nada! Lo dejo, no aguanto más. ¿Quieres saber por qué? Pues porque, en el fondo, no encuentro ninguna razón para seguir. ¿Cómo quieres que lo consiga si no encuentro una razón? Lo que tiene que hacer la gente es admitirme como soy.

—Querrás decir: lo que tiene que hacer él...

—Después de todo, ¡el peso es una convención! El siglo pasado...

—Todo hombre tiene su amor propio —había musitado Évelyne.

—¿Y yo? ¿Yo no tengo también derecho a tener mi amor propio?

Aquella pregunta se quedó sin respuesta. Jeanne y Didier Schmidt siguieron siendo amigos. No se volvió a hablar de régimen. Hoy, ante los esfuerzos de Jeanne, a Évelyne se le escapa cierto escepticismo basado en aquella intentona abortada.

—¡Es que no tiene nada que ver! —se indigna Jeanne, mientras están esperando el autobús que cogen juntas cada vez que les coincide la hora de salida—. ¡La situación es completamente diferente! Creía de verdad que la gente me aceptaba como yo era, ¿comprendes? Por amistad, por aprecio, por respeto a la libertad, porque las apariencias no tienen la más mínima importancia... ¿qué sé yo? Y, de pronto, por culpa de un ascensor averiado, ¿qué es lo que descubro? Que para ti, para los vecinos, para los compañeros, soy un *caso.* ¡Un CASO! ¡Que es como decir un minusválido! ¡Al que le perdonan sus fantasías por piedad, porque no se atreven a llevarle la contraria! Andaba mendigando indulgencia sin saberlo. Una pordiosera, sí, como esas mujeres del metro que se sientan en el suelo rodeadas de niños flacos. A mí, era mi peso lo que me servía de muñón, de escudilla: ¡y ponía la mano!

Évelyne reía.

—¡Jeanne, Jeanne! ¡Que te embalas! Estás delirando. ¡Te vas de un extremo al otro! Eres un poco exagerada, ¿sabes? El hecho de que tengas unos cuantos kilos de más...

—Los voy a perder. Te digo que los voy a perder.

—Y será una cosa fenomenal. Pero de ahí a pensar que...

—Sí. A lo mejor exagero un poco. Pero lo cierto es que flotaba en el aire algo de condescendencia. Y, en el fondo, desde el punto de vista de la salud, a lo mejor no estabais equivocados. Sea como sea, ya he tomado una determinación. Y además, el tiempo va pasando y no puede uno imaginarse que...

—¿Te refieres a Didier? A mí me parece que todo lo contrario... ¡Siempre estáis juntos!

—Sí... Pero todo el mundo ve perfectamente que es amistad. Sólo amistad. Y, por otra parte, de vez en cuando sale con mujeres, se ve que...

Évelyne la ha interrumpido con una violencia inesperada.

—¡Con mujeres! ¡Porque tú no eres una mujer, claro! ¡No deja una de ser mujer por unos cuantos kilos de más!

—Quiero decir que a mí no me considera como mujer. Estoy segura de que se horrorizaría sólo de pensarlo...

—Quizá. Pero menos que tú. Eres tú quien está horrorizada. Quien se muere de miedo. Miedo de lo que pudieran decir, o pensar, por supuesto. Y también miedo de lo que pudiera ocurrir. Y si pesas esos kilos de más, si no has intentado antes quitártelos de encima, es para poderte decir a ti misma que no eres una mujer. Para eximirte. ¡Porque no es tan fácil!

—¡Bueno!

Jeanne se ha quedado observando a Évelyne, vibrante de convicción, con su rostro de rubia prematuramente ajada, cuya finura se hunde en lo soso, pero que se transfigura cuando afirma con fuerza su propio credo. La feminidad. El amor. La entrega de sí misma. Toda la panoplia.

«¡Un poco más y me desanima!», se dice Jeanne.

*

Como a un hijo. Se puede querer como a un hijo a alguien que tiene la misma edad que tú, o aproximadamente. Un hijo puede ser, a veces, un poco negligente, puede preferir, a veces, otras compañías, olvidar una cita, una atención; no por ello es menos hijo. Y lo demuestra volviendo a ti, de pronto, con una enorme sonrisa, perfectamente inconsciente de la pequeña herida oculta que te ha podido ocasionar; vuelve a ti con el sentimiento, a todas luces visible, grabado en la frente, en sus ojos claros, francos hasta la desfachatez, de que tiene sobre ti un *derecho*. Ese instante haría olvidarlo todo, si fuera necesario. ¡Derecho divino! ¡Flecha de sol!

Jeanne odia prestar libros y que no se los devuelvan. Los compañeros se lo hacen con bastante frecuencia, contando con la riqueza de su biblioteca. Los reclama entonces con vehemencia, con hosquedad, en plena sala de profesores, a veces con desprecio del más mínimo recato. Pero cuando se trata de Didier, lo admite. Más aún: se siente íntimamente encantada. Reclamarle libros durante una reunión de profesores es proclamar a las claras, delante de todos, que hay algo que los une. Y el hecho de que Didier olvide con frecuencia traérselos le proporciona a Jeanne la satisfacción de pensar que él tiene en su casa objetos que le pertenecen a ella. Ahora sabe cuáles son los libros que a él le gustan, los que necesita. En ocasiones los compra con el único fin de prestárselos.

En ocasiones los anota para proporcionarle, así de discreta y delicadamente, elementos para la tesis que él está haciendo, aunque con bastante indolencia. A veces, deja una de las páginas en blanco escrita de arriba abajo con una letra sorprendentemente tímida, de trazo algo anticuado. La mano apenas si se apoya sobre el papel y la tinta queda así como desleída. Podría decirse, salvando los años, que es la joven Ludivina, la que tan poco tiempo tuvo para existir, amar, decirlo, mandándole un mensaje al chico que no ha de ser tan diferente del que ella conoció.

Él recorrerá sus notas. Las utilizará. No es un joven de los que dejan que las cosas se pierdan. Es un recolector de fruta, un de esos hermosos vagabundos alegres de antaño, que siempre encontraban a su paso un tazón de leche y a la lechera para ponerse en forma; es un marinerito de juerga que cambiará el reloj o la zamarra por la eternidad de una botella. Es un guapo soldado de permiso que va un poco sacando pecho, para parecer viril, que, en el compartimento lleno de humo, les enseña a los otros chicos el bíceps, para que se lo palpen, y que se pregunta si no va a dejarse bigote. Es... Es un hijo. Es normal que ella se sacrifique un poco por él. ¿Un hijo? A través del cientificismo poético de Pontus de Tyard o de la matanza de la noche de San Bartolomé, de las breves notas que ella le redacta, de las referencias, las sugerencias, pasan emociones inocentes y fuertes, juicios tajantes y secretamente temblorosos, ideas nuevas, ideas falsas, y el turbador «¿A ti también? Igual que a mí, te lo aseguro. Exactamente igual que a mí» de toda criatura humana que busca, con una timidez salvaje, la fraternidad posible.

Un hermano. Lo quiere como a un hermano.

Como a un hermano más pequeño, que le pide consejo, que todavía no tiene mucho método y no ve con mucha claridad las posibilidades del tema de su tesis...

—¡Vamos, hombre! —dice Manon, que sólo ha visto a Didier dos veces y lo encuentra «un poco granuja» porque lleva un niqui abierto y no se pone corbata—. ¡Pedirte un método a ti! ¡Lo que te está pidiendo es tu sudor!

«Con tal de que me pida algo...», piensa Jeanne, llena de secretas delicias.

*

—¡Jeanne, no te vayas así! —dijo Élisabeth con gracia—. Ya sabes que siempre te necesito...

—Tengo una clase ahora mismo y estoy invitada a comer, sólo tengo tiempo para...

—Precisamente por eso no me queda más remedio que cazarte al vuelo. Se trata de un pequeño problema con Geneviève Faroudji.

—¿La hija de...?

—Exactamente. La hija de Selim. Figúrate que Geneviève se presenta en clase desde hace varios días, y ya lo comprobarás tú misma puesto que la tienes en ciencias naturales dentro de un momento, con una especie de velo en la cabeza.

—¡Anda!

—So pretexto de conversión al islam, de leyes coránicas o algo así. Nunca lo hubiera creído... Los turcos no son árabes, al fin y al cabo... Y ahora, a su hermana pequeña, Jacqueline, ¡le ha dado por hacer lo mismo! ¡Niñas educadas en este colegio! ¡Y cuyo padre es uno de nuestros empleados! El colmo, Jeanne, no te lo vas a creer, es que Geneviève me ha pedido que modifiquemos el registro de matrículas y que las inscribamos con los nombres de Fatima y de no sé qué... ya ni siquiera me acuerdo... Aicha, creo.

Jeanne siente ganas de echarse a reír. Para Élisabeth, evidentemente, ¡modificar el registro de matrículas es equiparable a la profanación de un altar! También le parece divertido que Élisabeth pronuncie «Fatima» como si fuera una tragedia de Voltaire. Después, ya no le parece tan divertido.

—Sé que te has ocupado con mucho altruismo de esta familia. Que le has dado clases gratis al sobrino de Selim...

—Selim me había prestado muchos pequeños favores. Cuando me mudé, cuando tuve problemas con un escape de agua...

—Puede decirse también que le has proporcionado bastantes pequeños trabajos —dice Élisabeth con una sonrisa indulgente—. De manera que me pareces la persona más indicada para... ¡O sea, que quiero que hagas entrar en razón a Geneviève y me arregles este ridículo asunto!

—¿Yo? Es que yo no tengo ninguna autoridad para...

—Es una de tus alumnas.

—¡Como la de otra media docena de profesores! Évelyne...

—Évelyne Berthelot no tiene la autoridad natural que tú tienes. Ni los mismos lazos que tú con la familia Faroudji. Y, además, siempre está todo el mundo alabando la influencia que tienes sobre tus alumnos y que, según dicen, lo excusa todo. Bueno, pues, por una vez, permíteme que la aprovechemos...

Jeanne se mete en clase de mal humor. «¿Por qué me tocan a mí todos los trabajos molestos? A Geneviève le habré hablado diez veces en mi vida, como mucho...»

No sólo no le ha hablado más que en contadas ocasiones, sino que casi nunca le pregunta, no la saca al encerado y la ha sentado en el fondo de la clase, a la derecha, junto a la ventana. ¿Y ahora la tiene que coger aparte, abrir con ella una controversia? ¿Y dónde? ¿En el aula? Naturalmente que no. ¿Durante algún recreo, ante los ojos de docenas de alumnos curioseando y tomando partido? Aún menos. ¿En la conserjería de Selim?

Jeanne empieza la clase:

—El orden de los quirópteros...

Olvidando por un momento su perplejidad, Jeanne se va animando; sus bonitas manos revolotean en el aire; ella se mueve por la tarima con soltura. El diminuto Jean-Luc está medio dormido, la enorme Patricia toma apuntes; dos chicos juegan discretamente a los barquitos; las primeras filas atienden; todo está en orden.

Entre tanto, Lorenza se enternece con el murciélago:

—¡Qué bonito es!

Walter, uno nuevo, estalla en sonoras carcajadas, y una de las tres Ségolène (¡hay que ver los nombres que les ponen a los niños! ¡Évelyne tiene una en tercero que se llama Gardenia!) protesta:

—¡No, por favor! ¡Es horroroso! ¡Tú imagínate que te metes en una gruta y una de estas asquerosidades se te engancha en el pelo!

Jeanne rectifica:

—¡Eso es una leyenda! Además, los murciélagos no son feos. Vamos a ver, ¿qué es feo en la naturaleza? (Se sitúa en el fondo de la clase, a la derecha, y siente un leve malestar. Lo supera.) Muchos son los poetas que han hablado con humor o con sensibilidad de los animales más curiosos, desde *El blasón de la codorniz*, de Géroult, un autor del siglo XVI, hasta los versos de D. H. Lawrence... (¿qué he hecho yo con la ficha?)

Con sus protuberantes ojos, perlas o bayas, negros,
y sus inconvenientes orejas burlonas
y sus alas replegadas
y su pardo cuerpo deshilachado...

—El poema es bonito, si se quiere —concede Ségolène—, pero el murciélago es feo, feo y asqueroso.

—Lo que pretende poner de relieve Lawrence en este poema —insiste Jeanne con paciencia exasperada— es precisamente el derecho del murciélago a ser lo que es: ojos protuberantes, cuerpo pardo y deshilachado, y que le parece bonito porque es un fragmento palpitante de la vida, una manifestación...

Ha dudado por un instante.

—¿De Dios? —pregunta una voz desde el fondo de la clase.

Otras voces protestan:

—¡Hala! ¡Venga ya!

—Si quieres —contesta Jeanne, tolerante—, Dios, naturaleza, cosmos...

—¿Estamos en clase de ciencias naturales —pregunta con insolencia Ségolène—, o en clase de moral?

La oleada de alumnos va saliendo. Jean-Luc pide una aclaración y Jeanne se la proporciona amablemente. Bérengère le concede al pasar esa sonrisa etérea, angelical, que significa que no ha atendido absolutamente nada y que le da igual. Se cae un cuaderno, se esparcen por el suelo algunas hojas.

—¡Venga, daos prisa!

Jeanne, por su parte, recoge sus notas, con la vista baja. Desde el fondo de la clase, una masa oscura se pone en movimiento, viene hacia ella, va a pasar por delante de su mesa. («¿Le hablo? ¿Quedo con ella? ¿Qué hago?»). Cuando levanta la cabeza, es ya demasiado tarde: Geneviève sale por la puerta y se aleja pasillo adelante, vestida con una chilaba azul oscuro, y con la cabeza cubierta con un pañuelo (al hablar de velo, Élisabeth ha exagerado un poco). Anda muy derecha. Tiene buen porte aquella joven matrona de quince años, que pasa del metro setenta y, con toda seguridad, de los noventa kilos.

A la hora de comer, Jeanne siempre ha intentado huir del comedor escolar (noblemente bautizado «cafetería» por los Mermont). El inevitable huevo duro con mayonesa goteando aceite, el rodaballo congelado y, como atención reservada a los enseñantes, la copa de frutas de la víspera, rejuvenecida con una gota de marrasquino de garrafón: ¡muchas gracias! Hace unas cuantas semanas, aún buscaba Jeanne sitios típicos y nada caros, de esos que se encuentran en el distrito XIII. Hoy, y aprovechando que el tiempo es bueno, se va a unos jardines cercanos y continúa, con un empeño un tanto provocador, el régimen que ha empezado. Ha descubierto, junto al gimnasio, una salida de emergencia que creía condenada pero que Selim utiliza como atajo. Excelente medio para huir de las garras de Élisabeth. Y Selim no la traicionará. Conque hoy, como los demás días, Jeanne se desliza por aquella puerta discreta, en el fondo del pasillo de los contenedores de basura, y sale bastante alegre hacia los jardines. Ha descubierto un banco cómodo, protegido por un macizo, detrás de los columpios. El tiempo es suave en estos primeros días de mayo. En octubre, ya veremos. Mientras se instala, se van apagando poco a poco los gritos de los niños, un último balón rueda a sus pies, el chirrido de las sillas y de los cochecitos se aleja. El distrito XIII está comiendo.

Sentada, Jeanne juega a pordiosera. De un grandísimo bolso hecho polvo que tiene sobre las rodillas, saca un par de huevos duros, envueltos en papel de aluminio y ya salados. Un tomate, un botecito de queso blanco «ligero» y una cuchara de plástico completan el paisaje. Por divertirse, por crear un personaje y pensar en otra cosa que no sea ese régimen que a sí misma se ha impuesto y que le parece inimaginablemente malo, Jeanne «pone el mantel» con el periódico de la mañana, deja caer los hombros y, si alguien le dirigiera la palabra, contestaría con un gruñido. Falta, claro está, la botella de tintorro para rematar el cuadro. Jeanne logra admirablemente, en cambio, desposeer su rostro de toda expresión, empañar la mirada, dejar que se instale en sus rasgos la vacuidad de la piltrafa humana cuyo espectáculo a sí misma se ofrece. Diversión pueril, secreta, llena de encanto, pero que no basta del todo para olvidar el flaco almuerzo. En especial el huevo duro, compacto, con un ligero saborcillo metálico, se le queda atravesado en la garganta, y regarlo con un trago de agua mineral (media botella en el fondo del bolso) es evidentemente una solución, pero una solución sin encanto.

Para darse ánimos, se imagina frente a Élisabeth, en la «cafetería». «Pero ¿cuándo vas a dejar de fumar, por lo menos entre plato y plato, Jeanne? ¡Piensa en tu estómago! Eso destroza el sabor de los platos, y tú que pretendes ser una gastrónoma... Y ¿qué necesidad tenías, en clase de botánica, de citar a Hildegarde de Bingen? Esas cosas desorientan a los alumnos, que luego no saben ya qué es lo que tienen que retener y lo que no... Obtienes buenos resultados, nadie lo duda, pero con una élite de la clase, no lo olvidemos. Me parece...» A este eterno machaqueo habría venido a sumarse hoy la historia absurda del pañuelo. Todavía es preferible el huevo duro.

Aquel día, como por casualidad, el tomate está soso y acuoso. «¡Qué valor tengo!», piensa Jeanne pavoneándose. Dos días antes no habría podido presumir tanto. Cuando se estaba instalando, con las piernas separadas, el periódico extendido y el huevo mondado en la mano, creyó ver llegar a Didier desde el fondo del parterre de gramíneas. ¡Adiós! En un instante, el huevo, el periódico y la botella de agua mineral desaparecieron con el bolso, debajo del banco; se irguió, se atusó el pelo, se reajustó el rostro, y todo por un joven vestido de negro, con pinta de sucio y descarriado, que le pidió cinco francos. Poniéndose colorada, se los dio, para lo cual tuvo que bajarse y sacar el bolso de debajo del banco, momento en el que observó que los zapatos del muchacho eran de buena calidad, casi nuevos. «¿Este tío es un pordiosero? ¡Lo que es es un drogadicto!» La cáustica observación no le salió de la boca. ¡Si llega a haber sido Didier...!

A pesar de lo sincera que había sido al explicarle a Évelyne las razones de la resolución que había tomado, no le gustaría que Didier la descubriera en aquellos jardines. Como tampoco querría («¡Sé franca contigo misma!») que se la encontrara con Geneviève. «Es posible no darse cuenta de mis kilos, no se les concede ninguna importancia. Pero mis kilos multiplicados por dos...» Y ¿no es precisamente por eso por lo que está evitando a Geneviève? ¿Por lo que la ha colocado en el fondo de la clase? ¿Por lo que se niega a mezclarse en el asunto del pañuelo?

«Y entonces el murciélago ¿qué? Todo lo que he dicho, todo lo que he pensado durante años y años ¿qué? Que todo, desde los truncamientos del cristal hasta el nacimiento de la ameba, todo era bello en la naturaleza... Incluida, más allá de las bellezas, de las fealdades convencionales, Ludivina la arisca, la fea, la admirable Ludivina...»

Baja la vista: cáscaras de huevo, medio tomate sin terminar. «¿Es de verdad tan valiente lo que estoy haciendo? ¿O estoy entregándome, cediendo ante presiones tácitas, traicionando lo que sería, por hablar como Ségolène, una moral?»

*

Jeanne, una vez terminado el almuerzo, regresa hacia el colegio. Un grupo la ve llegar, esta vez por la entrada principal, desde las ventanas abiertas de la sala de profesores.

—¡Desde luego, hay que ver la pinta que tiene, con la colilla en la boca!

—¡Y ese bolso tan viejo! Habría que decírselo...

—Yo lo he intentado —suspira Élisabeth—. Incluso le he prohibido que fume en el recinto del colegio. Lo que hace entonces es que se esconde en los servicios, los alumnos lo saben y es que se mueren de risa.

—Lleva el teatro en el alma. Lo suyo es afectación.

—Querrás decir demagogia. Cuando al profesor ya no se le tiene respeto, el único camino que le queda es convertirse en payaso.

—O en espectáculo de televisión...

—Admiro la paciencia que tienes, Élisabeth.

—Rasetti, ¿quieres hacerte cargo de las horas de Jeanne?

—Los alumnos la adoran —dice tímidamente Évelyne.

—¡Claro! En cuanto hay provocación, demagogia... Pero tú tienes cierta influencia sobre ella, Didier, deberías...

—Pero ¡es que yo también la adoro! —dice bajito—. ¡Es divina! ¡Tan divertida! Y, además, nunca me atrevería a decirle nada, ¡a mí también me tiene aterrorizado!

—Te obliga a trabajar.

—A ti te resulta excelente. Pero podríamos hacerle comprender, a pesar de todo, que con un aspecto algo más cuidado...

—Ya no sería Jeanne —dice Didier con resuelta desenvoltura.

*

En definitiva, cuanto más amigos se hacían, menos la veía. O más la veía de un modo diferente a como se mira a una mujer. Por ejemplo, un día, yendo al teatro, el cupón de su tarjeta de abono-transporte se había desmagnetizado. Iban ya un poco tarde. ¿Didier había tenido —¿o lo había creído ella?— un gesto de impaciencia? Con un movimiento sorprendentemente ligero, apoyándose en los laterales metálicos, doblando las rodillas y *haciéndose una bola*, Jeanne había saltado por encima de la barrera. Bastante contenta de sí misma, de aquella demostración de una agilidad que su peso no excluía. Didier estaba medio muerto de risa. «¡Nadia Comaneci! ¡Mejor que Nadia Comaneci!» La cogió del brazo, sin apuro alguno, con una arrogancia amable de joven guapo que puede permitírselo todo, de talla suficiente como para imponer sus fantasías. Y ella era aquella tarde su fantasía, como si se hubiera puesto una chaqueta excéntrica, un sombrero. Ya no se encontraba molesto. Ya no la veía. «Lo mismo podía haberme puesto un velo», pensó Jeanne.

Aquello era exactamente lo que había deseado, ¿no?

Lo que la lleva a Geneviève. Élisabeth insiste para que convenza a la chica. «Sin llegar a caer en la intolerancia, ¿de acuerdo? ¡Contrólate!» A Jeanne, con quien le cuesta controlarse es con Élisabeth. Y ahora interviene también Selim, acosándola en el momento en que sale a comer.

—¡Tiene usted que hablarle, señora Jeanne!

—Francamente, Selim, es una cosa tan personal... ¿No podría usted...?

La elevada estatura de Selim se arruga. Un inmenso desánimo se le mete en sus negros ojos, de profundas ojeras, le invade el rostro redondo, de tez mate y pálida a un tiempo. En la mejilla izquierda de Selim, la mancha de nacimiento que le da un poco de realce a aquel rostro resignado, y sin embargo agradable, parece oscurecerse.

—¡Un viudo, señora Jeanne! ¡Un viudo! ¿Qué es lo que puede hacer un viudo que se queda solo con dos hijas mayores? ¿Pegarles? Después de todo lo que les he contado sobre la suerte que tenían de ser francesas, los derechos del hombre, el progreso, el racismo, e incluso la educación sexual. ¡Sí! ¡Les he hablado de la píldora! Y después de todo esto, me vienen a pedir... Sobre todo Geneviève, la mayor, que influye en Jacqueline, ¡viene a pedirme a la cara que la llame Fátima! Por un momento, me puse furioso. Me levanté, me quité el cinturón... Y después pensé en usted, señora Jeanne, en nuestras conversaciones...

—Se lo agradezco...

—... y me dije que un padre moderno, un padre francés...

¡Pobre Selim!

Jeanne no sabe cómo iniciar la lucha. Ha terminado invitando a Geneviève a tomar algo en un salón de té marroquí que no está muy lejos del colegio. Así, por lo menos, nadie se extrañará ni del ropaje ni de la corpulencia de Geneviève. ¿Ni de la corpulencia de *ambas*? Entran, eligen una de las cuatro pequeñas habitaciones que son como minúsculos salones privados. Se instalan. Geneviève, con su chilaba blanca discretamente trencillada de azul, no desentona lo más mínimo con todo lo demás. Es curioso hasta qué punto Jeanne se encuentra molesta, a disgusto, ante aquella chica tranquila, de aspecto algo obstinado quizá, y que tanto espacio ocupa sobre los cojines del asiento. Está bastante oscuro, con esa penumbra peculiar de los lugares en que las ventanas tienen las cortinas echadas incluso en pleno día. Cacharros y bandejas de cobre brillan apagadamente aquí y allá, reflejados por los altos espejos colgados en las paredes. Una mujer gorda, cubierta de collares, de cequíes distribuidos prácticamente por todo el cuerpo, provista de unas pestañas enormes que la hacen parecer un pez de dibujos animados, viene muy cordialmente a servirles el té con hierbabuena, y a soltar la puerta de otro saloncito, donde unos enamorados se besan con una concentración silenciosa. ¿No es acaso el lugar soñado para una conversación? Jeanne ha querido pasar inadvertida.

Pero cuando ve el cuadro en el espejo sin brillo, ella sentada en el filo de un gran sillón «colonial», Geneviève arrellanada en un diván bajo y la mujer de los cequíes evolucionando lentamente alrededor de ambas, como un planeta, la masa que representan entre las tres llenando casi por completo el saloncito —como si fueran tres enormes cojines o *pufs*—, le entra un sentimiento de sueño absurdo, casi de pesadilla.

—¡Adelante! ¡Adelante! —dice mientras tanto Geneviève, con tono irónico y amable—. Sé perfectamente que está usted aquí para leerme la cartilla.

—Como si eso fuera lo mío —dice Jeanne, algo malhumorada.

Geneviève sonríe. Una sonrisa que tarda en aparecer, que le ilumina el rostro redondo, ambarino, sin edad, que ella consigue, como algunos malos alumnos, dejar inexpresivo para no soltar prenda. Esa ausencia de expresión también le confiere cierto misterio. «Es la sonrisa del Gato de *Alicia en el país de las maravillas*», piensa Jeanne, divertida. Sólo que el Gato tenía la cortesía de desaparecer, cosa que le sería bastante difícil a Geneviève.

Recuperando posiciones, se resigna a su misión.

—Geneviève, ya sabes muy bien de lo que tengo que hablarte. Tu padre está preocupado. La señora Mermont está preocupada. Y a mí me parece fuera de lugar que vayas exponiendo una pertenencia...

—¿Si llevara una crucecita colgada del cuello estaría mejor?

La sonrisa había desaparecido. El tono era provocador, pero sin violencia.

—Podrías llevar colgado del cuello una media luna o una estrella de David, y a nadie le chocaría. Pero reconoce que el velo es un poco ostentoso, ¿no?

—¿No me queda bien?

—Si estás decidida a seguir portándote como una niña pequeña...

En una de las habitaciones adyacentes, la mujer de los cequíes finge estar arreglando las cortinas y quitando el polvo, para seguir la conversación.

—Es todo lo contrario —dice Geneviève, enojada—. El velo es el signo de que una se ha convertido en mujer.

—Según la ley coránica, supongo. Pero ¿no eres un poco joven para hacer una elección tan definitiva?

—Después, será demasiado tarde. Después, seré la chica que no ha llevado velo.

—Pero ¡quién va a pensar semejante cosa, por favor!

Jeanne no comprende. El XIII es un distrito más bien asiático que árabe, y Geneviève no ha podido encontrarse con tal prejuicio ni en el colegio ni en familia.

—Conozco una familia siria muy amable... Y tengo un montón de amigos que piensan que...

—Pero ¿qué amigos?

—¡Jo! —suspira Geneviève con verdadero o fingido cansancio—. Si tengo que explicárselo todo... ¿Esto qué es? ¿La Inquisición?

Jeanne se encuentra un poco desanimada. Sobre todo, porque le parece que el papel de inquisidor, efectivamente, le va mal.

Y en esto que la de los cequíes, sin la más mínima vergüenza, viene a apoyarse en el quicio de una de las puertas y, no sintiéndose lo más mínimo incómoda por el silencio que sigue, se dirige con toda cordialidad a Jeanne:

—¿Es su hija?

—No —dice Jeanne, molesta por aquella familiaridad, que parece dar a entender que, entre tres personas con unos cuantos kilos de más, existe de entrada cierta solidaridad.

Hasta ahora, siempre ha considerado su peso, aceptado y posteriormente recusado, como un problema puramente personal, y resulta que, de pronto, tiene la impresión de pertenecer a una especie catalogada, como las plantas o los mamíferos. Se va a liberar de esos kilos, seguro. Pero no es aún cosa hecha, y le resulta muy desagradable quedar englobada, sin más preaviso, en la complicidad que da la impresión de estar naciendo entre aquella mujer, que parece un *puf*, y Geneviève, que es igual de ancha que el sofá entero. «Que parezca un cojín, pase, pero formar parte de todo un mobiliario, ¡ni hablar!»

Contesta, no sin esfuerzo:

—Podría ser mi hija, pero sólo es mi alumna.

Los cequíes tintinean.

—¡La ciencia! ¡La sabiduría! ¡Enseñar, qué maravilla! Pero no se quedará mucho tiempo a su lado. Es una chica demasiado guapa. Muy, muy guapa. Pronto estará casada. Es la vida.

La lenta sonrisa sensual, algo burlona, de Geneviève renace. Posee una boca hermosa, de labios un poco ribeteados, como una divinidad hindú, y pestañas largas y muy negras. ¿Se ha maquillado?

—Geneviève, me gustaría, a pesar de todo, que pudiéramos hablar un par de minutos tranquilamente.

Geneviève le lanza una mirada de connivencia a la señora gorda, que se retira, sin prisas superfluas.

—¿Habías venido ya aquí alguna vez?

—No. Pero ha visto que llevo velo. Ha comprendido que era de la familia...

—¿El islam?

—El islam, si quiere. Lo que me gusta sobre todo es el modo de vida... Mis amigos sirios me dicen que hay que elegir. Y además, ¡quiero vivir mi vida, no la de mi padre!

Es la primera vez que eleva un poco el tono de la voz, y su rostro, que se esfuerza ante lo serio de la reivindicación, parece paradójicamente mucho más joven. «En el fondo, es casi una niña pequeña. Una enorme niña pequeña. A lo mejor está pasándolo mal. Probablemente es que ha dado con una familia muy tradicionalista, que la acepta tal como es, y en consecuencia... Pero ¿cómo abordo el tema?»

—Yo no creo de verdad que tu padre quiera imponerte limitaciones, ¿sabes? (Se ha enternecido un poco y actúa con torpeza.) Son tantas las cosas que pueden cambiar, a tu edad... Moralmente, físicamente.... Lo que le gustaría sencillamente, creo yo, es que esperaras el momento adecuado para poder hacer una elección... verdaderamente libre...

—¿Y él, cuando eligió Francia para nosotras, era una elección libre? Ni siquiera para él... Si no hubiera perdido el pleito que tuvo...

—Pero tú tienes otras posibilidades. Todavía vas a cambiar... mucho... Una mujer de treinta años y una chica de quince...

—Voy a cumplir dieciséis dentro de dos meses.

—... no son necesariamente una misma cosa. E incluso más adelante... se sigue evolucionando. Yo misma, no hace mucho, tomé la determinación...

Jeanne se embrolla y le da la impresión de que Geneviève la deja enredarse. ¿Hablarle de régimen, de médico? ¿O, por el contrario, de feminismo, de opción religiosa, de lo bonito de la enseñanza secundaria?

El tintineo de los cequíes interrumpe de nuevo la conversación. La opulenta mujer reaparece con una sonrisa tierna, trayendo una bandeja en la que vienen, muy bien colocados, pastelillos minúsculos, galletas, mostachones, taquitos cubiertos de pistacho o chorreando miel.

—¿Cuernos de gacela? ¿Kadaif?

—Déjelos aquí. Gracias —dice Geneviève como si estuviera en su casa.

En su casa, en un país donde las mujeres son enormes, indolentes, oyen música en la penumbra, se van comiendo la vida en un semisueño. Un país que no existe, o que ya no existe, porque, por muy afortunados que sean los amigos de Geneviève, la «familia siria», en todas partes todo evoluciona, todo cambia, y seguro que hay mujeres delgadas incluso en los harenes...

—Comprendo —dice bruscamente Jeanne— que estás intentando cambiar el entorno antes que cambiarte a ti misma. Pero date cuenta de que estás haciendo una elección sobre la que ya no podrás volver, mientras que si tienes un poco de paciencia...

—¡Es que creo en el islam! ¡Me he convertido!

«¿Es sincera, o me está tomando el pelo?» Jeanne siente deseos de abandonar. Sobre todo, porque le da la impresión de que Geneviève la ha comprendido perfectamente.

«No sirvo para discursos de este tipo. Évelyne lo habría hecho mil veces mejor, se habría tomado en serio a la chica, habría conseguido que se sintiera importante... Y además, he metido la pata al escoger este sitio. Es exactamente lo que ella anda buscando: esconderse detrás de un mantecado...»

Pero existe el deber de Estado. Y también cierta rebeldía frente a esa libertad que reivindica Geneviève, y que consiste en renunciar a ella, mientras tantas chicas, tantas mujeres luchan por conquistar derechos... Jeanne habla, pues, medio convencida. Habla de lucha feminista, de progreso, de las posibles salidas en el mundo del trabajo, de independencia, del peligro de las elecciones demasiado tempranas. Habla porque para eso ha venido. Habla.

Y, de pronto, se da cuenta de que Geneviève, frente a ella, que parece que la está escuchando educadamente, alarga la mano a intervalos regulares, coge una galleta, se la lleva a su boca hermosa y sensual, la muerde con los dientes bonitos y sanos que tiene, la mastica despacio, se la traga, alarga la mano, vuelve a empezar...

*

—¿Y si le contara lo de la Escalera? —le pregunta Jeanne a Évelyne.

—¿Para qué?

—Para hacerle ver que toda verdad es relativa.

—¿Y si le contaras lo de Didier? —argumenta Évelyne, que estaba cáustica aquel día—. Lo del día que teníais que haber ido a ver *Atalanta*, ¿te acuerdas? Para hacerle ver que el gusto de los hombres es relativo...

—Me estás sacando de quicio. Lo que tú quieres es sacarme de quicio. No tiene nada que ver una cosa con la otra...

—¿Ah, no? ¿Pues sabes qué te digo? Que el peso también es un velo.

*

Para Évelyne, todo es sencillo. Geneviève, que según sus normas, las de Évelyne, tan occidentales, no puede gustar, se tapa con velos, con chilabas, con lo que se quiera. Y el peso le ha servido a Jeanne de coartada para tapar una pasión que no corría peligro de fracasar porque no podía tener la pretensión de llegar a buen término. Hoy, diga Jeanne lo que diga, Évelyne considera que se ha metido en la competición. En lo que ella —Évelyne— llama la «vida normal».

—¡Con la educación que aquí ha recibido, eso nunca será para ella una vida normal!

—Pero ¿qué es una vida normal? Y ¿por qué iba a ser una cosa tan deseable?

—Eres una pura paradoja, Jeanne. No tienes ninguna gracia. Estás de mala fe. Geneviève se rebela contra su padre, contra la educación que ha recibido, contra su cuerpo, incluso contra su adolescencia, que le está pareciendo demasiado larga. Por el momento, lo único que desea es ser una mujer casada, hacer el amor (Évelyne se pone ligeramente colorada) y tener hijos. Pero dentro de unos años se dará cuenta de que sólo se ha fiado de su propio instinto, y de que su alma...

—¡Piedad!

El instinto. El cuerpo. ¿Es eso de verdad lo que está eligiendo Geneviève? ¿Y, además, en el contexto que le va a permitir asumirlo? Casi sería cinismo. Y ¿por qué no?

«Todo el mundo tiene derecho a tener un cuerpo, ¿no?», preguntaba Évelyne durante sus grandes crisis de escrúpulos, cuando se echaba en cara que amaba a Xavier «demasiado físicamente». Y quería que se le dijera que sí. Y quería que se le dijera que no. Todo el mundo tiene derecho a poseer un cuerpo, pero ¿tiene derecho el cuerpo a poseerlo a uno, a dictar su ley?

Jeanne piensa. Si Geneviève fuera su hija (soñando, no le importa imaginárselo), no le contaría lo de la Escalera. No le contaría lo del día de *Atalanta*. Si Geneviève fuera su hija, le contaría lo del Episodio. Por lo menos, lo intentaría.

Cómo regresa a casa, no cierra con llave y finge que es por distracción. La lámpara que apaga en la entrada. Luego, después de desnudarse, la lámpara de bronce que también apaga, junto a la cama. ¿Hay alguien vigilando su ventana? Y ¿desde dónde? ¿Es la rendija de luz de la puerta del descansillo lo que, al desaparecer, da la señal? El tiempo que sigue a la extinción de las dos lámparas marca una frontera: es un tiempo que transcurre en la oscuridad y Jeanne ignora cuánto dura. Es la oscuridad desplegada, que se extiende delante de ella como una alfombra. El silencio está en el otro extremo. Y en él se adentra. Desde mucho antes, ha metido el despertador en la mesilla de noche. Es bastante ruidoso y de esfera luminosa. Sólo se oye el viento, que siempre es perceptible a esa altura. Jeanne siente a su alrededor el enorme cuerpo de piedra de la torre erecta. La torre es la señal. Lo que llama es la oscuridad, no la luz. La torre se hace faro.

En lo alto, la habitación espera.

Jeanne espera. Es Ludivina, es Divina quien espera a su amante secreto, el que no tiene rostro. El cuerpo desnudo, tirado sobre la cama como un vestido, escapándosele a veces el corazón loco, como un pájaro perdido que no reconoce nada, se eleva, se golpea contra el techo, choca contra los salientes, contra el cristal que quiere romper, y después, magullado, renuncia para acurrucarse en un rincón, y esperar, él también, esperar.

Entonces tiene lugar el Episodio, mudo, cruel como un verdugo de serrallo, que se apodera del cuerpo y le impone su profunda revelación indescifrable.

Penetración. Golpes sordos del sexo ciego, destructor, como los que da el mar contra los diques, por la noche, en un país en el que la piedad no existe. Posesión. Todos los sentidos de la palabra posesión: miedo (con las piernas temblorosas como los miembros de un caballo que se detiene en el borde mismo del precipicio), invasión, el pensamiento reducido a la nada; sólo el cuerpo se sobresalta, agitado por espasmos y escalofríos, enorme rana blanca en la oscuridad, monstruosa y bella, bella rana que se deja atravesar por la vida y la adora a su paso. Inerte y magnífica rana.

Cumplida la metamorfosis, se retira lentamente el mar (y un imperceptible roce de tela, un imperceptible chirrido de la puerta lo acompañan); el pensamiento (o el corazón, o el alma, Jeanne no se para en las finuras del vocabulario) vuelve a descender sobre ella planeando, como un Espíritu Santo oscuro y suave. Pero aún conserva en su interior un ritmo de marea.

Y ¿qué mas da lo que ella ha significado para él: rana, murciélago o incluso mujer? No ha habido palabras, no ha habido miradas, no ha habido reconocimiento de un acto que, por eso mismo, no ha tenido lugar de verdad. «Él es para mí semental, perro, raíz, y aunque yo fuera perra, yegua o flor, nada cambiaría en esta gran fusión indiferente.»

Después —así ha venido ocurriendo hasta ahora—, después los círculos van haciéndose más pequeños sobre el agua, la piedra arrojada se hunde más al fondo, cada vez más al fondo, se posa sobre el limo oscuro. El agua se vuelve a cerrar, opaca.

Jeanne se levanta, enciende no la lámpara de bronce cuya luz, demasiado viva, le haría daño, sino la lamparita de la mesilla de noche. Se lava, se peina el largo pelo enredado; un poco después, irá a la cocina y comerá algo.

Ella que, de ordinario, por tradición, incluso por devoción, es difícil y hasta delicada en materia de comida, esas noches come sin saber lo que come. Macarrones fríos, un resto de ensalada, pan duro, nueces. Come, sin más. Come vida sin preguntarse si está buena. No elige. Su cuerpo quiere vivir, comer, hacer el amor. El espíritu observa, dulcemente sorprendido. Jeanne se limpia la boca, con un gran suspiro saciado. No hay nada que comprender. La cama se ofrece a ella de nuevo como una mesa, donde el sueño la espera, en calma. Leche en una jarra. No hay que elegir. Eso es el descanso.

«Pero al día siguiente me despierto, Geneviève. Me vuelvo a meter, esta Jeanne independiente y cabezota, en el mundo en el que viven Didier, Évelyne, Rasetti, individuos amados o no, pero perfectamente definidos, dotados de peculiaridades; un mundo en el que tengo unas funciones definidas. Y olvido, me las apaño para olvidar... No se puede vivir siendo simplemente una mujer, sea la que sea, Geneviève. Se ahogaría una. ¿No?»

Seguramente Geneviève no tiene respuesta para todo esto. Es probable que ni siquiera lo haya pensado nunca. «¿Y si, a pesar de todo —se pregunta Jeanne—, fuera ella la valiente, la que sigue su lógica, su moral?»

Una falla se abre en las certezas de Jeanne. Y descubre el tormento de la herejía.

*

Cuando aparece la duda, por fuerza hay que recurrir a la ley. Jeanne se decide a consultar a un médico.

¿Para que le indique un régimen más equilibrado? Si se quiere. ¿Para que le dé ánimos? Ni siquiera. ¿Para que le diga que se trata de su salud, de nada más, y le dé la absolución? Exactamente. Y ¿por qué el doctor Pierquin? Y ¿por qué precisamente en el colegio, donde su visita corre el riesgo de ser rápidamente aireada? ¿Para pretender luego que no tiene otra salida? Quizá. ¿Que se trata de una obligación, casi de una amenaza, de la medicina laboral? ¿Por qué no? ¿Por pánico a todo especialista en dietética, que le parecería pertenecer al mundo de los «cuidados de belleza», que para ella son envilecedores? Sin duda. ¿Porque sabe que ella siempre le ha resultado desagradable al doctor Pierquin («¡La verdad es que no veo qué es lo que le encuentran!»)? Exactamente. Nunca sería capaz de imaginar que lo que tiene delante es ni siquiera un esbozo de mujer. Las suposiciones de Manon («¿Estás enamorada?») le parecerían puro delirio.

Por eso Jeanne consulta con el doctor Pierquin, en el mismo colegio, y por eso, encima, lo aborrece.

Como es natural, la hace esperar. Jeanne habría apostado cualquier cosa. Ella representa para el doctor Pierquin un reto a la medicina y a la ecología. No es cardíaca a pesar de sus kilos, no padece del hígado a pesar de sus excesos en la mesa, ni de los pulmones a pesar de los innumerables cigarrillos que se fuma. «¿Tengo yo la culpa de poseer una salud estupenda?», suele decir, con esa vanidad ingenua que algunos encuentran enternecedora y divertida, y otros exasperante. Pero es que, para Ludivina, una mala salud era un abandonarse, una debilidad del carácter más que del cuerpo, y no era de las menores que le echaba en cara a Gisèle. Para Ludivina, se vivía, y entonces resultaba muy vano quejarse, o se moría, en bloque. Ella misma era el ejemplo.

De modo que, sentada en la salita de espera del colegio (podía haber ido a la consulta de la calle Vavin, pero ¡todo antes que soportar la amabilidad de Rose!), Jeanne se siente vagamente culpable. Así vela siempre en el horizonte de su conciencia una desgastada diosa, lar, penate o simple mojón —pero sagrado—, que delimita el territorio en el que se mueve; se lanza: la silueta mal cuadrada de Ludivina la detiene, como un reproche en forma de estaca clavada en el suelo.

Jeanne, la pequeña Divina, nunca estuvo enferma. Nunca pidió ni ayuda ni consejo y, a despecho de las apariencias, eso es lo que ahora viene a hacer. Por primera vez. «¿He pedido consejo alguna vez en la vida? Cada uno sabe lo que debe hacer. ¿He recibido ayuda alguna vez en la vida? Nadie se habría atrevido a proponérmelo.» Tú también, Ludivina, te has pasado la vida tapada con un velo que era tu fealdad. Tan sólo para tu nieta, a veces, se descorría el velo... A veces, durmiendo en aquella enorme habitación llena de armarios (en los que iba a encontrarse, tras la muerte de Ludivina, una cantidad increíble de sábanas, de manteles, de ropa que nunca había sido utilizada), la niña abría unos ojos medio velados de sueño y veía, frente a ella, sobre la cama estrecha con las sábanas abiertas y tan blancas, el rudo rostro apoyado en un puño rudo. Acodada en la mesilla de noche, Ludivina, pensativa, dejaba por fin que una dulzura, un dolor gemelo le subiera hasta los rasgos. A veces, sus miradas se cruzaban, se desviaban en silencio. Pudor, confianza. La abuela nunca quiso que un tabique dividiera en dos la gran habitación, cosa que fácilmente habría podido hacerse. Y con eso ya estaba todo dicho.

Un día, sin embargo —la niña se iba haciendo adolescente, se acercaba a los catorce años—, un sentimiento de urgencia, un presentimiento quizá, le hizo infringir la tácita convención y musitar: «¿En qué piensas, abuela?» Y Ludivina, desde la penumbra: «En un lugar, allá lejos, en el bosque de castaños...» Y, al encontrarse sus miradas, nació en el rostro de Ludivina una deliciosa y rara sonrisa de connivencia. Por un momento, reapareció la enamorada entrañable y fea, que había esperado con un corazón tan grande, con una esperanza tan grande, en alguna parte, allá, en el bosque de castaños. Aquel secreto, aquel silencio era su legado a la nieta, que bien poco se le parecía pero que le recordaba, quizá, a un chico moreno y risueño, hermoso gallo de pueblo. Con aquel milagro pagano se había quedado marcada a fuego hasta el corazón, sin intentar comprender más, por respeto, que una niña del campo que cree ver a la Virgen o a san Miguel hablándole con acento del lugar.

Un velo ante todos y para siempre, Ludivina. «Era una mujer de talento.» Más mujer, por aquel secreto, que Gisèle, toda peluquería y soponcios. Pero ¿hay que ser mujer así? Y, a falta de una vocación oculta como un manantial, ¿hay que pregonar esa feminidad fabulosa poniéndole un velo? Que la mujer, que toda mujer ha de estar próxima a la fábula, tú lo sabes quizá, Geneviève, por una herencia inconsciente. Pero aceptarlo... Asumirlo... Desaparecer...

Se abrió una puerta.

—¡Por fin! —exclama el doctor Pierquin.

Igual que un ogro.

—No, no cojas esa silla. Está un poco... Coge ésta.

Es más bien un sillón, y bastante fuerte. Se va a quedar encajonada. No saldrá de ahí dentro hasta que él quiera, está claro.

—¿Sabes que estoy muy, muy contento de verte?

—No sé por qué.

Pero él no se deja desconcertar. Es alto, la domina, le brilla el cráneo calvo, le brillan los labios, los ojos; arrastra las palabras en esa boca grande que tiene, las relame. Jeanne sabe hasta qué punto se ha puesto a su merced.

—Pues por nuestra amistad, mi querida Jeanne, una amistad que estaba empezando a alarmarse...

Ella intenta rehacerse. Pero se le viene a la cabeza inoportunamente una anécdota encontrada en un libro antiguo y que había recogido para hacerle un favor a Didier. «En el siglo XVI, los cocineros y pasteleros utilizaban a veces la carne de los descuartizados, los restos de los ajusticiados, para preparar una especie de empanada.» La jovialidad del doctor Pierquin le parece que está adquiriendo una coloración feroz. Se siente atada de pies y manos. La va a disecar, a torturar, la va a hacer hablar, le va a arrancar una confesión que ella no sabe cuál es pero que, no obstante, teme... «¡Piensa en otra cosa! ¿Y *L'Auberge des Adrets*?»

—Rose estaba seriamente preocupada por ti, ¿sabes? ¡Se va a poner la mar de contenta!

—¿Se lo vas... se lo vas a decir?

—¿No? ¿Quieres darle una sorpresa? Entonces, naturalmente, no le diremos nada. ¡Apareceremos de pronto como una sílfide! Adelante, ven a pesarte. Sí, sí, desnúdate... ¡Por favor, Jeanne, que nos conocemos desde hace ya mucho tiempo!

Se ríe. Se atreve a reírse. ¡Ah! ¿qué diría Ludivina si viera a su nieta sometida a semejante humillación? ¿Por qué, para hacer lo que se quiere, se tiene que hacer lo que no se quiere? «Tenía que haberlo hecho sola. No debería haber venido...»

—¡Esto está muy, muy bien! Ochenta y dos kilos y pico... La última vez que te vi, estabas por encima de los ochenta y cinco kilos, ¿te acuerdas?

—¡No!

No se acuerda y no quiere acordarse. La última vez estaba decidida a no ceder ante las presiones, a no adelgazar, y hoy está decidida (¿decidida?, sí, decidida) a intentar adelgazar. ¿No escaparía, siendo más delgada, a las ofensivas familiaridades del doctor Pierquin, que es un hombre alto y atractivo, aunque calvo, a la misericordia de Évelyne, a la condescendencia de Manon? Seguramente se expone a otras curiosidades. Pero ¡ya está bien! No se va a pasar la vida rumiando las cosas. «¡He tomado una decisión!»

—Siéntate, por favor. ¡Bien! Bien. Bueno, supongo que has empezado un régimen sin tener mucha idea, un poco a tontas y a locas, como todas las mujeres. Vamos a poner un poco de orden.

«En el fondo, lo que no soporto del doctor Pierquin es que tiene una cabeza demasiado gorda para su cuerpo. Parece que se la han puesto encima de los hombros, como un cabezudo de carnaval. Y el hecho de que esté calvo con esa cara tan joven aumenta aún más la impresión. ¡Y que hable con esa voz sonora, que le arranca del interior de esa cabeza tan gorda, parece que tiene dentro un enano con un altavoz! ¡Le tengo un asco...!»

—Vamos a coger un día al azar. Por ejemplo, ayer, que todavía no se te habrá olvidado. ¿Qué comiste ayer?

Jeanne se siente acorralada.

—No, no me contestes cualquier cosa. Vamos a hacerlo por orden: ¿en el desayuno?

Un suplicio. Está penetrando en su apartamento, tan bien defendido hasta ahora, abriéndole los armarios, los botes, los cajones... ¡Socorro!

—Café, unas tostadas sin mantequilla...

—¡Estaba seguro! ¡Me habría apostado lo que fuera! ¡Es el error típico! Pero, mi querida Jeanne, ¡las tostadas son tan nutritivas como el pan corriente! ¡Incluso más, a veces, porque generalmente llevan azúcar! Y con las tostadas... ¿Cuántas? ¿Dos?

—Tres —confiesa ella.

Creía que era poco, pero ante la mirada irónica del médico se da cuenta de que todavía era demasiado. Le arranca una tostada de la boca, la obliga a soltar presa, la sacude como a un perro que se niega a soltar un hueso robado.

—¿Tomas mantequilla? ¿Mermelada? ¿No? ¿No me estarás engañando, eh?

El doctor Pierquin siempre está moreno. Va con frecuencia a pasar unos días a la nieve, a veces sin su mujer. Tienen dos hijas que montan a caballo y juegan al tenis. Rose posee una fortuna personal. Él sigue practicando la medicina general porque, según dice, le encanta. Jeanne puede comprobar que es cierto. Le encanta torturarla. Se le está haciendo, literalmente, la boca agua de tenerla ahí, en su poder. No tiene en cuenta para nada el hecho de que la decisión viene de ella, que ella ha venido a la consulta por su propia voluntad. Se ha metido ella sola en la trampa: ahora él la tiene atrapada.

—Se acabaron las tostadas. Una, ¿me oyes bien lo que te digo, mi querida Jeanne?, *una* rebanada de pan integral, y será la única en todo el día. Vamos a la comida. ¿Ayer a mediodía? ¡Vamos, vamos!... ¿Fuiste al restaurante? No te vi en el comedor del colegio, y yo precisamente sí que estaba. Entonces ¿qué? En alguna parte tenías que andar...

Se está ensañando. La Inquisición. ¿Tiene que confesarle también los jardines, el parterre desierto, el banco? Saca del bolso un cigarrillo.

—¡No!

Poco ha faltado para que fuera un grito.

—Puedes fumar en cualquier sitio, puesto que aún no te han impuesto ninguna sanción, ¡pero en mi consulta, no! ¿Pan en la comida?... Te estoy haciendo una pregunta concreta: ¿pan en la comida?

—No, tomé un par de huevos duros, una ensalada y fruta.

—Nada de fruta, al principio. Lo compensaremos con vitaminas y, como suprimimos de momento el pan, menos una rebanada, te voy a recetar un laxante suave para evitar un estreñimiento que podría...

Ya está. Ha tomado posesión de su cuerpo; habla de él como si fuera una propiedad privada suya, que por cierto sólo le interesa a medias, pero sobre la cual le dicta instrucciones. Se pone a redactar una receta, con una estilográfica muy bonita que lleva sus iniciales grabadas. Redacta la receta con aire desenvuelto, casi distante, que contrasta con su alegría de hace un momento. Ya ha obtenido lo que anhelaba. Parece como si hubiera apalabrado a un sirviente que, una vez examinado, admitido, se queda reducido a una cantidad desdeñable, o que ha obtenido la confesión de un criminal, convertido en inculpado y vacío de su sustancia.

—Te presentarás en mi consulta una vez a la semana, a ser posible siempre el mismo día, mi querida Jeanne, para que vayamos constatando tus progresos —añade con tono aún de bronca, pero ya casi indiferente—. Sé que eres un poco dada a la fantasía, pero si queremos obtener resultados tendrás que tener un poco de rigor.

Ya está. «Se presentará», como un preso en libertad provisional. Tendrá que rendir cuentas cada semana. Desnudarse delante de ese hombre. Padecer sus reprimendas o sus alabanzas, más humillantes todavía. Por menos se mata a la gente. «No sé si voy a poder soportarlo.» Según se levanta, empuja con esfuerzo el pesado sillón en el que la había embutido, se le viene a la cabeza otra anécdota que le había comentado a Didier: Ravaillac, detenido y temiéndose las atrocidades reservadas a los regicidas, llevaba a guisa de talismán unas *Estancias para evitar el dolor de la tortura*. ¡Qué fe en la poesía! ¡Estancias! Desde luego... «¡Tenía que haberme traído yo también un amuleto!»

Finalmente, casi con humildad, se arranca a sí misma lo que ha venido a decir:

—Tengo razón, ¿no? ¿Es indispensable para mi salud?

Y el gigante, encantado de ser indispensable, omnipotente, responde con toda su autoridad viril y médica:

—¡Era *vital*!

¡Ah, menos mal! Por un momento, casi le tendría cariño.

—Hasta pronto, doctor.

—Hasta el miércoles que viene, mi querida Jeanne.

¡Huir! Pero, en el preciso momento en que cierra la puerta de la consulta, aparece por el pasillo Didier, que viene del despacho de dirección; lleva corbata, se acerca con una señora rubia de cuello largo, de una elegancia de jirafa.

—¡Anda, Jeanne! ¡No estarás enferma, supongo!

Se resiste al deseo de escandalizar a la señora (madre de un alumno, a lo mejor) replicando: «Una sífilis sin importancia», y, por la corbata, dice civilizadamente:

—No, no, en absoluto. Una simple información...

Pero lo que le entra cuando oye a Didier que dice:

—Me gustaría presentaros: Jeanne Grandier, nuestra profesora de ciencias naturales... mi madre...

La señora rubia mira a Jeanne, le sonríe con una sonrisa *muy* amable en la que entra, parece, una punta de alivio y declara:

—¡Estoy realmente *encantadísima* de conocerla! ¡Didier me ha hablado *tantísimo* de usted! Espero que tengamos ocasión de vernos un poco más detenidamente, quizá de comer juntas... Didier se ocupará de ello. Estoy verdaderamente encantada, encantada... ¡No me la imaginaba en absoluto así!

Naturalmente, se queda más tranquila. Ésta no es todavía la que va a arrebatarle a su cachorro. ¡Ah, si Jeanne llevara encima las estancias de Ravaillac!

*

Una reunión. Miradas insidiosas. Después, alguien se decide a hablar del *tema*.

—Me da la impresión de que has perdido algo de peso, Jeanne. ¿No?

—Es posible. Puedo permitírmelo.

—¡Es que te viene la mar de bien!

El grupo entero se lanza. Los ojos brillan.

—¿No estarás enferma?

—Yo nunca estoy enferma.

—¿Estás a régimen?

—Jeanne se ha puesto a régimen.

—Eso está muy bien, hay que tener mucho valor. Tienes razón. Aunque sólo fuera por la salud...

—¿Hay otras razones?

—¡Vamos, Rasetti! ¡Qué molesto eres! Siempre andas...

—Jeanne tiene demasiado humor (es un argumento constante) para molestarse.

—¿Por qué iba a molestarse, si le estamos dando la razón?

—Es verdad... No nos atrevíamos a decírtelo, pero...

—¡Ojo! ¡Tampoco hay que exagerar y pasar de un extremo al otro! Sé de algunos casos...

—La anorexia...

—La bulimia...

—El régimen desordenado...

—¿Atkins? ¿Quiberon? ¿Bajo en calorías?

Las miradas. Las que siempre arrostró, desafió, y a cuyo juicio se ve de golpe sometida. Expuesta.

—No te voy a preguntar cuánto pesas...

—¡Eso no se le pregunta a una señorita! ¡Como tampoco se le pregunta la edad!

—... ¡pero la prudencia se impone!

—... ¡a veces la naturaleza se venga!

—No quieras correr demasiado, ¡volverías otra vez a ganar todo lo perdido!

—¿Tienes un *buen* especialista en dietética?

—¡Hay algunos que te dan anfetaminas y ni siquiera te lo dicen!

—Se adelgaza, sí, se adelgaza... Pero después: ¡te viene una depresión...!

¡Qué contentos están! ¡Cómo se le echan encima! Una satisfacción glotona se lee en todas las miradas. Son conscientes de que ella abdica de algo, de que se «da por vencida». Lo nota. ¿No es verdad que tenía un estatuto aparte de bufona tolerada, de casi enferma de la que uno se apiada (aunque no sin ironía), un papel de extravagante al que se le «perdonan muchas cosas» porque la pobre...? Pues claro que se ha apoyado en los kilos, la muy pilla, para salir de los caminos trillados, alargar sus clases más allá del horario y de los programas, vestirse en plan bohemio («¡No te la estarás imaginando con un trajecito de chaqueta ceñido!»), permitirse chistes y bromas... ¡Todo eso se acabó! Jeanne se mete en la fila. Se conforma, ha reconocido tácitamente lo bien fundado de las observaciones de los demás, la superioridad del modo de vida que llevan; se une a ellos.

«Estoy exagerando a lo mejor un poco, a lo mejor mucho. Évelyne siempre dice que me caliento los cascos yo sola, pero no se puede negar el aire de triunfo que tienen... ¿Cinco o seis kilos significan semejante diferencia? ¿O se trata en realidad de la idea de la concesión que les estoy haciendo?»

—Vas a poder vestirte un poco —dice la señorita Lécuyer.

—¡Seguro que ya te sientes mejor! —dice la señora Dupuy.

—¡Todavía queda mucho por hacer! —responde Jeanne con falsa modestia.

—¡No tanto, no tanto! ¡Ánimo!

—¡Ánimo no es precisamente lo que le falta a Jeanne! —dice Didier.

Élisabeth concluye, suave:

—Y además, no tienes la pretensión de meterte a modelo, ¿verdad?

¡Modelo! ¡Como si su intención fuera gustar! «Sé honrada. Si vivieras en uno de esos países que aún existen, en los que la gordura viene a ser una belleza, ¿cambiaría algo para ti, algo importante, si fueras considerada como una belleza? ¿Es eso lo que busca Geneviève? No intentes una evasiva. ¿Cambiaría eso algo?»

Sí.

Pero ¿qué?

Porque, al fin y al cabo, ¡la belleza del mundo! ¡El murciélago! ¡Ya la había sentido con tanta fuerza! ¡No podía ser totalmente falso! Las apariencias no podían triunfar por encima de todos los planes.

¿La creación, toda la creación es hermosa? ¡Sí! Pero es que la creación pasa por la mirada de los hombres, donde se altera y se mancha. Ludivina sólo es bella en el reino de los ángeles.

Cuando Jeanne pensaba en estas cosas, se ponía la mano a la altura del plexo y notaba que se le contraía bajo los dedos un musculito con muy malas intenciones.

Continuaba su camino. No era mujer de las que abandonan una empresa, por muy absurda y loca que le pareciera. Por otra parte, sentía una extraordinaria curiosidad. Con eso le bastaba para seguir adelante.

No se trata sólo de perder peso. Por la noche, muchas veces, embutida en su viejo albornoz deshilachado, se sienta en la cocina que, sin provisiones, se convierte en algo así como un pequeño santuario, la celda de un monje, único que se mantiene despierto en el nicho que va horadando en el sueño de los demás. Preguntándose si todas aquellas austeridades tienen algún sentido, o si son buenas en sí mismas. Si él (el monje) que vela, un agujero más en el *gruyère* de la noche, y ella que vela, a la que el hambre obliga a velar, que se desdobla, si tienen razón, si aquello tiene un sentido verdadero, y si el ayuno (ella), la oración (él, el monje imaginario, el compañero que ha venido a imponerle su presencia a Jeanne sola), la fe (él, el recluido, el ermitaño, el estilita quizá), la pérdida de peso (ella, en la meta que se ha fijado a ciegas), si todo aquello tiene de verdad una importancia. Si las variaciones, las diversidades, las elecciones del pensamiento son algo más que las formas de la materia en mutación, del reptil al ave, de la larva a la piéride, y compensan los dolores de la metamorfosis.

Observa a Geneviève en el fondo de la clase, sus chilabas de colores variados, sus velos cada vez más bonitos, y arde en deseos de preguntarle: «¿Vale la pena? ¿Vale verdaderamente la pena renunciar a todo para ser una mujer?»

Se encuentra con ella, la evita, la busca. Una tarde, cerca del gimnasio, Geneviève, de pie, bien erguida, con esa cabeza pequeña que tiene rematando un cuerpo macizo, espera. Ha dejado de asistir a clase de educación física por razones evidentes. Jacqueline, su hermana, un año menor que ella, también se niega ya. Al ver que Jeanne se acerca, Jacqueline, delgada y ligera, huye. Geneviève no se mueve.

—¿Geneviève?

—¡No, por favor, señora Grandier! ¿No iremos a hablar del tema otra vez?

—Tendremos que hablar otra vez del tema, como tú dices, a comienzos del próximo curso —replica Jeanne, más seca de lo que le habría gustado—. La señora Mermont ha insistido bastante en el hecho de que sólo se trataba de tolerar provisionalmente, para darte tiempo a que reflexionaras... ¿Y si te echa?

Geneviève tiene un gesto que quiere decir: «¡Qué se le va a hacer!», y no parece muy preocupaba por la amenaza.

—Ya te imaginas el disgusto que se va a llevar tu padre. Creo yo que hasta le dará pena.

Aquel rostro tan joven, tan lozano, tan hermético, se entristece por un momento, y recobra luego la serenidad.

—No tendría mucha razón...

Un instante después, añade en tono razonable:

—No es lo mismo que si estuviera enferma.

«¡Como si lo único que un padre pudiera pedirle a un hijo fuera tener buena salud! ¡Fuera vivir! A lo mejor no está del todo equivocada.» La apacible seguridad de Geneviève la atrae y la irrita. ¿Qué es lo que esconde tras ese aire soñoliento, esos ojos rasgados por la redondez de los carrillos? —y a pesar de todo no es tan fea.

—Pero, en el caso de que... no sigas estudiando, tendrás algunos planes, ¿no?

—¿Por qué? ¿Hace falta?

No, no es insolencia. Lo que Jeanne lee en el fondo de aquellos ojos como adormilados es un resplandor de diversión. Por un momento, Geneviève no tiene quince años, dieciséis años: tiene cien. Es una mujer muy vieja que sabe, que ya no necesita aprender nada, ni decir nada. Que lo ve todo, desde un extremo de la vida desde el que los acontecimientos se ven minúsculos, todos iguales. Algunos niños muy pequeños miran así, a veces.

—Pero —insiste Jeanne, casi cohibida— ¡no te vas a quedar sin hacer nada! ¿No hay nada, absolutamente nada que te interese de las clases?

Geneviève parece despertarse, volver a ser por un instante la adolescente demasiado gorda y torpe que escarba con el pie la tierra del patio. La masa de su cuerpo se balancea bajo la chilaba. La voz se le sube a un tono agudo:

—Pues... Yo no digo... No tengo nada contra las clases... Si no hubiera exámenes y controles, todavía... Usted, por lo menos, es buena conmigo, señorita Grandier, nunca me pregunta en clase (Jeanne se pone colorada), pero hay algunos que parece que lo hacen adrede, ¡siempre me toca a mí!

Jeanne se lo imagina perfectamente. Rasetti, la señorita Lécuyer... deben sentir un placer ligeramente perverso poniendo en movimiento aquella masa, sacudiendo aquella indolencia. Y quizá las burlas de sus compañeros... quién sabe si incluso algunas alusiones al conserje de su padre... Geneviève se retira entonces bajo la tienda, se vuelve hacia otra comunidad, más acogedora con las chicas de su tipo, en la que sus carencias se consideran cualidades.

Jeanne siente un ligero remordimiento. Podría decirse que un remordimiento profesional. Esta chica, que siempre parece que está dormida, a lo mejor tiene algunas posibilidades. Se defiende uno como puede. «A lo mejor tenía yo que haber... A lo mejor todavía es posible...»

—Si se pudiera venir cuando se quisiera... asistir sólo a las clases que a uno le gustan. De todos modos, ya sabe que nadie atiende.

—¡Muy amable! —dice Jeanne, furiosa—. ¡Y anima muchísimo!

—O sea, quiero decir... que no hay muchos que atiendan.

—Y menos aún que comprendan. Muchas gracias por la información.

—¿Sabe usted lo que me dijeron las chicas, las alumnas de aquí, cuando empecé a llevar velo? *Qué divertido*. No hicieron ninguna pregunta, se rieron. Ni siquiera había mala intención, poco faltó para que les entraran ganas de probar, así, por divertirse un poco. Y eran buenas alumnas, ¿sabe? De las que atienden.

—¿Y qué me quieres decir con todo eso?

Jeanne ha perdido la iniciativa de la conversación y se encuentra desconcertada.

—Que no todo está en los libros. Mi padre se pasa el tiempo metido en los libros: perdió el pleito, la casa, el país... y todo para llegar a conserje...

—¿Y crees que si hubiera sido analfabeto las cosas le habrían ido mejor?

—Lo habría soportado mejor —dice Geneviève.

¡Qué segura está, otra vez! ¡Qué especie de sabiduría física, paz extraña, que la ilumina como un astro discreto y que Jeanne no quiere reconocer, desciende sobre ella! ¡Qué segura está de sí misma, del universo que se ha creado con desprecio de todo cuanto la rodea, de todo cuanto han intentado enseñarle! ¡Y qué consciente es Jeanne, de pronto, de que en el centro de aquella adolescente demasiado gorda, perezosa, aparentemente tan poco espabilada, existe un meollo duro, una piedra! ¿La piedra negra de la Kaaba? ¿O será acaso, debido a las burlas, a los rechazos, a una forma de inteligencia, un callo?

La curiosidad de Jeanne se ha apagado. Nota que le va naciendo una aversión profunda ante aquel tranquilo rechazo.

—En definitiva, que si tienes que elegir entre abandonar los estudios o renunciar a ese velo, no lo dudas, ¿no, Geneviève?... ¿O debo decirte Fátima?

—Como quiera. Si me van a echar a comienzos de curso... De todos modos, mi vida va a cambiar. Por eso he querido cambiar de nombre. A nosotros nos parece que eso quiere decir algo. Además, los primeros cristianos también se ponían un nombre de bautismo que era diferente, ¿no?

Jeanne no contesta. Sólo busca una cosa: concluir aquella conversación, tan diferente de lo que se esperaba. Un poco sin pensarlo y por reflejo profesional, vuelve a insistir y, para terminar, añade:

—Pero sin un título, Geneviève, ni siquiera el de bachiller, ¿cómo te las vas a arreglar?

¿Ha dejado que le saliera a la superficie la extraña animosidad que la invade? Geneviève responde sonriendo:

—Pero es que *yo* me casaré, señorita Grandier.

«¿Esta chica me odia? No. ¿Ha querido burlarse de mí? Apenas. ¿Su sorprendente seguridad proviene de la ignorancia, o de la estupidez? ¿O, por el contrario, de una madurez precoz, de una presciencia? ¿Me adivina? ¿Por qué me ha hablado de un nombre de bautismo?»

Nombre de bautismo... Jeanne se ponía un poco colorada cuando Évelyne, de niña, llena de un fervor emocionante y un poco bobo, contándole las mil maravillas de aquel catecismo al que ella no iba, le decía:

—Llevas el nombre más bonito: Divina.

—¡No es Divina, es Ludivina! ¡Lo mismo me podían llamar Lulú, o Didí!

Y sentía a un tiempo orgullo y vergüenza por su bonito nombre pasado de moda. El bonito nombre de su abuela, que no era bonita. Jeanne se acuerda de un día en que, evocando a su manera la resurrección de los cuerpos, Évelyne le había hablado de ese otro mundo donde, decía ella, «ya no habría ni hombres, ni mujeres, sino sólo cuerpos gloriosos, todos resplandecientes, todos bellos».

—Es una lástima —había dicho Divina, cáustica ya, herida ya— que la abuela no sea católica. ¡No le iba a dar poco uso a un «cuerpo glorioso»!

Y Évelyne, sinceramente sorprendida, había dicho con su dulce mirada despavorida:

—Pero ¿por qué?

No comprendía. No se daba cuenta. Por esos momentos precisamente Jeanne la había querido.

Es que Jeanne niña (Divina) veía que su abuela era fea, era triste y huraña, que rechazaba la más mínima transacción con su propia desgracia, clavada en este mundo que era tal como era, como una estaca en un campo. Como una profunda astilla en la piel. Y que los platos que inventaba, los decorados que creaba para el restaurante (hojas muertas, bayas, caza en otoño, prímulas, huevos moteados de avefría, amentos de acacia en primavera), que aquella celebración que nunca terminaba de los olores, de los colores, de los sabores finos revestía un esplendor brutal, bárbaro y sin alegría. Resplandeciente sacrificio sobre un altar sin dios, burlón como una venganza. Por detrás de tales refinamientos, la presencia de la muerte, la afirmación tácita de los límites del goce y de su opacidad, atraían a la niña y también la asqueaban. Seguía la alta silueta negra que pasaba inspección a la sala, enderezando aquí unas hojas, añadiendo allá unas bayas rojas a la armonía de un ramo (entre el alejado ruido de percusión de la cocina, los cobres de las cacerolas, los rugidos de las batidoras, los silbidos de las ollas a presión, y aquellos tambores velados: las grandes cucharas de palo de las ensaladeras), encendiendo en cada una de las mesas la vela ritual que crea intimidad, dándole el toque final a aquel templo de la gastronomía, acabando de convertir aquel lugar en prestigioso, fascinante, pero ligeramente fúnebre. Así son las capillas ardientes, donde el perfume de las flores, del incienso y de los cirios impregna de un erotismo delicado todo fin.

Jeanne se había enamorado de lo que se ha convenido en llamar ciencias naturales —pero también se podría decir: Jeanne se había enamorado de la creación—, del mismo modo que Ludivina de su cocina. Por la abundancia, la diversidad, la generosidad, lo inesperado que comporta. Sin elección. Todo es bello para quien lo acepta. Todo es bello para quien lo sabe arreglar. Que sea incomparable la *bouillabaisse* cuando es auténtica, y apasionante la formación de las rocas cristalinas, que el verdadero jamón a la virginiana deba macerar veinticuatro horas o que la evolución de los reptiles mammalianos durara varios millones de años, eran elementos de ese fresco magníficamente incoherente en el que ambas se inscribían: la abuela con su fealdad, su abandono taciturno (el dolor también tiene su crecimiento, su ley; va formando hexágonos y estrellas de puntas afiladas; se endurece en su geoda humana); la otra, la niña pequeña, con su avidez alegre, su gusto por la vida, su valor realzado con un ápice de despreocupación y de frivolidad. Pero ambas sin discutir y sin elegir. Sin imaginar siquiera que tuvieran que hacer una elección.

¿Jeanne ha cambiado? ¿Cambió el día en que, muerta su abuela, eligió llamarse Jeanne?

*

Con el abismo de las vacaciones ya muy próximo, Jeanne ha sentido un leve pellizco en el corazón al oír a Didier hablar de una «pequeña cena de despedida». Como quedan aún cerca de quince días antes de que acaben las clases, eso quiere decir que no volverán a verse a solas. Él se va a casa de su madre, a Blois, hará quizá un pequeño crucero («La palabra es excesiva, un simple paseo en barco...») por el sur. Ella se quedará en París. No ha querido marcharse con su madre a casa de unos amigos, en Étretat o en Arcachon, no lo recuerda muy bien. Sola, seguirá con su régimen. Aun a riesgo de abandonarlo, por otra parte, cuando comience el curso. Pero se habrá demostrado algo a sí misma, ¿no?

Ya están de nuevo sentados a la mesa de un pequeño restaurante italiano al que van habitualmente. En lugar de las berenjenas al queso parmesano con las que generalmente se atraca sin escrúpulo alguno, Jeanne ha pedido una ensalada de tomates. Después, un pescado sin salsa. El vino duerme en la copa. Didier bebe, come, parece no darse cuenta de nada. Quizá no se da cuenta de nada. ¿Quizá le resulta completamente indiferente que Jeanne haga régimen o no lo haga?

—¿No bebes, Jeanne?

Se ha dejado distraer por sus pensamientos. No tenía que haberlo hecho. Con Didier —cree ella—, siempre hay que estar presente, atenta, divertida, habladora. Crear el telón (¡el velo!) abigarrado que le impide verla tal como es. Levanta la copa:

—¡Por tus amores de estas vacaciones! —dice, un poco torpemente.

Necesita tiempo para volverse a subir a la cuerda floja, para recuperar el equilibrio. ¡Qué miedo le da siempre, con él, ese ángel que pasa y que podría arrojar sobre ellos la sombra de un desconcierto! Él debe de haberlo notado porque, despojado por un momento de su radiante seguridad, le ha dicho con una pizca de malestar, un matiz (Jeanne recuerda *Atalanta*, «había sido yo la primera en hablar de ello»):

—¡Lo mismo te digo, mi querida Jeanne, lo mismo te digo!

Flota un peligro en el aire, uno de esos malestares imperceptibles que hacen decirse adiós más afectuosamente que de costumbre —«Tenemos que volver, este sitio es impresionante, nos llamamos el fin de semana, un beso, y sobre todo no te olvides de que...»— y luego no se vuelve uno a ver nunca más. Así es que Jeanne se lanzó (a la vez que rehusaba el postre con un gesto):

—¡Ah, mis amores! ¡Una novela entera!

Era absolutamente imprescindible que hiciera reír a Didier. No podían separarse sin que se hubiera reído, sin haberla visto de nuevo tocada con el gorro de cascabeles, como a un ser excepcional, asexuado, una relación excepcional, sin correspondencia con la vida cotidiana, un *episodio*...

Le contó lo de Auguste. ¿Por qué no? «Cualquier madera es buena para hacer fuego», según dicen. ¡Y qué bien ardía aquella madera! Didier se había acomodado, con la copa en la mano, para saborear el pasado que ella le aderezaba, azúcar y especias, con esas salsas que hacen olvidar que lo que uno está comiendo es carne, es vida. Le contó lo de Auguste.

Auguste, joven y guapo alumno de la Escuela de Veterinaria de Maisons-Alfort, con el que se encontró a los diecisiete años, cuando aún dudaba sobre la carrera que iba a elegir. Ella era por aquel entonces una chica grande y fuerte, no demasiado robusta todavía, que llevaba pantalones informes y jerséis marineros, bretones, abrochados en el hombro. «Quería que se creyeran que las formas eran puro músculo, decía que hacía remo.»

Auguste, ligeramente pelirrojo pero guapo mozo, vivía en una casa directamente debajo del tejado, en una amplia buhardilla llena de corrientes de aire. Le aconsejaba a Jeanne que se metiera en la enseñanza, y ella terminó decidiéndose, a la vez que su mejor, su única amiga, Évelyne, se casaba por primera vez en medio de un gran despliegue de tul blanco y una lluvia de lágrimas y de arroz que cumplieron bien su cometido: un par de gemelos antes del año y, dos años después, Francis. «Ya estaba otra vez embarazada cuando se divorció.» Y Jeanne había roto con el futuro veterinario. La cosa había ocurrido así: una noche, en la nave de vigas y de vientos que se colaban, desde la cama desfondada y amplia que les servía para sus retozos, Jeanne oyó unos grititos, unos chirridos, y preguntó. No ignoraba la presencia de ratones errantes y diminutos en los rincones impenetrables del otrora desván. No le daban miedo, y hacía profesión de cariño hacia aquellos animalitos, por otra parte discretos y espantadizos. Pero a Auguste se le había metido en la cabeza sacar partido de aquella cohabitación. Dedicaba sus ratos libres a elaborar trampas, cada vez más ingeniosas, las probaba y tenía la intención de patentar, previa demostración, las mejor logradas. «¡Lo que yo había oído al salir de entre sus brazos eran los grititos de agonía de sus víctimas! Intenté acostumbrarme. No pude.» Aquel grito leve, aquellos cien o doscientos gramos de piel cálida sacudiéndose... A veces la trampa funcionaba mal y, desde un rincón oscuro, se elevaba un chillido interminable al que Auguste ponía fin —«Voy a rematarlo»— con un zapato viejo reservado a tal uso. Con cara de inocencia, regresaba tranquilamente a la cama, hacia aquella mujer joven, un poco molesta: «¡Pero tíralo! ¡Tíralo!» —el zapato en el que debían de quedar rastros de sangre. Después de aquello, durante seis meses, Jeanne fue vegetariana para castigarse por haber entregado su cuerpo al verdugo de los ratones.

Didier lloraba de risa.

—¡Divina! ¡Eres divina!

Se lo decía de vez en cuando. Cuando lo hacía reír. Y aquello la conmovía inexplicablemente, como si él hubiera adivinado, por intuición o por arte de magia, que era el dulce nombre de su infancia. En una o dos ocasiones, había estado a punto de decirle: «¿Sabes una cosa? Cuando era pequeña...» o: «¿Sabes que mi verdadero nombre...?», y se había callado, como si el frágil equilibrio de sus relaciones se basara en que tenían lugar en el presente, en lo inmediato, sin pasado y sin porvenir. Un Episodio, de nuevo un Episodio...

Más tarde, de regreso a casa, tuvo hambre. Más hambre que las otras noches. Verdaderamente mucha hambre. El cuadro vacío, azulenco, del frigorífico, que desde hacía varios días había empezado a inspirarle una orgullosa satisfacción, volvía a ser temible. Una quemazón, de la que no había tenido conciencia en el momento mismo, empezaba a hacerse notar. Jeanne se percataba de que se puede perder lo que no se posee. (Y era lo contrario de una de las eternas y piadosas citas de Évelyne: que se puede *dar lo que no se tiene*. Lo contrario de lo que es verdad es también, con frecuencia, verdad.) Hasta aquel momento, había tenido por lo menos el consuelo, el orgullo de decir que nunca había intentado nada. Jamás había tendido la mano, jamás en la vida (pensaba ella) había tendido la mano. Y aquella noche se preguntaba, sintiéndose de pronto culpable, si al contar su antigua aventura a Didier no había querido, aunque fuera inconscientemente, aunque fuera de modo pintoresco y bufón, asociar su imagen a la del amor.

*

Jeanne regresa a casa. Mañana, 1 de junio. Fuera, el silencio. Hay un silencio de verano y un silencio de invierno. El de verano —más sonoro, más vacío, que te ofrece el espacio: puertas, ventanas abiertas, el espacio y nada más— es más triste. Pagando con una difícil gimnasia, Jeanne ha sacado la báscula de debajo de la bañera, donde había ido a parar de una patada en otro tiempo. Ahora la tiene al alcance de la mano. La arrastra hasta el centro del cuarto de baño, comprueba con circunspección la horizontalidad, enciende los apliques del espejo, porque la luz del techo le parece de repente demasiado débil. Tira los zapatos hacia la puerta. Se sube a la báscula; sería más exacto decir que se planta en la báscula, con decisión. Se obliga a una inmovilidad perfecta; cierra los ojos. Hace veintiún días que se ha puesto a régimen. Cierra los ojos: ¿no hay que darle tiempo a la aguja para que se tranquilice? Se trata de no equivocarse ni en un solo gramo. Después, baja la cabeza despacio, despacio, como si tuviera miedo a romper algo, abre los ojos muy poquito a poco, evita por un momento los números, se decide por fin y dirige la mirada sin miedo a la aguja: ochenta kilos, «justos», como dice la frutera cuando el peso cae exacto.

Ha perdido más de dos kilos desde que fue a ver a Pierquin. «¡Pero si esto funciona! ¡Funciona!» Sale del cuarto de baño, triunfante, y unos pocos minutos después se pregunta: «Pero ¿de qué me estoy sintiendo vagamente culpable?» Luego, se encoge de hombros e intenta meterse en el pellejo de un criminal aguerrido, que hace tintinear alegremente en el bolsillo el dinero del delito.

*

Los últimos días de clase, los alumnos ya no atienden nada. Jeanne se resigna con dificultad. Deambula por los pasillos, ni siquiera se fija en los resultados de los exámenes expuestos junto al gimnasio, y medita sobre su resolución de soledad y de retiro con un orgullo entremezclado de aprensión.

Pasa Geneviève, majestuosa; hoy la chilaba es blanca y negra, con un bonito dibujo, y lleva no ya un pañuelo, sino un verdadero velo, casi transparente, es cierto, blanco, con un cordón de oro en el borde.

—¡Por favor, Geneviève! No voy a ponerme a dramatizar tres días antes de las vacaciones, pero ¿cuánto tiempo vas a seguir con esta comedia?

¿Por qué la toma con Geneviève, cuando todo el mundo, de momento, ha optado por ignorar?

—¡Si piensas que te van a admitir en septiembre vestida así, te estás haciendo ilusiones!

Para Jeanne, aquella observación un tanto acerba termina la discusión, pero Geneviève viene sin prisas a colocar su masa imponente entre Jeanne y la puerta abierta del aula.

—¿No le gusta a usted cómo voy vestida, señorita Grandier? ¿Le parece que no me sienta bien? Sin embargo, resulta muy agradable de llevar, se está muy a gusto... Tendría usted que probar, tampoco le sentaría mal...

Jeanne se queda sin respiración.

—¿No te estarás creyendo que vamos a convertir el colegio en una mezquita, o en un baile de disfraces?

—¡Claro que no! —dice Geneviève con indulgencia.

Se le acerca, con repentina familiaridad, con complicidad (¿y quién ha puesto en esos ojos negros de niña esa mirada de matrona avezada, indulgente con todo, de una bajeza amistosa, y tan íntima que Jeanne se estremece como si la hubiera tocado?).

—... No, no... Quiero decir en su casa, para recibir... Haga la prueba, ya verá. Se sentirá usted realzada...

«¿Está intentando insultarme? No. Por supuesto que no. ¡Lo peor es que pretende ser amable!»

—... Se lo digo por usted. Seguro que funciona, ya lo verá. Usted también se casará, tendrá hijos. ¡Lo único es que tiene que darse un poco de prisa!

Con la mirada maliciosa y el dedo sobre los labios indicando que va a volver a su papel de alumna dócil, Geneviève parece de nuevo, por un momento, una divinidad hindú, un poco perversa, un poco amable. Después, contenta consigo misma, dejando a Jeanne clavada en el sitio, se aleja hacia el edificio principal, erguida, majestuosa, indicando con todo su andar que su peso no le molesta, que lo asume, que lo encuentra bonito. Que ella se encuentra bonita.

«Seguro que funciona, ya lo verá..» *¡Seguro que funciona!* ¿Cómo lo sabe? ¿Cómo lo ha adivinado? ¿Cómo se atreve...?

Jeanne se mete en su clase, roja de rabia. Le laten las sienes, le cuesta trabajo contenerse. «¡Y a mí que me daba pena de ella! ¡La muy cerda! ¡La muy desgraciada! ¡Seguro que funciona...!» ¿Así es que se le leía en la cara aquel deseo tan combatido, tan negado, quizá dominado? ¿Lo desprendía ella misma, como si fuera un olor? ¡Y una alumna, una niña de quince años, se atreve a darle consejos! ¡Incluso es posible que hable del caso con otros alumnos! «¡La voy a matar!», piensa Jeanne, impotente. El furor y el estupor le han impedido cortarle la palabra a Geneviève. Ahora ya, las cosas están dichas. Resulta imposible continuar con la conversación: sería agravarlo todo. ¿Cómo desbaratar el apacible convencimiento de aquel ser, de aquel monstruo? «¡No me voy a quedar tranquila hasta que consiga que la echen! ¡No volveré a verla nunca jamás!»

Jeanne ha empezado la clase. Tiene oficio suficiente para que todo se desarrolle por sí solo, casi sin tener que pensar. En lo que está pensando es en esa masa del fondo del aula, colocada, sin perturbación alguna, en la penumbra verde de la ventana, como una enorme muñeca maléfica.

Jeanne oye resonar su propia voz en el aula, mecánicamente. Hoy no es día de dejarse llevar y citar a un poeta, contar una anécdota, y perder el hilo por exceso de entusiasmo. A Dios gracias, es la última clase del día. Va avanzando por sus propias palabras, como por un campo de zarzas que tuviera que ir apartando.

—El sistema digestivo... El duodeno...

Quiere hacer un esquema, se da la vuelta, ve que la pizarra está aún llena de ecuaciones.

Geneviève, que probablemente tiene un vago sentimiento de haber llegado un poco lejos con su familiaridad, se precipita pesadamente para coger el trapo, borrar la pizarra. Jeanne retrocede.

—¡Vuelve a tu sitio! ¡Inmediatamente! Nadie te ha dado permiso...

Le falla la voz, ha perdido el control.

—Pero... sólo quería ser útil —protesta Geneviève, que vuelve a ser de golpe una chica muy joven y desamparada.

Jeanne intenta recuperar el dominio de sí misma.

—Si te empeñas en asistir a mis clases con esa facha, si la directora te lo autoriza, te exijo, ¿entiendes lo que te digo?, ¡te exijo que limites tu exhibicionismo a no moverte de tu sitio! ¡No quiero verte! ¡No quiero oírte! ¡Y si te empeñas en ponerte un velo, que sea un velo de color oscuro y sin esos adornos ridículos! ¡Resulta demasiado fácil poner como pretexto el presunto acatamiento de una norma y usarlo como coartada para una coquetería grotesca!

Nadie se ríe. Nadie se mueve. Toda la clase ha captado en la voz de Jeanne esa nota aguda que precede al ataque de nervios. Geneviève retrocede, espantada, vuelve a su sitio a reculones, sin apartar la vista de la cara de Jeanne, como si adivinara en ella algo pavoroso. («¡Ah! —piensa Jeanne en un breve delirio—. ¡La suerte se ha vuelto ahora contra ti! ¡Ahora soy yo quien te da miedo!») Geneviève choca contra un banco, consigue por fin sentarse. E inmediatamente, a los ojos de Jeanne, ha dejado de ser ese rostro familiar para volver a ser, tragado por la sombra de la cortina blanca que se mueve, y de las hojas de los árboles, esa masa inmóvil que acecha y que sabe.

«¡Tengo que llegar hasta el final de la hora!», piensa Jeanne, aterrada. Ya no sabe lo que está haciendo, lo que se le ha removido en lo más hondo. Se oye el timbrazo que indica que la clase ha terminado y, automáticamente, Geneviève se pone de pie. Pero, como traumatizados por aquellos últimos instantes de tensión, los demás alumnos de la clase no se levantan. Todo el mundo mira a Geneviève, después a Jeanne, después a Geneviève.

Le ha dado tiempo a reponerse. ¿Qué es, hoy en día, una bronca con un profesor? ¡Ya no estamos en la Edad Media! ¡Y ella que había querido ser amable! Le está bien empleado. Un profesor es siempre un profesor. Todas aquellas miradas clavadas en ella la adulan. Cuando se tiene quince años, casi dieciséis diría ella, nunca está una del todo descontenta de ser el punto de mira de los compañeros. Ha recogido sus libros, abandona su sitio, se dirige hacia la tarima. Es grande Geneviève, dotada con una especie de majestad natural que la lentitud e incluso la pesadez de sus movimientos acentúan. El pecho enorme y los hombros gordos que tiene contrastan con su cara lozana de niña. En su avance lento, casi amenazador, se nota el desafío. Una corriente de admiración, y hasta de deseo en algunos, se levanta. ¿Esa masa imponente, esa pequeña cabeza erguida serán, después de todo, deseables? Los Jean-Luc, los Patrick olvidan por un momento los estereotipos y se emocionan.

Al llegar delante de Jeanne, Geneviève se detiene. Sin analizar muy bien lo que ha ocurrido, su indolencia natural vuelve a ganar la partida. También se siente tranquilizada por la atmósfera que la rodea, y de la que es perfectamente consciente.

—No ha sido mi intención... El otro día usted me autorizó...

—Te autoricé momentáneamente a ponerte un pañuelo, si es que de verdad te empeñabas en ello. No te autoricé a ponerte encima cualquier cosa sólo para llamar la atención.

La cara redonda, casi infantil, que la sorpresa despoja de toda dureza más o menos fingida, ablandaría a Jeanne si no fuera por la masa sombría, amenazadora, que se mueve suavemente bajo la chilaba blanca y negra. El cuerpo. Ese cuerpo enorme, llevado con tanta serenidad, muy cerca de ella, vivo bajo la tela brillante, respirando, cuyo calor podría percibirse, ese cuerpo apenas oculto (un pecho, una cadera se dibujan bajo el tejido ligero que va siguiendo los movimientos de Geneviève), ese cuerpo que reivindica un parentesco con el de Jeanne, le resulta odioso, insoportable. La quema. «¡Seguro que funciona!», había dicho Geneviève.

—Si la directora acepta que lleve velo, ¡me parece que tengo derecho a ponerme el que quiera! —reivindica Geneviève, con tono más pueril que malintencionado, quedándose allí parada, mientras los alumnos empiezan a salir.

«¡Seguro que funciona!»

—Que quieras ocultar el cuerpo, lo comprendo. Pero la cara, no se sabe muy bien por qué. ¡Es lo único que tienes que valga un poco la pena!

—¡No volveré a poner los pies en esta clase! —grita Geneviève.

—Y te casarás, ¿no?... ¿Y tendrás hijos? ¿No te das cuenta de que hasta desde el punto de vista médico te va resultar imposible? ¡Siempre te quedará la solución de irte exhibiendo de feria en feria!

Palabras horribles que Geneviève recibe como una bofetada. Aquel entredientes de pura maldad, aquel chorro de hiel y de fuego las aterra a ambas. Las deja heladas de estupor a una y a otra. Por un momento, se quedan frente a frente, y Dios sabe lo que ocurriría si la oleada de alumnos de tercero no viniera a invadir la clase, separándolas bruscamente. Y Jeanne, precipitándose escaleras abajo, cruzando el patio, utilizando la puerta falsa, seguida por la mirada de un Selim atónito, solloza sin poder evitarlo.

La calle, el supermercado, el ascensor, todo es como una pesadilla. ¡Volver! ¡Volver a casa! ¡Escapar a su propia violencia, súbitamente descubierta! «¡No, no he dicho semejante cosa! ¡No lo he dicho!» Va corriendo, sin preocuparse en absoluto de la gente, que se vuelve al paso de aquella mujer joven, corriendo y llorando, con el pelo revuelto. Nadie en el ascensor B. Deprisa, deprisa... Aprieta el botón «Cerrar» con una fuerza tan desproporcionada que se lastima el dedo. Si el señor Adrien o, para colmo de horrores, Bérengère hubieran estado ahí, a Jeanne le habría dado algo.

El descansillo, última etapa. Le tiembla la mano, la llave no encuentra el ojo de la cerradura. Un sudor frío le chorrea por la espalda, como un dedo inquisidor, humillante, que le fuera siguiendo la curvatura. Si alguien surgiera detrás de ella, Larivière, Adrien, si tuviera que emitir un sonido, que decir una palabra, una sola palabra... Pero la puerta se abre. Se precipita dentro, de golpe. Le da un violento empujón a la puerta. Vuelve a meter la llave en la cerradura, una vuelta, dos vueltas. Y la cadena. Nunca estará suficientemente encerrada.

Se deja caer, jadeante, en el sillón desfondado. Las pilas de libros amigos, las láminas de botánica, los minerales tirados un poco por todas partes..., nada retiene su mirada. Oculta el rostro entre sus bonitas manos, se balancea hacia adelante y hacia atrás, como para mecer, para dormir la terrible revelación de su propia crueldad. «¡No he dicho semejante cosa! ¡Haz que no lo haya dicho!»

¿A qué divinidad se dirige Jeanne con tales palabras? ¿A qué juez le jura que nunca, nunca jamás, tuvo ninguna animosidad hacia Geneviève? Eso es el régimen. Son los nervios, el cansancio de fin de curso. ¡Qué va! ¿No es más bien esa oleada de deseo, tan imprevista, en torno a la chica, lo que la ha dejado sin respiración a ella, a Jeanne, como un perfume, como un peligro? ¿Como la irrupción de la luz en la cámara secreta de una pirámide, y que amenaza con destruirlo todo? ¿Ese tranquilo convencimiento de Geneviève (yendo hacia ella, amenazadora, maléfica), ese convencimiento que tiene el cuerpo de Geneviève de que es bonita, y no solamente bonita sino además poseedora de un secreto que el velo anuncia más que oculta? Algo en el interior del cuerpo de Jeanne (el mismo cuerpo, depositario del mismo secreto) había aullado, se había debatido, habría arañado, mordido para salvarse. Las palabras de Évelyne, viejas ya, y marchitas, habían recuperado todo su veneno, su inspirada ñoñería: «No deja una de ser mujer por unos cuantos kilos de más...»

Y su profunda turbación, su miedo, que era doble y contradictorio, habían adquirido de pronto la forma de aquel cuerpo majestuoso, obeso y a pesar de todo deseable, que respiraba tan cerca de ella, como un doble, como un espejo. Había deseado destruirlo.

«¡Entonces... lo he dicho! ¡Lo he dicho de verdad! ¡Oh, cómo me odio!» Y presiente, sólo presiente, como una ola profunda que rompe, todavía a lo lejos, pero que se va acercando a una velocidad terrorífica, que es de verdad una parte de ella misma lo que odia, lo que ha humillado, insultado, una parte de ella misma a la que va a tener que mirar de frente.

Entonces, la ola se le viene encima, estalla, la deja sorda, la aplasta, y un auténtico terror borra cualquier otro pensamiento que no sea el largo gemido de angustia: «¡Ahora mismo! ¡Ahora mismo! ¡Tengo que comer ahora mismo, o me muero!»

No sólo lo exige el estómago sacudido por una náusea brutal, sino el cuerpo todo, crispado, cruzado por los espasmos; los dientes, de pronto sensibles como una piel, que quieren morder, triturar; las manos, que buscan, que tiemblan; el cerebro, perdido, que exige volver a tener una presa sobre la realidad, sea la que sea, la más simple, la más brutal. Escapar del vértigo, del vacío: comer. Sobrevivir a la insostenible angustia, sobrevivir a cualquier precio, a cualquier peso: comer. Asegurarse de que uno está ahí, que no todo a nuestro alrededor es huidizo, inconsistente, niebla, vaguedad: comer. El empuje, el seno, el impulso primero hacia la vida (tantas veces herido, frenado —irreprimible): comer.

Nada podrá detener ese pánico, esa derrota, lo que Jeanne llamará luego, con estupor, una posesión. «Estaba como poseída.» El frigorífico, objeto mágico, ha recuperado de nuevo su blanca existencia maléfica, burlona. Sólo con imaginar el vacío cúbico, bañado por una luz azulenca, la embarga una náusea acuosa que la precipita al fregadero.

Por un instante, a locas, deposita su esperanza en un resto de ron dejado por la mujer de la limpieza en el armario de las escobas, y que ella ha fingido ignorar. Liquidado. Se sube al taburete de la cocina, se golpea la cabeza contra el techo bajo, casi ni lo nota, encuentra, recuerdo agazapado desde hace un mes, el paquete de tostadas que le dio, cuando la avería, Bérengère y que había quedado relegado en lo alto del armario. Le arranca la envoltura aunque ya estaba abierto, mete la mano, se pone a comer, se pone a comer ya, con la boca llena de esa arena insípida, antes incluso de bajar del taburete cojo. Después abre, mirando para otro lado, el frigorífico, donde recuerda que un trozo de mantequilla aguarda al fin de semana. Pero un delirante nerviosismo no la deja untar las tostadas, que se rompen, cuyos fragmentos grasientos recoge a manos llenas, se los mete precipitadamente en esa boca ávida, suplicante —y más, y más, hasta casi asfixiarse—, de la que intenta colmar el vacío, ahogar el grito, llenando, saciando, esa boca de la que ya ni siquiera sabe si es la suya. «¡Para! ¡Para, por favor!», le suplica al hambre —que es ella y que no es ella—. Pero en vano; sigue comiendo, seguirá comiendo hasta la náusea aquel almuerzo de arena, hasta que, sin aliento, se derrumbe —ha comido de pie— sobre el taburete, entre las migas.

Está agotada. Después, habla la voz tranquila y seductora de la locura, sin encontrar ya resistencia. «Tengo hambre. Sigo teniendo hambre. ¿Qué podría comer ahora?» Pero su imaginación sin juicio no le proporciona ninguna imagen que le parezca capaz de hartarla completamente, de hartarla para semanas, meses, de hartarla definitivamente.

«¿Un *stilton*, fuerte y cremoso, con una ensalada mixta y un buen pan de centeno? Por mucho que se diga, las cosas más simples son a veces las que... ¿Ostras tan frescas que puede uno ir comiendo indefinidamente, sin cansarse? ¿Un *foie-gras* con pasas, una botella de Sauternes un poco empalagoso y tostadas crujientes con mantequilla? Y una pierna de cordero con judías verdes, sin más, con la carne hecha al fuego de leña como en Simonnet, y la salsa...» El encantamiento dura, se amplifica. Es como si estuviera viendo desfilar sobre su mesa todos aquellos manjares que le gustan, los degustara y hallara, más allá de los más finos sabores o de los más fuertes, un hambre invencible, otra hambre.

Se queda mirando, embobada, las migajas de tostada sobre la mesa, el trocito de mantequilla que queda. En su tranquilo delirio, ha creído conjurar el maremoto que la arrojó sobre aquellos víveres sosos. Pero la imposibilidad de hallar, aunque fuera en una ficción sin límites, un manjar, una bebida que correspondan a su necesidad, a su carencia, a su hueco, que le den —aunque fuera en su imaginación— esa satisfacción simple y total de la barriga llena, de las digestiones felices, del sueño consentido de las facultades, la aterra.

En vano se vuelve hacia el pasado, rebuscando, como piedras en la arena, momentos llenos, compactos. Los banquetes de boda de sus primos de la Vienne, en el campo, con aquellas inmensidades de manteles blancos, aquellas pirámides de embutidos, aquellas esculturas de manteca de cerdo salpicadas de verde, aquellos toneles de vino generoso, con espuma por haber sido escanciado demasiado a prisa. Y aquellos gritos a su alrededor, de un chico que sabía lo mucho que ella resistía bailando, de una chica que quería que alguien le recompusiera el tocado, de una abuela a quien nadie le había servido tarta, de un grupo de viejos que querían que adivinara cuánto pesaba el cerdo que estaba expuesto como premio de la rifa, aquel grito, por todas partes, alegre, embriagador como el vino de Jurançon.

—¿Vienes, Divina? ¡Divina! Por aquí, Divina...

¿Dónde estaba aquella Divina de trece años, que parecía mayor? ¿Dónde estaba? Había desaparecido con ese instante de plenitud, compacto, sin transparencia y sin remordimientos. Jeanne deambulaba con locura por aquella infancia fuera de servicio, como por una almoneda, como entre los trastos de una mudanza; como, desgraciadamente, después de unos funerales, se busca el objeto, la fotografía que resucita por un instante... Pero no. Por muy precisa que fuera la evocación (El pequeño Léon orinando en un sombrero; una dama de honor paseándose con un pastel pegado detrás de la falda y sobre el que se hacían apuestas: se cae, no se cae; los novios, que venían de la ciudad, peleándose ya a los postres), era una evocación petrificada: cuadro de cera en el que el parecido de los personajes hacía que resaltara aún más la materia. Sólo cobraban vida, estremeciéndola como el pinchazo de un alfiler, los breves instantes en que, por el contrario, se había roto la armonía; escapadas melancólicas que ella no recordaba haber observado y que resurgían contra su voluntad... Un rincón de hierba adonde nadie iba, extraordinariamente verde y sembrado de margaritas de verdad que parecían pintadas —pequeño espacio de silencio—; un grupo de árboles recortándose a lo lejos; un niño solitario que intentaba tocar algo con un peine envuelto en papel de seda; un bebé que miraba al cielo, acostado en una manta.

Pero la saciedad, el sentimiento tosco y triunfante de saciedad, el cinturón desatado, el sueño que uno extiende sobre sí como un edredón y el hambre que se recuerda como a un amante que te ha colmado y al que no sientes la necesidad de volver a ver inmediatamente, la saciedad, no lograba Jeanne, febril, alcanzarla. Y hasta el hambre complaciente, amigo fácil de satisfacer, de aquellos tiempos y de otros más próximos, se le escapaba. Era otra hambre, terrible, a la que tenía que poner remedio, ahora, de inmediato, definitivamente, so pena de muerte.

El Episodio cruzó por su mente y quedó de inmediato relegado al limbo. La poderosa, la nutritiva cólera sentida contra Geneviève —que la vergüenza ahogó enseguida—. Por un instante, pasó por su mente ida, demasiado febril para retenerlo, el recuerdo de una plenitud, la sonrisa de Didier, la aceptación deslumbradora de su ingratitud ingenua. Pero lo feroz de la necesidad que sentía la arrastraba lejos de todo análisis, de toda reflexión. De pronto, fulgurante, se le apareció un último recurso: el teléfono, el número de teléfono que Manon le había dado, un servicio a domicilio de platos preparados del que hablaba muy bien...

Lo marcó, se equivocó, lo consiguió. Afianzó la voz, reunió todas sus fuerzas, sorprendida de que le contestara una voz banalmente amable. Su propia voz le pareció neutra, demasiado articulada quizá. La utilizaba como si fuera un instrumento que se mantiene a distancia, con repugnancia y por necesidad.

—¿Mi dirección y mi número de teléfono? Sí, ahora se lo digo. ¿Me pueden servir inmediatamente?... Veinte minutos, de acuerdo... ¿Para cuántas personas? Pues no sabría decirle... No estoy segura... Es que... O sea: me gustaría...

—Hacer frente a un posible imprevisto —dijo la voz amable—. Muy bien, señora. Le leo la lista de platos, entradas y postres disponibles esta noche...

Encargó aguacate con gambas, un poco de *foie-gras*, una ración de pescados variados, berenjenas al queso parmesano. Encargó cordero troceado con pastas frescas. Salmón a la acedera y, después de pensarlo un momento, una ración de salmón macerado en eneldo. Pato al melocotón, pechugas de pollo rellenas. Berenjenas a la turca, ensalada de patatas. Quesos, carlota de frutas, *brownies* de chocolate. Y vino: un Aloxe-Corton del 82 que le gustaba, un Pouilly-Fuissé para acompañar el pescado, un burdeos que no conocía —nunca se sabe, a lo mejor era una copa de ese vino lo que iba a aplacarla—, un champaña del que sólo tomaría un poco, porque no le gustaba: era una última suerte que había que tentar, un billete de lotería.

—Muy bien, señora. Se lo servimos. Y luego, si se presenta menos gente de la que espera, puede congelar lo que le sobre, porque nuestros platos son frescos. Y así está usted tranquila.

Tranquila, eso es. Quedándose en el borde mismo del abismo, en un equilibrio que podía durar si no se movía, si no pensaba. Llegó el repartidor, emitió algunos borborigmos sonoros. Jeanne pagó. No comprobó la factura, no pensó en lo que faltaba para acabar el mes, la única prisa que tenía era que el hombre se fuera.

Después de cerrar la puerta, vuelve a echar cuidadosamente el cerrojo. Empieza una prueba, una batalla. Engancha la cadena, cruza el cuarto de estar, tras haber cerrado las puertas del cuarto de baño y del dormitorio que dan a la entrada. Baja cuidadosamente la persiana de la puertaventana que da al balcón. Que nadie la vea. Cierra por dentro la puerta de la cocina, donde el hombre ha dejado una multitud de pequeños paquetes. Mientras los va abriendo, hace un esfuerzo por controlar las manos temblorosas, lo mismo que controló la voz. Hacer las cosas con calma le parece, en aquel momento, de una importancia capital. Está siendo víctima de una especie de trance minucioso y frío. «No hay que equivocarse», musita.

Descorcha las botellas, menos el champaña, que hay que poner a enfriar. Para ello, tiene que abrir de nuevo el frigorífico. Ese vacío, ese cuadrado perfecto subrayado de luz, hace días que le tiene miedo, que vuelve la cabeza cuando mete el par de chuletas y el yogur natural. Bueno, pues es preciso —lo siente como una necesidad absoluta, que forma parte de la operación delicada y peligrosa que está preparando—, es preciso que el champaña esté frío, muy frío. Basta un detalle para que todo sea un fracaso. Se decide, con los dientes apretados, abre la puerta, mete a tientas la botella de champaña en el congelador, cierra de un portazo. Sabe que ha hecho un poco de trampa: no ha mirado de frente al enemigo irrisorio y fuerte, las rejillas vacías, el cajón transparente en el que sólo hay una lechuga, la luz azulenca, helada. Pero da igual: tiene que economizar fuerzas.

Finalmente, se sienta. Empujando a un lado el taburete de madera de roble que es su asiento habitual en aquella pequeña habitación, se ha llevado una silla más cómoda en la que se instala, se arrellana, calándose bien sobre sus amplias posaderas, recogiéndose en su propia masa, desafiando algo innominable —el mundo, el hambre, el miedo— que deseaba aniquilar.

Comenzó a comer y a beber. «Atacaba», en el sentido propio de la palabra, la comida. Procedía lentamente, sin glotonería imprudente (la indigestión es lo contrario de la saciedad); probaba un bocado de berenjenas, masticaba, saboreaba... Falta sal. Le echaba sal. Un poco de *foie-gras*. Estos *foie-gras* de tienda nunca son del todo lo que tienen que ser. Ludivina preparaba sus propios *foie-gras* ella misma (planteándose siempre el eterno dilema: ¿Las Landas o Estrasburgo?). «¿No tendría que haber encargado una botella de Sauternes?» A lo mejor la falta de un vino un poco más afrutado, un poco dulce, es lo que le impedía encontrar en el *foie-gras* ese sabor completo, esa satisfacción suave, cremosa y, con todo, un poco áspera al final, que siempre le había gustado sobremanera. De pronto, la suavidad le parecía sospechosa, y aquel regusto, áspero y dulce, pasaba a evocarle una descomposición apenas enmascarada. Empujó el plato. Seguramente eran las tostadas, todas aquellas tostadas imprudentemente engullidas, lo que, atiborrándole el estómago sin provecho alguno, impedía que tuviera lugar el alivio, la distensión. Conservar la sangre fría. Si el *foie-gras* le parecía soso, pasar inmediatamente a un sabor más acentuado. Despertar el estómago para satisfacerlo mejor. Peor para los entremeses, los metería en el congelador. Mañana será otro día.

El cordero al curry. Se lo habían traído en un recipiente de papel de estaño que aún estaba templado, pero encendió el horno —menos mal que se calentaba rápido—, metió el recipiente, esperó con paciencia. Tenía el rostro grave, tenso. Durante un momento, la cabeza le dio vueltas en aquel silencio; el pensamiento se despertaba. «Pero ¿qué es lo que estoy haciendo? ¿Qué es exactamente lo que espero? Sentada delante del horno como si estuviera esperando un parto...»

Desvió la mirada, se sirvió hasta arriba una copa de Aloxe-Corton, observó el bonito color púrpura. Sólo el nombre ya es sabroso; lo musitó: «Púrpura...» Seguramente no había alcanzado aún la temperatura ambiente, y además el repartidor lo habría sacudido durante el transporte; pero no por ello dejaba de imaginarse, de prepararse para recibir en ella la onda *púrpura* y cálida, su calor benéfico que desataría el mal nudo que se le había colocado en la boca del estómago, ese malestar mezquino, esa bola de angustia que no se le «pasaba». Cogió la copa perfectamente redonda, llena hasta los bordes (los amigos siempre se metían con ella por su manera de llenar las copas), disfrutó apenas un instante de aquella redondez, de aquella densidad en la mano, se llevó la copa a los labios, bebió lentamente pero de un trago, igual que se respira al abrir la ventana, por la mañana, y esperó el golpe. El vino la invadió, la habitó, chispeó un breve instante en el centro de su cuerpo, se apagó. El hambre, extraña, burlona, seguía en su sitio.

Entonces, olvidándose del cordero al curry que debía ya de estarse secando en el horno, se tomó una segunda copa, y una tercera, más rápidamente, sin contemplaciones, con una angustia cada vez mayor. ¿Dónde estaba el sosiego? ¿Dónde la saciedad? ¿Dónde la resolución de la angustia somnolienta del pensamiento? Bebió. De vez en cuando, alargaba la mano y cogía al azar, sin verdadera esperanza, de alguno de los recipientes que había sobre la mesa, un trozo de pato cuya salsa le pringaba los dedos y le manchaba el vestido, una berenjena fría ya, un trozo de queso. El efecto logrado sólo era un pálido eco de las alegrías de antaño. «No tenía que haberlo dejado jamás», pensó en un principio de borrachera sarcástica. El último pedazo de albóndiga de Avesnes, pimentado, fuerte, auténtico trampolín hacia el vino generoso, la retuvo un momento al borde de una desesperación ahogada en ebriedad. Después, ya nada la paró; terminó la segunda botella; con un gesto desmesurado barrió de la mesa los numerosos platitos que tenía delante y que fueron a esparcirse por el suelo, hundió la cabeza entre los brazos doblados, rió y sollozó un momento con incoherencia, antes de quedarse dormida, allí mismo, de golpe, tan de improviso como un niño pequeño.

3.

Nada está tan poblado como un desierto, como una soledad. El más pequeño escarabajo, la brizna volando, la sombra de una yuca y ese remodelado constante de las dunas por el viento, todo adquiere un relieve singular. El recuerdo fósil, el rostro vislumbrado en sueños, un clavo descubierto en la arena, todo es signo, todo es alfabeto. El solitario, el ermitaño, el artista, el viajero perdido se ven confrontados en el desierto, en la soledad, a una economía extrema de medios y a una superabundancia de interpretaciones, cuando les viene el deseo (inseparable de la soledad, del desierto) de volver a escribir la historia de sus vidas.

¿La descripción del solitario?

Podría compararse al conservador de un pequeño museo que apenas si posee unos cuantos objetos (piezas sueltas de cerámica tolteca, pinturas al pastel de dudosa autenticidad), y que, de golpe, toma conciencia de que del modo como los presente dependerá la visión que se tenga en adelante del México del año mil, o de determinado siglo XVIII. Preocupado por descubrir todos los recursos de un material concreto, podrá ocurrirle que se encarame a un alto, duna o escalera, que se convierta, por una hora, en estilita, con el fin de renovar su perspectiva. Que se acueste, por el contrario, a ras del suelo. Que se quede tuerto, torciendo la cabeza. Ciego, con las manos tendidas hacia el impulso de una estatua. Que dé vueltas alrededor. Que intente sorprenderlo, acuclillándose bruscamente. Tales posturas, tales tanteos valen para el espíritu. Tan pronto humilde, tan pronto encumbrado, el espíritu tardará mucho en concederle el lugar que le corresponde, en la frase, la historia o la reflexión que va haciendo, a cada uno de los ideogramas que su misma vida le propone: la palmera, el pie de mármol, la caja oxidada llena de cartas, que ya ni siquiera puede abrirse. La báscula de baño.

Nada está tan poblado como la soledad.

¡La soledad es hija de Dios!, clamaban los predicadores de antaño. ¡Temedle al mundo y a sus derroches! ¡El mundo que ofrece sus chuletitas de cordero con perejil los viernes, los muslos de las bailarinas en las poblaciones de más de mil habitantes, los honores, los peligrosos honores, las Palmas académicas, el Nicham Iftikhar, qué sé yo, que llevan a la extorsión y al crimen! ¡El dinero! ¡Las alegrías crueles de la codicia! El obseso que sigue el curso de la Bolsa y reza, REZA (porque de ello dependen los estudios de su hijo o los plazos de la casa de campo) para que sigan matándose los unos a los otros quince días más —¡sólo quince días!— en Honduras.

En verdad, el pecado existe. ¡Pero un pecado tan distraído, tan mal saboreado, tan poco consciente y, por ello mismo, tan poco pecaminoso! Es como un montaje en el teatro de la Ópera para cantar una nana. Es como el monte que pare un ratón, ¿qué digo?, ¡una cresa! ¡Qué despilfarro! Todas esas pequeñas ambiciones, codicias varias, picores sin grandeza, no son más que tiznaduras en la hermosa pared blanca del alma. La soledad, por su parte (hija de Dios, sin duda, pero hija emancipada), desdeña esas pintadas. Con un trazo simple, con un punto de partida insignificante, crea un mundo. La ratita pare a un san bernardo, ¡que cada uno lo tome como quiera! Y la más banal de las decisiones... Ya se ve adónde pretendo llegar.

Da igual. Siempre es bueno seguir un ejemplo, sobre todo cuando es absurdo. Ve a hacer *jogging* al bois de Boulogne, o suponte una mariquita embarcada por error en el metro de «Strasbourg-Saint-Denis». Aplasta según corres, con tus alegres Adidas, o intentando desplazarte, con tus zapatos de moda barata que todavía te puedes poner, el frágil insecto. ¿Te planteas la cuestión del pecado? ¿De la importancia que toda vida tiene? *Nada. Niente. Furt*... El maravilloso pedacito de creación que es incluso una cucaracha se te escapa completamente.

Pero ¡aplasta al famoso escarabajo que cruza el desierto! Es una acción criminal. Un acto irreversible. Queda inscrito en alguna parte, en alguna celeste vitrina, sobre una tarjeta caligrafiada: «Asesinato voluntario de un escarabajo. Siglo XX d.C.» Sobre sus hombros de escarabajo, el pequeño animal ha recibido, en forma de pie, todo el pecado del mundo. Si eres ermitaño, no saldrás por menos de diez años de mortificaciones. Sin embargo, la situación se vuelve realmente palpitante cuando sucede que, aun siendo asesino en el momento en que aplastas al escarabajo, eres a la vez venerable, según la ortodoxa tradición eremítica, si te alimentas de saltamontes. ¡Materia suficiente para una tesis! Porque, si un insecto redime al otro, ¿no acceden ambos, de oscura manera, al misterio de la Comunión de los Santos?

Puede uno reírse. Todo está en todo. Pero, sobre todo, todo está en nada. Soledad, desierto, libertad de los espacios sin caminos, duda, inquietud, contradicciones: divina geografía. ¿Tiene algo que ver con el siguiente fenómeno: que si uno se pierde en un bosque, el errante, mediante círculos involuntarios, regresa siempre, según dicen, al mismo punto central? ¿O con el siguiente: que en la variedad monótona del desierto ocurre que, cuando cree uno estar volviendo por el mismo camino, batiéndose en retirada, lo que ha hecho ha sido precisamente cruzarlo? ¿Ineluctabilidad del bosque? ¿Paradoja de la arena? La soledad debe abordarse sin proyecto, sin idea preconcebida. Casi diría que sin brújula.

Así fue como Jeanne Grandier abordó las vacaciones escolares.

Didier se había marchado, nada más cerrar el colegio, hacia la propiedad de su madre en la Turena. Luego, iba a pasar unos días en barco. ¿Dónde? Jeanne le había dado en el último momento un viático, sus notas sobre Agrippa d'Aubigné. «Lo leeré en cuanto tenga un momento, gracias.» Évelyne terminaba de hacer los últimos macutos: mandaba a las gemelas a Bretaña, a una escuela de vela. Xavier, después de haber protestado por el gasto tan enorme, había desaparecido yéndose al Golfo Juan, con unos amigos que no mencionaba. Évelyne, por su parte, iba a ir a casa de su abuelo, en Enghien; por lo menos, no tendría que lavar los platos y había jardín. Manon ya se había ido de crucero en el *Figaro*.

Jeanne fue a decirle adiós a su madre, cuyas reiteradas invitaciones había rechazado. Dentro de unos días, estaría sola en París. Lo sabía, lo había querido, pero esperaba la prueba con algo de angustia y exaltación. El ruido y la agitación se retiraban del barrio como una ola. Incluso Selim, con quien se encontró en los almacenes Inno y que estaba comprando un salvavidas en forma de tortuga de mar.

—¿Es para Salah? —le preguntó.

Era el sobrino pequeño del conserje, al que le había dado clases particulares. No se atevió a preguntar por Geneviève.

—Sí, señora Grandier. Se va por primera vez a un campamento, el jueves. Le va a venir bien, ¿no le parece?

—¡Ya lo creo! —dijo Jeanne, que se preguntaba cómo se las iba a apañar aquel tímido niño cojo entre docenas de niños revoltosos—. El aire del mar... ¿Adónde va?

—A Étretat.

—¡Hombre! Como mi madre...

Los ojos de Selim brillaron con una esperanza insensata.

—Escuche una cosa: el campamento es fácil de encontrar, se llama «Las pequeñas gaviotas», es curioso para unos niños, me parece a mí... ¿No podría su madre, de vez en cuando, ir a echar un vistazo...?

—No, Selim. No —dijo Jeanne tajantemente—. No se puede contar con mi madre.

—¡Ah, claro! —dijo Selim con tristeza, como si lo hubiera sabido desde la eternidad.

—Su salud...

—¡Ah, claro!... y Geneviève... ¿Habló usted con ella?

Evidentemente, no estaba al corriente de lo que Jeanne llamaba, minimizando las cosas, «la discusión».

—Lo intentaré cuando empiece el curso... A lo mejor cambia durante las vacaciones...

—A lo mejor...

Los grandes ojos castaños, con el blanco un poco bilioso, la contemplaron resignadamente, compartiendo con ella la injusticia del mundo, luego se dirigieron con perplejidad a la tortuga de plástico.

—Llévese mejor el caballito de mar —dijo Jeanne—, está más de moda.

Y se fue muy deprisa, porque ya no estaba segura, otra vez, de cuál era el sitio al que iba Gisèle. ¿Étretat o Arcachon?

Los Mermont estaban en la Vendée, donde organizaban clases de recuperación al aire libre. Rasetti llevaba a su mujer y a sus hijos a Italia, Lavieuxville recorría Turquía, Jean-Marie realizaba el circuito «Grecia y el Mediterráneo», la señorita Lécuyer se iba a ver a su tía, el de la tienda de comestibles se iba a ver a su madre a Marruecos; las limpiadoras de por la mañana, con las que tantas veces se encontraba a lo largo del año, ya se habían marchado, unas a España, otras a Portugal. Los restaurantes chinos se quedaban vacíos. El silencio se iba instalando, ganaba terreno calle a calle, a veces roto por turistas que se habían equivocado de autobús.

Alrededor de la torre, era como un desierto de adoquines soleados, muy secos, que resonaban bajo los pasos. Los jardines en que Jeanne, hacía un mes, hallaba refugio amarilleaban por falta de riego: una sabana, salvaje y triste. Los niños que no tenían la suerte de marcharse de vacaciones se refugiaban en los aparcamientos y en los subterráneos, más frescos, llenos de cosas que podían destruir.

Privada de coches, o casi, la misma topografía del barrio parecía modificada, la osamenta de las calles, más nítida, más definida. La curva de un vulgar paso, por fin despejada de camiones de la empresa de mudanzas Maillard, ofrecía al ojo su pureza de media luna. Los cruces eran geométricos. Los semáforos, inútiles, guiñaban con ironía sus ojos ciclópeos. Las obras se adormecían, con el polvo ya en calma. Los comercios iban cerrando uno tras otro. Habría que ir a comprar el pan, decía la señora Mathurin, la panadera, lejos, muy lejos, detrás de la iglesia de Juana de Arco. Jeanne se cuidó de decirle que ya no tomaba pan. No hay por qué molestar a nadie. El señor del quiosco se despedía. El de la tienda moruna se iría a finales de julio. La pescadería cerraba sin más todo el verano.

Los Pierquin también se disponían a marcharse hacia la opulenta casa que tenían en la Borgoña.

—Como era de esperar, no te ha vuelto a telefonear, ¿no?

—Yo no me lo esperaba tanto. Cuando volvamos, habrá recuperado todo el peso perdido, ya lo verás.

Rose Pierquin reía sin maldad. La gente se ríe de las pequeñas debilidades de los demás. Ella comía todo lo que quería y jamás ganaba un solo gramo. «No tengo ningún mérito», decía. Pero ¿dónde está el mérito? Y sentía, con todo, cierto placer en criticar a Jeanne cuando vivía en el pecado de obesidad...

En lo alto de la torre, en el apartamento de Jeanne, el silencio iba penetrando lentamente, como un perfume fresco en el que ella fuera instalándose, acurrucándose en él como en el viejo sofá, esperando encontrar la paz. Aunque el recuerdo de su cólera, del rostro descompuesto de Geneviève, seguía mortificándola, aunque la horrible noche en que había comido y bebido, bebido y comido con tanta desesperación, seguía presente como una pesadilla, lo que más la inquietaba era haber actuado así, arrastrada por una fuerza incontrolable. Si hubiera premeditado aquella doble explosión, la vergüenza habría sido aún mayor, pero menor la intranquilidad. En adelante, el «régimen» ya no sería sólo un reto, su revancha contra la escalera, una apuesta al fin y al cabo alegre, sino una reconquista de su propia libertad.

Primero atacó el hambre de la noche. Era la más simple, la menos defendida. En más de una ocasión la había visto a cara descubierta, cuando, volviendo de cenar de casa de su madre o saliendo de algún buen restaurante con Manon, sentía a pesar de todo la necesidad, una vez en casa, de correr a la cocina y comer algo más. Poca cosa, por otra parte. Era un hambre de niña pequeña, un hambre blanca, el comistrajo dulce de la golosina prohibida. Esa hambre se satisfacía con poca cosa: una tableta de chocolate olvidada por la asistenta, unas cuantas galletas reblandecidas que habían quedado en el fondo de una caja que le habían regalado los alumnos... Vio que aquellas fruslerías compensaban lo que la comida había tenido, a pesar de todo, de frustrante —porque el afecto de Gisèle, sin duda alguna sincero, no tenía más consistencia que un pastelillo de hojaldre, y las confidencias de Manon, llenas de aristas, debían absorberse con precaución.

Después, venía la segunda oleada: a medida que iba avanzando la hora, Jeanne se iba hundiendo en la agradable tibieza del viejo canapé. Leía, tomaba notas. Como no le gustaba, era raro que empleara su tiempo en oír música. Pero, a partir de una palabra hallada por casualidad, era capaz de embarcarse en una aventura del espíritu que podía durar varios meses. Así, el arte de la caligrafía, la astronomía según Reeves, las sagas islandesas o las técnicas primitivas, la habían ido cautivando por turno. Jeanne leía y leía: lo que corrientemente se llama «devorar».

Pero no se puede leer ni trabajar sin parar. Y no se puede pasar del trabajo al sueño cuando se quiere. El hambre volvía a atacarla. Agotada, pero sabiéndose aún a cierta distancia del sueño, se ponía otra vez a comer. Con queso, nueces, rebanadas de pan tan largas como una autopista, y un cuarto de hora de televisión, lograba que pasara todo, acompañado por un traguito de vino tinto. Era el segundo rostro del hambre de la velada. La pelea contra la noche que se obstina en no coincidir exactamente con el sueño, como una cama mal remetida, una hoja de papel que sobresale del montón. En cuanto se deja de pensar, habría que poder dormirse. Pero lo que ella llama pensar ¿no es pensar en algo? ¿En algo determinado? ¿En las pintadas sobre la pared blanca? ¿Y si la pared estuviera virgen, libre? Sea cual sea la cosa en que se piensa, se la apropia uno. Se la come. Y cuando se duerme, uno es comido. Queda el espacio entre ambos momentos. La falla. ¿No es cuando se deja de pensar *en* algo (cuando se deja de comer), cuando se piensa de verdad? Conque hay un tiempo, al final del día, en que hay que soportar a la vez el vacío del pensamiento y el vacío del frigorífico. Tal es el combate de la noche.

Después de una velada particularmente dura (se había levantado del diván cada cuarto de hora, corriendo hacia la cocina, acordándose de que no debía hacerlo, yendo hacia la puerta del piso, imaginándose en el ascensor, en la entrada, llegándose hasta la tienda de comestibles china que está tan cerca, o a la árabe cuya lucecita alumbraba hasta las once, o también tentada por el último recurso que ofrecía *toda la noche* el bar James, que tenía sopa de cebolla, cien veces recalentada, para los apetitos osados), y a pesar de haber salido triunfante de los violentos envites, al irse a acostar, sabiendo que el sueño iba a ser un nuevo combate, no pudo evitar preguntarse con rabia: «Pero ¿para qué narices? ¿Por qué? O sea: ¿por qué?» Entonces, el recuerdo de la incontrolable cólera, de la incontrolable gazuza, reaparecía como un espectro (el espectro de la *otra hambre*, de la saciedad imposible), y ella se arrebujaba en las sábanas y terminaba por dormirse, furiosa y resignada.

El 1 de julio, volvió a subirse a la báscula de baño y, por primera vez, reparó en lo curioso del nombre del aparato. ¿Qué es lo que se pesa, en definitiva? No llegó a deducir que los nombres de las cosas y los propios objetos cambiaban. No estaba en ésas. Pero anotó su peso: setenta y nueve kilos cuatrocientos gramos. De manera que había franqueado, en la buena dirección, la raya de los ochenta kilos. Había superado una altura, una colina, un *tell*... ¿Qué paisaje iba a descubrir?

—¿Sí? ¿Eres tú, Divina?

—¿Quién iba a ser si no, mamá?

—¡Ya veo que sigues de buen humor! ¡Debe de ser por el régimen! ¿Funciona?

—Más o menos... ¿Tenéis buen tiempo por ahí?

—¡Radiante, cariño! Y la casa es una joya, una obra maestra de buen gusto, de... ¡Qué cuartos de baño! ¡De cine!

—Bueno, pues muy bien, mamaíta...

—Deberías haber aprovechado la ocasión y haberte venido, ¿sabes? ¡Sobre todo es que el pescado está tan fresco!... Podrías haber seguido con tu régimen, ya que te has empeñado. Aunque a todo el mundo le parece una estupidez. ¡Eres como eres y te queremos como eres!

—¿Quién es todo el mundo?

—Pues Marguerite, Edgar, Marine, que llegó ayer con su novio, bueno, cuando digo novio ya entiendes lo que quiero decir...

—Lo que sí entiendo es que habláis mucho de mí. No sé qué necesidad tenías de contarles...

—¡Oh, cariño! ¿Te molesta? Te aseguro que no era mi intención... Pero es que tenía que explicarles... Nadie comprendía que no hubieras querido venir. Éloi me ha dicho que Marguerite creía que estabas enfadada, conque no tenía más remedio...

—¿Así es que Éloi también está ahí?

—Sólo por unos pocos días. Hay mucho trabajo en el Relais, no te vayas a creer... Además, está en el hotel Excelsior, no en la casa. Y nada me va a quitar de la cabeza..., sí, sí..., puedes reírte, que él también esperaba un poco encontrarte aquí...

—¡Venga, mamá! ¡Menos historias! Éloi tiene mi número de teléfono, ¿sabes? ¡Y sabes perfectamente que está loco por ti!

—¡Siempre te estás imaginando que todo el mundo está enamorado de mí! ¡Una señora mayor!

—Eres más joven que yo, vamos. Y más hipócrita también.

—Divina, me adulas. Pero aguarda un momento que te cuente el bridge de anoche. Yo jugaba con Edgar... Bueno, cuelgo, ya te llamaré, hace horas que estamos hablando, se me olvidaba que no estoy en mi casa...

—Oye, mamá, por cierto, ¿dónde estás? ¿En Être...?

Había colgado.

*

Las conversaciones con su madre son siempre igual, piensa Jeanne. Ligeras. Evidentemente, el vocabulario ha adquirido para ella, estos últimos días, un sentido, un *peso* mayor; le ha parecido que todo en Gisèle la dejaba como con un poco de hambre. Una copia perfecta de madre agradable, no demasiado posesiva, pero que sabe, no obstante, hacer valer sus derechos... Como fue perfecta copia de esposa de pequeño industrial, hasta que el pequeño industrial se saturó de aquella perfección y se fue a vivir con la cajera de un cine.

Gisèle: una vida lánguida y tenaz que siempre se engancha, como una enredadera —o como una zarza—, a un tallo fuerte, y se acopla a su movimiento. Marguerite Pujols es el último modelo del mercado: tan fea, tan negra, tan elegante, con el mentón duro a lo duquesa de Windsor, una vieja avispa peligrosa que ha conservado el talle fino y el amarillo y negro distinguido del corpiño. Gisèle la envuelve con atenciones, con sumisión de jovencita. A Marguerite le basta indicar, con la punta de la barbilla, lo inadecuado de una joya en el busto de Gisèle, de una trencilla, de un pañuelo: «Eso no es», dice la barbilla, y Gisèle corre, se cambia, regresa, ligera. Ligera. Sigue una ley. Obedece a un código; no admite el trabajo, el peso de vivir. Por primera vez, a Jeanne se le ocurre que podría tratarse no de un rasgo de carácter, sino de un método, de una línea de conducta. ¿Consciente? ¿Cínica? Jeanne nunca imaginó que su madre tuviera el más mínimo afecto verdadero por Marguerite Pujols. Ni por el pequeño industrial, fugitivo padrastro. Ni, ahora que lo piensa, por la patrona del salón de belleza Cleopatra, un caballón rubio platino que hacía tintinear joyas atrevidas y que ayudó bastante a Gisèle, seducida y abandonada madre joven. Cosa por la que Gisèle le testimonia un reconocimiento oficial enviándole todos los años una caja de bombones. Pero Jeanne, aunque era muy pequeña en la época en que su madre les hacía la manicura a los señores, entre bonitos suspiros, recuerda al caballón que se hacía llamar Cleo y que repartía entre sus aprendizas de peluquería los bombones que le regalaban a fin de año, porque a ella no le gustaban. Pero ¿qué le importa a Gisèle, si así se da aires de agradecida? ¿Cínica? ¿Consciente?

Es la primera vez que Jeanne se hace preguntas sobre su madre. Es una novedad, pero no lo sabe.

Quizá lo que ocurre es que Gisèle está dotada de un instinto que Jeanne no tiene. Poseedora de algunas acciones del Relais Limousin levantado por su madre, favorecida con una buena pensión alimenticia por el imprudente propietario de Cueros y Pieles que tuvo «toda la culpa», Gisèle nunca se ha cansado demasiado. ¿Porque siempre ha sabido respetar esa ley de las apariencias que Jeanne apenas si empieza a descubrir?

Jeanne avanza número a número por la cinta que el indicador de la báscula va desenrollando. La cinta graduada en los setenta y nueve kilos cuatrocientos, setenta y nueve kilos trescientos, setenta y nueve kilos doscientos... Aquella cinta es también un camino.

Apariencias. Jeanne siempre ha creído en las grandes causas. Ha militado en diversas formas de ecología; desde hace tiempo, le hace un hueco en sus clases a la contaminación; no le parece que Brigitte Bardot esté haciendo el ridículo. Hace unos años, dedicó de todo corazón una parte de sus veladas a tirar a multicopista octavillas contra el hambre en el mundo. Évelyne y otras muchas las repartían por los mercados, o cerca de las iglesias. «¡Yo también puedo ir, ya sacaré tiempo!», propuso Jeanne. «¡No, no, Jeanne! De verdad... Es imposible.» Es una tontería pero habría provocado risa. Una mujer de ochenta y cinco kilos pidiendo por el hambre... Siempre la historia de los chinitos. Entonces pidió para la lucha contra la lepra, pero lo cierto es que fue por hacer algo. La lepra, inexplicablemente, no le decía nada.

Es que, el hambre, sabía lo que era. Precisamente porque estaba *un poco demasiado gorda*. Sabía lo que era. Se sintió conmovida de verdad por la petición que circuló poco después por el colegio en favor de aquel irlandés que estaba en huelga de hambre —y que se murió, por cierto—. «No, Jean-Marie se ocupará de reunir firmas...» Aquella vez no lo había comprendido inmediatamente, puesto que tenía lugar en el interior del colegio. «¡Pero no es suficiente! Tenemos que ser varios y yo conozco el problema a la perfección...» Entonces Évelyne le había dicho (le habían encargado que le dijera): «No, Élisabeth prefiere que no seas tú, porque tú no eres católica.» En un centro no confesional, resultaba poco creíble. Además, Évelyne se había puesto tan colorada que poco faltó para que Jeanne hubiera seguido el mismo camino.

Y sin embargo, católica o no, comprendía perfectamente aquella hambre que era también un hambre de libertad.

La comprendía cada vez mejor.

El hambre de la noche está hecha de fantasmas, es goyesca, engendra monstruos sin consistencia, pero al final es furtiva, bastante miedosa, tiene mala conciencia. Se consigue escapar de ella durante el sueño. El hambre de la mañana es triunfadora, radiante. Legítima. ¿No le había dicho el odioso Pierquin: «Si tienes que comer, come por la mañana»? Se trata, sin embargo, de un derecho limitado, codificado. Le han entregado un reglamento. Más cifras. Cien gramos de zumo de naranja recién hecho valen 9 en la columna H (hidratos de carbono) y 54 en la columna C (calorías), mientras cien gramos de pan integral de centeno están en la cota 46 de la columna H, y 239... ¡sí, 239, en la columna C! ¡Comer por la mañana! ¡Sería una frase tan hermosa si no se la hubieran venido a mancillar con las H y las C! *He abrazado el alba del verano...* Me he comido la mañana que se me presentaba... Ya no volverá a «comer la mañana». Comerá algo por la mañana. Que no es lo mismo.

«¡Y hay unos desgraciados, en no sé qué piso, que no se han marchado de vacaciones y que todos los días, con las ventanas abiertas de par en par, se ponen a tostar pan!» Jeanne se sienta, furiosa, delante de la única rebanada de pan, sin mantequilla, la pálida loncha de jamón que le va a proporcionar proteínas (y 335 C, según la tabla). En el fondo, a lo mejor esas tablas únicamente valen para cortarte el apetito...

Elegir, contabilizar. ¿Un huevo duro, o una loncha de jamón? ¿Un jugo de tomate, o una ensaladita (con aceite de parafina)? ¡Elegir, eliminar! ¡Y una mañana de verano, cuando parece que basta con avanzar por las calles, por los jardines, y coger, absorber la vida por la boca, por los ojos, por la nariz! En la calle Pinel hay una esquina donde se mezclan el olor de un lilo histérico y el olor de freír salchichas, ¡absolutamente delicioso! ¡Elegir! ¡Frente a la ventana abierta, contemplando la mesa sembrada de libros y de papeles, el tilo que se abre con arrogancia y una catalpa pequeña que se eleva, intenta luchar, no lo consigue y humildemente ofrece en compensación hojas más anchas, en forma de corazón o de plato (todo ello sobre un fondo de ruidos muy humanos, porcelanas que se entrechocan, cacerolas golpeadas e incluso cisternas de retrete, gorgoteos de bañeras y de varias tuberías —quedan aún algunos vecinos—), ante aquellos ruidos, aquellos colores, el mundo, elegir! «¡Ay! —piensa Jeanne, uniéndose sin saberlo, por el extremo opuesto de la razón, a una santa de barro—. ¡Todo lo elijo!» Y en aquel impulso que va a decaer, pero que la ilumina por un momento de alegría y de malicia (y quien viera en la ventana aquella cabeza fina, aquella luz en los ojos largos, aquel cabello profundo, diría: ¡qué mujer tan guapa!, y lo diría sonriendo), ve aparecer entonces a Didier como el joven dios cruel de la mañana.

¡Ahora es cuando descubría el hambre que de él había tenido! La privación que de él se había impuesto. Sí, había «elegido» no acercarse demasiado a él, no gustarle aunque le hubiera sido posible. Aquélla era la primera privación que se había impuesto. ¿Por eso habían surgido las demás?

¿Por eso, de pronto, no tenerlo a él se le hacía insoportable?

*

Pensar en Didier la obsesionaba como nunca. ¿Le daría él alguna señal de vida? ¿Le había dicho: «Te llamaré», como ella había creído oír, o sólo: «Intentaré llamarte»? Jeanne esperaba un telefonazo, una postal, con un nerviosismo que nunca antes había sentido, y que le daba vergüenza. Sabía que el cartero ya había pasado, que no volvería a pasar antes del final de la tarde y, sin embargo, tenía que bajar, ir a asegurarse (con la esperanza de que ningún vecino que la hubiera visto dos horas antes la viera ahora) de que el buzón estaba vacío. Era hasta tal punto inconsciente, que en más de una ocasión se sorprendió en el ascensor sin el más mínimo recuerdo de haber salido del apartamento, movida por una necesidad que prescindía de su voluntad; la misma necesidad que la precipitaba a la cocina, donde se encontraba de pronto, como una tonta, de pie delante de unos fuegos en los que nada se estaba calentando. Entonces, pensando en una frase de Colette, que no le termina de gustar (pronunciada, cree recordar, delante de una pantera del Jardín Botánico: «¡Sólo hay un animal!»), Jeanne se detiene y descubre con estupor: «Sólo hay un hambre.»

*

Justo antes de las doce de la mañana (el rato en que mira cada dos o tres minutos el enorme despertador que tiene sobre la mesa de trabajo: se trata de no sentarse a comer antes de las doce y media, so pena de desplazar el hambre de la noche, que se prolongaría entonces una hora o dos y se haría insoportable), el teléfono. ¿Gisèle? Recientemente, ha nacido en Jeanne cierta curiosidad sobre su madre. Hay unas cuantas preguntas que le gustaría plantearle, pero ¿cuáles? Y ¿cómo hacerle preguntas a una persona cuya única habilidad consiste, desde siempre, en zafarse?

Pero no es Gisèle. Es Évelyne, y Jeanne siente un brusco placer inesperado.

—Sí, cielo, soy yo. Quería saber un poco cómo andabas. ¡Tenemos un tiempo fenomenal, radiante de verdad! En París también, supongo; ¡pero aquí! Si vieras el jardín, ¡nunca ha estado tan bonito! El abuelo ya se lo esperaba, lo había sembrado todo...

La dulce Évelyne en su jardín de Enghien, feliz con muy poca cosa, entre su abuelo octogenario, su madre viuda, aquejada de reúma, la «casita» (no muy fea, hay que reconocerlo, pequeña dependencia de un antiguo castillo desaparecido), las flores, el verano, una pobreza límpida.

—Me alegra oírte. ¿Qué haces durante todo el día?

—Descanso, ¡resulta tan agradable! Y también preparo las mermeladas de mamá, hago punto para el invierno, para las gemelas, y eso que tengo ya hecho para la vuelta, ¿entiendes? He encontrado en *Régilaine* unos modelos de jersey que acaban de salir...

Jeanne casi le pregunta: «¿Y no te mueres de aburrimiento?» Conocía al abuelo, oso viejo, bebedor, taciturno, y a la viuda —muy viuda—, con dolores por todas partes y de los que siempre estaba hablando. Conocía a Évelyne también; temió herirla; se abstuvo.

—... ¡y tengo tan buenas noticias de las gemelas! Están encantadas en el Club, Diane está aprendiendo a montar a caballo, parece que se le da muy bien, ¡si pudiera luego seguir en París!, pero Xavier no lo va a consentir. Y, fíjate, Claire está participando en una especie de curso de botánica, pero una cosa muy nueva, muy ecológica...

—Yo creía que iban a hacer vela.

—¡Y la hacen! Van a volver la mar de morenas. Lo otro son clases voluntarias, a las que están asistiendo aparte.

—Y que vas a pagar aparte. Y te volveremos a ver otra vez, en octubre, con tu trajecito de chaqueta verde pardo.

—No me importa, ya sabes... Y además, Xavier vuelve en octubre al papel que tenía en *Huracán sobre el Caine*...

La dulce Évelyne, entre suspiros, melancólica sin tristeza, con esa resignación melodiosa, esa voz de flauta que mantiene a distancia a las serpientes encantadas.

—... y además tendré buen aspecto, no se notará el traje. ¿Y tú? ¿Qué tal te va, cariño? ¿Estás bien de verdad?

—Bien, bien. Ando preparando las clases de cuarto y quinto sobre los insectos. Pero, no sé por qué, este año se me revuelven las tripas. Ya sabes: las larvas, los capullos... Debe de ser el estómago.

—¡Pobrecita mía! ¿El régimen?

—Algo tendrá que ver.

—Pero ¿sigues? ¿No te estás quedando débil?

—Tomo montones de vitaminas. Todo está calculado.

—Div... Quiero decir, Jeanne, ¿no estás triste?

Curiosa pregunta.

Triste... ¿Es ésa la palabra adecuada? Évelyne dispone, como los escritores populares, de una limitada colección de vocablos: triste, bonito, amor, niños, culpable, desgraciado, pobre gente, no es culpa suya... ¡Se las tiene que apañar con lo que tiene, angelito! Pero ¿triste?

—Deberías venirte a pasar unos días aquí; por mucho que se diga, el aire del campo... Y mamá estaría encantada. Ya sabes que sería una fiesta para ella hablar contigo, que lees tanto. Yo casi no tengo tiempo, pero tú... Podríais charlar. Y además, ¿sabes una cosa?, el abuelo se ha metido a apicultor, ya tiene cuatro colmenas...

Despacito, muy despacito, Jeanne cuelga. Le gustaría que hubiera otro medio de interrumpir una comunicación, sin «cortarla»: término brutal, gesto definitivo; un medio de atenuar la voz, la percepción, para que se fuera apagando, por así decirlo, sin saberlo: un manantial que desaparece en la tierra. Quizá, al otro lado del teléfono, Évelyne siguiera hablando sin fin, las flores, las abejas, qué pena que Xavier... ¿Por qué me resulta inaccesible ese universo? Y, sin embargo, en él figuro. Para Évelyne, seguiré siendo siempre Divina, su amiga de infancia; Divina la que «se atreve a todo», Divina la «imposible», Divina a la que se quiere con ternura, sin preguntas, sin problema. «Se lo digo todo», declara Évelyne, que tiene bien poca cosa que decir. Sin preguntas... Hoy, sin embargo, le ha hecho una: «¿Estás triste?»

¡Nunca! ¡Jeanne nunca ha estado triste! Desesperada, furiosa, atónita, indignada, sí. Exultante, también. Pero triste... Se le ha detenido la mirada en el despertador. Y, de pronto, se sobresalta. La una y cuarto. «¡Me he pasado de mi propio límite en tres cuartos de hora!» Y el hambre de mediodía, desconcertada seguramente, no se manifiesta. Jeanne triunfa. Después se entristece: «Si Évelyne me llamara antes de cada comida, ¿volvería a producirse el mismo efecto? ¿Y si Didier...?»

Sólo hay un hambre... Jeanne, pensativa, enciende el gas bajo la cacerola a vapor donde va a prepararse sus miserables filetes de pescado. Los observa sin el sentimiento de penuria, incluso de castigo que preside desde hace semanas unas comidas engullidas con un apetito rencoroso. Come. Hay que comer. Pero podría perfectamente (si el horrible Pierquin no la hubiera puesto en guardia: no saltarse nunca una comida) no comer. ¿Es que el afecto tan fiel, tan caluroso de Évelyne la *alimenta*? ¡Un absurdo! Se rebela. Hace casi treinta años que Évelyne es su amiga, su leal, su paje, siempre la ha apoyado, admitido, incluso admirado. Si fuera así, mi querida Vivi, si tu amistad me hubiera bastado, ¡estaría hecha un suspiro! Sí, pero para estar *alimentada* hay que comer. ¿He aceptado, recibido, comido el afecto de Évelyne? Si nunca me hacía preguntas, ¿no es porque estaba segura de que no recibiría respuesta alguna? ¿He sido tan egoísta? ¿Tan insuficiente? ¿Lo he tomado todo sin dar nada? ¿O lo he dado todo sin tomar nada? Eso también puede ser egoísmo.

Darlo todo sin tomar nada. Didier. Como a un hijo, decía yo. Como a un hermano. Así lo quiero. Así le impongo que me quiera. Pero a lo mejor él no lo desea. «¿Tú qué sabes? ¿Te has arriesgado? Y además, ¿había que arriesgarse?»

Con su alegre humor a lo Falstaff, sus extravagancias teatrales, sus chifladuras y, ¿por qué no decirlo?, su aspecto, su peso, ¿no lo había disuadido por todos los medios de ver en ella a una mujer? Esa feminidad de la que ella huía, que había visto aparecer, tan peligrosa y ridícula como un ídolo, en el rostro terco, en el cuerpo imponente de Geneviève, se la había negado a Didier. ¿Era necesario entonces dejarse maltratar, o qué? ¿Rechazar? ¿Ser para él objeto de burla o, peor aún, de piedad? Por mucho que recordaba, en un pasado que no era tan lejano al fin y al cabo, a Éloi adolescente, limpiándose en el mandil azul las manos llenas de harina, o a Auguste, algo más tarde, con su amplia sonrisa —el verdugo de ratones era alegre por naturaleza—, cuando imaginaba a un hombre inclinado hacia ella, fuera cual fuera su rostro, siempre se superponía, como una sombra, la imagen del infiel amante de Ludivina.

Incluso suponiendo que se pudiera (que él pudiera) amarla, ¿por cuánto tiempo? ¿Cómo juzgar el amor que te tienen? ¿Y si se traiciona un deseo superior al que te ofrecen? ¿Una mayor capacidad de amor? De los dos amantes, ¿cuál es el más humillado: el que puede más, el que puede menos? Y ¿dónde se detiene el deseo de posesión? Y ¿qué es lo que te hace más dependiente: poseer, o no poseer?

Suspiraba; una vez más, iba al cuarto de baño, se pesaba. Pero su reciente melancolía, que descubría como si fuera un paisaje nunca visto, la hacía casi indiferente al resultado. Setenta y nueve kilos cien. Setenta y ocho kilos ochocientos... Estaba adelgazando, era indudable. Pero, al mismo tiempo, aquellos pensamientos nuevos, desconcertantes, que eclosionaban en el silencio como larvas cuya presencia oscura hubiera ignorado durante mucho tiempo, la hacían más pesada. «¿Hay que decir que estoy perdiendo peso, o que lo estoy ganando?» Y, al propio tiempo, se intranquilizaba. «¡Qué largo es esto!» La cigarra negra y rubia, que en este mes de julio termina su metamorfosis, no tarda tanto. Apenas unas pocas horas.

Siguió preparando sus clases sobre insectos. Pero con prudencia, como si temiera dar con algún descubrimiento todavía prematuro.

Transcurrieron algunas tardes, en un silencio lleno de élitros. No volvía a encontrar aquel entusiasmo sin falla que la había llevado a escoger lo que se llaman «ciencias naturales», por su diversidad. Por su diversidad, por su unicidad. Una tenue desconfianza se había puesto a roerle incluso ese apetito. En la gran colmena del mundo, algunos alvéolos se desbarataban. El insecto denominado «pelo de león», que construye unos capullos tan bonitos que parecen motivos de cerámica; la ley de los truncamientos racionales, que hace que los cristales se quiebren siempre bajo el mismo ángulo; Pontus de Tyard, que describió cuadros antes de que hubieran sido pintados; y Julio Verne, que descendió al fondo de los mares antes que el comandante Cousteau: todos esos fragmentos habían sido partes de un todo armonioso, cimentado con una confianza fundamental, alegre, que se estaba resquebrajando.

Aquella confianza de Jeanne no tenía nada de fe, pero era una aceptación. Admiraba que Ludivina hubiera sido íntegra y aceptaba que hubiera sido fea. Que Gisèle fuera encantadora y que su encanto fuera escabullirse. Que Baltard hubiera sido el primero en casar piedra y acero, y también que hubiera dado forma a ese terrible edificio que es la iglesia de San Agustín. Sí, el propio san Agustín y el comandante Cousteau hallaban el lugar que les correspondía en una economía del universo. Así, mezclando el cerdo y el caramelo, el calabacín y la hierbabuena, el huevo y la piña tropical, su abuela, desde la infancia, le había presentado en forma de *soufflé* o de plato montado el microcosmos de un universo sabroso, sin fallos y sin ilusiones, que basta con absorber tal como es.

Pero si se rechazaba la más mínima parcela, si se intentaba modificar la más modesta fatalidad, entonces llegaba el vértigo. Entonces, la metamorfosis ininterrumpida: huevo, larva, capullo, palma cerrada con la ninfa dentro, mariposa que se hace polvo —y toda esa actividad que parece alegre: élitros, antenas, mandíbulas, mortales coitos, laberintos, podredumbre verde y dorada que, a su vez e incansablemente, engendra gusanos, larvas, orugas—, te arrastra más rápido, más y más y más rápido...

¡No sigáis! ¡No sigáis transformándoos! ¡Que me dé tiempo a darme cuenta! ¡Que reflexione!

Jeanne gritó hacia el interior de su cuerpo: «¡No sigáis! ¡Tengo miedo!»

El cuerpo la oyó, obedeció. Hubo un «descansillo».

Del 19 de julio al 29 del mismo mes, no perdió ni un solo gramo. Seguía el régimen con un rigor acrecentado. Las hambres se alejaban y, como sirvientes despedidos, se volvían por última vez: «¿No hay arrepentimiento?», y cerraban las puertas. Jeanne no se movía.

Abandonó durante unos días su trabajo sobre los insectos, que se le hacía insoportable. Pero hasta las piedras cambian. Los sedimentos transportados por los vientos, por las aguas, se convierten en piedras; las lavas crean formas que los glaciares erosionan. Algunas rocas sedimentarias se forman por simple evaporación de aguas saladas. Jeanne se deslizaba, derrapaba por una naturaleza de la que había creído que podía fiarse.

Évelyne telefoneaba. Un breve alivio seguía a aquellos desahogos efusivos, un poco simples, y a Jeanne le daba vergüenza. «¿Me estoy privando de todo para caer en lo dulce?» Pero, con su dulce estupidez de Piedad, Évelyne siempre sabía en qué momento preciso (duda, angustia, resurgir de un hambre sin rostro) debía telefonear. Y Jeanne sabía que era ella. No Gisèle. El bridge (y quizá Éloi) debía de absorberle demasiado tiempo. Ni Didier. Le había dicho: «Intentaré telefonearte.» ¿Lo esperaba ella? El timbrazo del teléfono la golpeaba en pleno pecho, como un puñetazo. Siempre era Évelyne.

Jeanne le daba algunos consejos sobre apicultura.

—Estás muy tranquila —le decía Évelyne, preocupada.

—Estoy descansando. Me viene bien.

—¿Sí? (Évelyne no estaba muy segura.) Eso de descansar no es algo que hagas tú por tu propia naturaleza.

La Naturaleza, otra vez.

Pero ¿qué era *su* naturaleza, ahora que la voluntad se le había partido en dos?

Justo antes de marcharse de vacaciones, Gisèle le había dicho, sin prestar mucha atención:

—Adelgaza si quieres, pero no vayas a exagerar, que tú tienes una naturaleza...

Y estuvieron a punto de enredarse en una pelea.

—¿Y te crees que vas a perder peso sola, en París?

—Ya he perdido ¿No se nota?

En aquel momento, había perdido cuatro kilos. No era nada del otro mundo, evidentemente.

—Con el tipo de ropa que te pones, es bastante difícil juzgar... Aunque es divertido, te va bien, te da un pequeño toque oriental... Para mí, por ejemplo, no me gustaría. Tengo más bien tendencia a vestirme un poco ceñida. El otro día me lo decía Marguerite: «Los jerséis que te pones son como de los año 40, Marilyn con los soldados...» Marguerite es tan divertida...

—Tú te lo puedes permitir, mamá —le había dicho Jeanne, todo lo amablemente que, de verdad, le había sido posible.

Y, con más confianza ya por su propia generosidad, añadía:

—Pero imagínate... Imagínate que me quedo delgada. Delgada de verdad.

—Lo intento —había dicho Gisèle sin exceso de buena voluntad—. Pero ya no serías tú.

—Porque, para ti, yo *soy* el peso que tengo, ¿no?

—¡Pues claro que no! ¡Qué cargante eres! Tú eres..., tú eres un conjunto de cosas y, a la fuerza, si cambias una, el conjunto cambia. Es como cuando se pone uno la nariz más pequeña. El equilibrio de los rasgos... La Naturaleza...

—Pero bueno, mamá, ¿cómo puedes hablar de la Naturaleza, con mayúscula, como de una fuerza invencible y sagrada? Tú tienes el pelo castaño y te lo decoloras... Te depilas las cejas, te maquillas y tienes en el secreter una tabla de calorías... Lo sé perfectamente, lo he visto.

Gisèle se había quedado desconcertada un breve, un brevísimo instante. Después, había estallado con su risa clara, con su risa *ligera*.

—Es que yo actúo así por naturaleza —había replicado con gracia, evitando de tal modo la posible discusión, con una facilidad de acróbata—. Y créeme que si tu naturaleza te lo pidiera, hace tiempo que habrías empezado...

¡Hace tiempo! ¿Y el azar? ¿Y la Providencia? ¿Y el libre albedrío? ¿Y los descubrimientos que uno hace por sí mismo? ¿Y la piedra que se coge del suelo, distraídamente, y que es a lo mejor una pepita?

A veces, Jeanne se acerca a la báscula de baño, no se sube. La observa como un vestigio hallado en el desierto, como la huella del pie de Viernes. ¿Amigo o enemigo? Ya no lo sabe. Se va para otro lado.

En medio del silencio, el teléfono. «Esta vez, la capacidad de médium de Évelyne ha fallado: no la necesitaba para nada.»

—¿Sí?

—¿Didier?

Se lo esperaba todo, salvo el estupor que la golpea, el estupor que precede al sufrimiento en los heridos graves.

—¡Claro! ¿Se me había dado por desaparecido? Imagínate, estoy en alta mar, frente a Cagnes-sur-Mer, en el barco de una amiga, y acabamos de hacer una apuesta... Le estaba citando unos versos: *Justes, no estés envidioso / de que el pecador en el mundo / el bien por doquier posea...* Definición que corresponde con bastante exactitud a mi situación actual, que es absolutamente paradisíaca, y Raffaela me dice, con aires de que se lo sabe: «Eso es de Marot.» Y yo, ya sabes, con el despiste que me gasto, le digo que no, pero tengo dudas: Maynard, Théophile de Viau... son un poco serios; quizá algún protestante: suena a salmo... O sea, que como no soy tan tonto, en vez de apostar por el autor, he apostado por ti y he dicho: «Jeanne lo sabrá. ¡Jeanne lo sabe todo!» Raffaela ha aceptado amplia y generosamente, y una caja de Gruaud-Larose está esperando tu respuesta y su destino...

—Puedes empezar a descorchar —dice Jeanne con toda la alegría que le es posible reunir—, pero no te lo mereces... Se trata de tu casi paisano, Honorat de Racan, que, cuando ya estaba retirado en su castillo a caballo entre Anjou y Turena, tradujo en particular ese salmo, me parece que es el cuarenta y ocho, pero eso ya no te lo puedo garantizar...

Resuenan gritos de alegría allá lejos, en la otra punta del mundo, al sol, sobre el agua brillante, a bordo de aquel barco (un yate, supone Jeanne, que transporta vino color de mora y mujeres de nombres alados). «Es bonito Raffaela... Pero no es tan feo Ludivina...»

—¡Gracias! Gracias. ¡Aunque tendrías que ser tú quien me diera las gracias por la confianza que tengo en ti! ¡Habría apostado la cabeza a que lo sabías!

Una voz femenina, clara, melodiosa, una Évelyne dichosa (pero eso es una antinomia), ha cogido el teléfono:

—¡Hola, Jeanne! ¡Y bravo, bravo! Tenías que participar en los juegos de la tele, te ibas a hacer millonaria inmediatamente, y nos iríamos todos juntos a hacer un crucero. ¿Te sabes cómo sigue el poema?

—Pues... me parece que sí... *Justes, no estés envidioso / de que el pecador en el mundo / el bien por doquier posea, / se irá como tú desnudo / con el alma hundida en los vicios...*

—¡En los vicios! ¡Oh! ¡Oh! (Son seguramente varias las personas que rodean a Didier y a Raffaela y han exclamado.)

—*... hundida en los vicios. / Quien no cree en más delicias / que en los gustos de su cuerpo / y tan sólo se ata a lo bajo / cree que Dios lo colma de gracias / cuando lo colma de tesoros... / Y cuánto... y cuánto...* No, es más largo, pero no me acuerdo de más.

—Ya es formidable que te sepas tantos versos así, de memoria —dice la voz clara—. ¡Unos versos tan antiguos! Y ¿qué es lo que quiere decir?

Alguien, desde un segundo plano, se lo explica seguramente, porque Didier vuelve a coger el aparato. Su voz es expresiva, incluso afectuosa.

—¡Ya te estarás dando cuenta de que esto es un crucero de retrasados mentales! Pero no va a ser muy largo. ¡A ver si llega pronto el comienzo de curso y volvemos a nuestras pequeñas expediciones culturales!

Dice unas cuantas cosas más, muy amables, muy amistosas. A lo mejor la encuentra fría, a lo mejor se siente molesto por la alegría que lo rodea... La volverá a llamar. Van a Cassis. No es un crucero, qué va, no es tan grandioso, sólo un paseo.

Volverá a llamar «desde un sitio más tranquilo»... Un beso. Volverá a llamar, volverá a llamar...

Sí, la volverá a llamar. Regresará. Irán de nuevo a cenar juntos al restaurante Cherche-Midi, donde sirven las mejores berenjenas al queso parmesano, o a Katiuska; irán a pasearse al Jardín Botánico, ella le enseñará el moldeado del cráneo extravagante del Arsinoitherium, cuyo nombre le viene de la reina Arsinoe, y, en el invernadero, las plantas esas que tienen nombres latinos tan divertidos, *Glottiphylum Compressum*, que parecen falsas, parecen inventadas por los médicos de Molière; buscarán para su apartamento, en el Mercado de las Pulgas, una mesita baja o una lámpara que no comprarán. Hablarán de Foucault y del *Nacimiento de la clínica*, de Pontus de Tyard, de las guerras de Religión y de aquella época en que la sangre se derramaba abundantemente por los prados «salpicados» de flores... Ella volverá a tener hambre.

¿Sufrirá?

¡No! Esa esclavitud, no. Hasta ahora, ha conseguido que no se viera nada, mostrar tan sólo el rostro que ella misma ha elegido. ¿Por qué iba a tener que acabarse todo eso? ¿Por qué tenía que verse arrastrada por la violencia, por el deseo que es sufrimiento, por el hambre que es el diminutivo del deseo? ¿Porque así es «la naturaleza»? ¿Porque no se puede amar la naturaleza sin amar también el dolor? ¡Ya es suficiente con sufrir! ¡Si además hay que admitirlo...!

Volverá a llamarla. Ella ha sido quien ha colgado primero. Siempre es la primera en colgar.

La primera en marcharse cuando se ven. No pregunta, no pide. Si él la invita, ella pone siempre algunas dificultades. ¿Y si sólo la invita por cortesía, quién sabe, por piedad...? Evidentemente, la naturaleza no es eso. Es el niño que alarga la mano y coge la fruta. Y si en la fruta hay una avispa, y si la avispa pica la mano confiada, la boca sensible, sigue siendo la naturaleza. Entonces ¿qué?

Observa el teléfono que acaba de colgar. Ella no podría telefonearle, aunque quisiera. No podría hacerlo, aunque pudiera. En barco... No, ni siquiera quiere imaginárselo, porque no se imagina a sí misma en un barco. ¡En bañador! ¡Te das cuenta! ¡Setenta y nueve kilos! ¿Con cuántos kilos puede una mujer ponerse a pedir para el hambre? ¿Con cuántos puede decir: «Te quiero»? ¿Con cuántos: «Me gustas»?

¡Pero si es que ella no quiere decirlo!

¡Ah, te detesto abuela! ¡Te detesto por haberme hecho creer, desde niña, que el amor y el sufrimiento no eran sino una sola y misma cosa! Por haber negado no ya el recuerdo, sino su gracia: esas pocas horas de misericordia que descendieron sobre ti. Por haberlas incluso utilizado para afirmar: nada es verdad, sólo lo que se toca, se come, se respira, se ve. Y todo cuanto así se respira, se ve y se toca es insignificante. Yo he cambiado lo insignificante en comestible, es todo cuanto he podido hacer. ¡Ah, cómo te detesto, hoy, por haberme convencido, y por *no* haberme convencido para siempre! Te detesto por tu arte, tan cerca de la ironía. Te detesto por haber negado toda transparencia a base de un guiso de perdiz. Por no haber sabido ir más allá del tiempo: ¡antes de ser alimento, la perdiz fue un vuelo! Y si hoy perfuma su propia muerte con bayas de enebro, si está componiendo para mañana la muerte futura del *gourmet*, ¡es que «hoy» y «mañana» no quieren decir nada, abuela!

Claro que no te detesto. Creíste que me protegías; me cebaste.

Y sin embargo (si hubiera sabido abrir los ojos), ahí estaba el hambre. Y sin embargo, una noche, una dulzura en tu rostro, unas palabras en tus labios, escapadas sin querer: «Estoy pensando... estoy pensando en un lugar, en el bosque de castaños...» Piensa más, abuela. Vamos a pensar juntas. Con mucha fuerza. No rechacemos como si fuera una mentira lo que fue un momento.

¡Una lágrima! ¡Una sola! Y no esa taciturnidad que te hizo célebre: «¡Todo un personaje!», dicen por estas tierras. ¡No esos repentes, esos malos humores espectaculares que daban risa, que le encantaban al cliente aburrido y a todos los que ignoraban que, como el joven espartano, llevabas un zorro muy malo en las entrañas!

Si aún vivieras, abuela, te encontraría algo. El recuerdo dejaría de ser ese zorro malo que te roe y que tú, estoica y gruñona, soportas. Quedaría el brillo. Aunque negásemos las estrellas muertas, seguirían alumbrándonos. Si aún vivieras, si hubiera yo sabido lo que sé, lo que descubro, abuela, inventaría para ti una verdad. ¡Alguna vez la joven Ludivina debió de tener una amiga, una confidente! El eterno joven que sería mi abuelo tenía quizá un hermano, un amigo con el que había hecho el servicio militar, o que iba con él a los bailes de los pueblos. Alguien a quien se podría tocar. Haría que te escribieran una carta. Esa carta que tú nunca recibiste, y que vendría a decir: «Ludivina, te amó de verdad.» Y después, para explicar el abandono: «Quería hacer fortuna»; o: «Sus padres lo mandaron lejos.» Quizá: «Murió de cólera, de la gripe española»; o, aún más legendario: «Se marchó a América del Sur.»

Por fin llorarías. Como se dice de un clavo tragado en un descuido, de un fragmento de bala si es minúsculo, esa lágrima te subiría, te llegaría a los ojos. Tú te dirías: «¡Me amó!» Sería una lágrima de alegría.

Entonces Jeanne, la niña Divina, sería diferente. También ella dejaría de ser un «personaje» y se convertiría, simplemente, en una persona.

Ahora hace ya por lo menos quince minutos, un cuarto de hora largo, sí, que Didier ha telefoneado.

Este año, el curso empieza el 18 de septiembre. Estamos a 1 de agosto. Todavía quedan cuarenta y siete días antes de volver a lo que quise dejar. A lo que rechazo. A lo que espero.

Volveremos a ir a cenar juntos. A los postres, me dirá: «¿Te vuelves en taxi? ¿Te acompaño?» Le diré que no, le diré que sí. El taxi estará oscuro y sucio. Un par de colillas en la alfombrilla, un añejo olor a tabaco, a desodorante barato; el asiento será de terciopelo, como en algunos cines antiguos, hoy ya desaparecidos, en los que ponían películas italianas de romanos, *Maciste y los Hombres azules*. Él no se reirá. Por lo general, siempre encuentro una anécdota, algo para que nos separemos riéndonos. No encontraré nada. Él dirá: «Me pareces un poco cambiada»; y yo, para que comprenda que todo ha cambiado, que todo tiene que cambiar, le diré: «Tú también.» El viejo taxi nos llevará entre meneos terribles, con el taxista refunfuñando, oyendo las noticias y comentándolas. Nos veremos por fuerza lanzados uno contra otro, y yo no tendré ese sobresalto que me aparta de él, ese espasmo de vergüenza: «¡Si se creyera que he buscado este contacto!» Me dejaré ir, aprovechando que está oscuro, me echará el brazo por encima del hombro, como para sujetarme, y habremos llegado. No diré: «¿Nos tomamos la última copa?», como en esas películas americanas en las que las mujeres llevan bonitos peinados de bucles y maquillajes indestructibles. Él tampoco lo dirá. Pagará con toda naturalidad al taxista, puesto que habremos llegado, y cogerá el ascensor conmigo.

Y será Didier. No será el Episodio furtivo, apenas real, ni Éloi el pinche, ni Auguste, ni uno u otro de esos que, al levantarse de la mesa, piensan: «Con ésta, por lo menos, no habrá complicaciones», impresión que ella —por orgullo y por humildad— siempre se ha esforzado en dar. Será Didier. Un chico amable, de treinta y tres años; un burgués francés más rico en prejuicios que en dinero, a pesar de «la propiedad que mi madre tiene en la Turena» y del «barco»; un chico con ganas de originalidad sin riesgos, con ese lado un poco golfo de los hijos demasiado amados por la madre, ese lado un poco sentimental de los golfos —sobre todo en tiempo de guerra—, ese lado un poco de parásito de los chicos que siguen siendo adolescentes, que usan el bien ajeno (el barco, el coche, las invitaciones gratis que se obtienen gracias al amigo de un amigo del ministro, y la buena voluntad, la cultura de una «amiga», de su amiga Jeanne); con una brutalidad un poco torpe, un poco querida, que hace las delicias de la madre y de la amante que aún creen estar notando que se les mueve en el vientre.

Es Didier. Que es guapo como se es hoy, sin finura, al contrario, con los rasgos un poco acentuados, la frente terca, la nariz recta algo ancha, infantil, la boca sensual que apunta a la ironía y sólo alcanza el descaro amable. Que es inteligente como se es hoy, tirando hacia el efecto, lo general, el hallazgo: sería genial si sólo hubiera que escribir los títulos de los capítulos... Que es capaz de impulsos, de rebeldías, de generosidades súbitas, con tal de que no haya luego una «continuidad» demasiado duradera. Didier, que está vivo.

Tan vivo. Es lo único que importa. Y ella, que también está viva. Entrarán en el apartamento. Quizá esté ordenado, si ha pasado la señora López, la asistenta. Poco importa, porque irán derechos a la habitación. Ella habrá dejado encendida la lámpara de pie de bronce. Antes incluso de besarlo, habrá dejado resbalar su amplio y vago vestido, negro y blanco, y habrá hecho caer a la vez, con habilidad, la ropa interior. Se quedará desnuda, así, con un solo gesto. Él estará aún a tiempo de huir si lo desea. Ni siquiera se habrá quitado la chaqueta... Pero ¿qué es lo que ella se está imaginando? No tendrá ninguna veleidad de huir. Se quedará en las redes del círculo encantado de la habitación, de la cama —blanca, igual que las camas donde se nacía hace tiempo—, de la lámpara, de las suaves flores adormecidas, un ramo redondo sobre la cómoda; estará bajo los efectos de un encantamiento, porque ella, ese día por venir, sabrá que es bella... Como Geneviève. Perdona, Geneviève, gracias. Ya no habrá peso, años, duración, temor. Serán verdaderos amantes entrando en las estaciones del tiempo y en las metamorfosis.

Él la verá primero como una montaña blanca, sagrada; hará sus pechos aún mayores con el pensamiento; será su hijo, su niño, se abalanzará vorazmente a sus pezones violeta, que tienen el tono de la coliflor tierna, y se dejará caer en la cama aún vestido, para que ella, desnuda, sea la gigante, el mito de leche y de miel manando de todo su blando peso. «¡Ahógame! ¡Envuélveme!» Y tendrá su cabeza aherrojada entre los pechos prodigiosos, como un íbice empujando con la frente el vientre que lo alimenta. Pero pronto querrá una posesión más completa; las formas, los olores, la pimienta de la axila, el mordisco en el cuello. Él basculará, le hará sentir su peso, el de él, que no se deshace, que no cede, los huesos duros de la pelvis, las manos duras que abrazan con demasiada fuerza; y ella gemirá, su cabeza, la de ella, rodará de izquierda a derecha entre las almohadas y —cuando de su cuerpo caliente emane un olor profundo— el cabello se le deshará, esparciéndose a su alrededor la mancha oscura, como una confesión, como un velo que al mismo tiempo oculta y desvela que ella es mujer. ¿Cómo no va a serlo, mientras él se arranca lo que lleva puesto, sin dejar de apretarla con las rodillas, siguiendo un proceso inverso al del nacimiento (pero ella ya sabe que lo ha parido, que es un hombre quien toma posesión de ese vientre que lo conoció niño)? Y ella sabe que él va a coger sus manos, las de ella, a pasearlas por su cuerpo, el de él, conóceme, reconóceme, toca mis hombros, mis brazos, soy único, amigo, amante, toca mi sexo, tómalo en tu bella mano, ya sólo soy este sexo vivo que el tuyo está esperando.

Así bascularán ambos, sin fin, desde lo particular a lo general. Que lance ella una mirada perdida hacia el espejo de la cómoda y vea, cuerpo moreno, cuerpo blanco, cumplirse un acto mil veces santo desde el principio del mundo, un rito en el que ella participaría al mismo tiempo que millares de cuerpos y que la vacía de todo cuanto no es en ella pura feminidad; o que, de pronto, en una vuelta de vértigo, vislumbre su perfil izquierdo, el de él, ligeramente disimétrico (rasgo por el que, incomprensiblemente, primero lo quiso), y esa imperceptible cicatriz de la frente debida al golpe de un columpio cuando niño, y volverá a encontrarlo como si lo hubiera perdido. Mientras él, que todavía está enzarzado en bocados preliminares, animales, sobre aquella extensión pálida, salpicada de marcas rojas y brillantes de una saliva pura, se detendrá de pronto en el sexo, pequeño, oculto por un vello más claro que la cabellera, mucho más secreto que la boca, y que parece de otra mujer, o de otro aspecto, vulnerable, suplicante, de la mujer que estará ahí, que casi ya no estará ahí, en la gran metamorfosis.

Así se detendrán varias veces en su ardor, embridando los caballos sueltos, sofrenándolos el tiempo preciso para reconocerse, ¡eres tú!, ¡eres tú!, y abandonándose de nuevo, en un gran tumulto de crines, de olas, de flancos húmedos, de esos jadeos roncos que son de animal o de violonchelo, de ese despegarse violento de las pieles que son ruido de ventosa o de tambor maya, después ya no podrán detener la maraña furiosa que une lo sagrado a lo ignominioso, donde ya nada se distingue, boca, vagina, bastón de mando, verga que es también vara de Moisés, ano-anillo nupcial más secreto, hasta el doble brote del orgasmo y del grito, uno agudo como el de un pájaro que emprende el vuelo, el otro profundo como el de una piedra que cae a un pozo. ¡Ay, hasta qué punto se separan al unirse! ¡Ay, hasta qué punto «complementario» quiere decir «diferente»!

¡Ay, qué cubierto de lágrimas estará el rostro de Jeanne!

El rostro de Jeanne está cubierto de lágrimas. Hace una hora y siete minutos que telefoneó Didier. Exactamente.

El rostro de Jeanne, cubierto de lágrimas. Los muslos, húmedos también de un noble rocío. ¡La fuerza de la mente!

Sí. Pobre abuela, se habría escandalizado. Y sin embargo... la estrella muerta... ¿La imaginación es de verdad diferente al recuerdo? ¿No puede el fantasma sustituir al bosque de castaños, elevado a la categoría de área de descanso, de armonía, eternamente disponible? ¿Cuál es la diferencia?

¡El dolor, por favor! El dolor.

El cuerpo poseído en mente (o por el Episodio, de acuerdo) no deja a su paso ninguna frustración. ¿Cómo quedarse frustrado por una ausencia? La presencia, por el contrario, la presencia real, las palabras pronunciadas, las caricias recibidas siempre son portadoras del hambre de una palabra más decisiva, de un gesto más simbólico. Si los amantes no se cansan de las machaconerías, de las promesas, de las monótonas letanías del cuerpo y del espíritu, ¿no será porque son insuficientes? Llegar más allá. Poseer más... La desesperación está al final; o, para la mayoría, el hastío. Pasan (Jeanne lo recuerda) del pato al melocotón a la terrina de liebre, y la saciedad, más noblemente dicho la plenitud, si se quiere —pero la nobleza está en todas partes: en el estómago, entre los muslos, en el cerebro, en el corazón—, la saciedad no llega. ¿Qué importa que se trate de un alimento o de un ser, si lo que se busca está más allá? ¿Pasa sin dejar rastro?

Jeanne, incorregible, se echa de pronto a reír. Acaba de acordarse de un suceso, un japonés que despachó en rodajas y se comió, en pequeñas porciones, a su amante, una holandesa que fue a parar al frigorífico en piezas sueltas. ¡Pobre japonesito, qué poco tardaron en decir que estabas loco! Eso le venía bien a todo el mundo, claro. Y, además, dispensaba de tener que reflexionar. Y tú mismo, después de aquella tarea tan poco apetitosa (¿se la comió cruda?, ¿cocida?, ¿ideó algunas salsas?), ¿te dijiste por un momento, uno sólo: «¡Ya está! Ya no se me puede escapar. ¡Ya la *poseo*, por fin!»? O, desilusionado (aunque la verdad es que no se la comió de una sentada, tuvo para varios almuerzos), ¿te diste de narices, tú también, contra la saciedad imposible?

¿Cómo saberlo? Pero Jeanne está segura de una cosa: que probablemente no se arrepintió. ¿No es así, samurai? A falta de poseer el cuerpo que no te había bastado con penetrar, el ánimo y el corazón quizá rebeldes, y en todo caso oscuros, posees ya para siempre su ausencia total. Seguramente has aplacado tu dolor. Porque la ausencia no reserva nada por sí misma. No se le puede pedir que haga más, que llegue más allá. Estás colmado, samurai.

Bueno, claro, lo está adornando. A lo mejor era simple y llanamente un chalado y a la holandesa no la quería, pero absolutamente nada. Le entró un poco de gazuza y ya está. Pero Jeanne ha pagado para saber lo que hay detrás del poco de gazuza, del huequecillo. Y, a medias entre la risa y el sueño, ve claro ahora que si existe una saciedad es en la misma hambre donde se encuentra. Que si existe una posesión es en la carencia. ¿Y quizá también que si existe un dios es en la ausencia? ¡Ay, japonesito, amigo mío, me habría encantado hablar contigo de todas estas cosas!

Pasa un rato largo, completamente en blanco.

Está casi tranquila. No cae en los excesos de aquella terrible noche, cuando entrevió por primera vez la evidencia de que no hay saciedad. No se abalanza a la cocina. No se abalanza al teléfono (tiene el número de la madre de Didier, podría enterarse de cómo dar con él —pero ¿no ha dado ya con él?—). Está sentada y ya no se empeña en esquivar el pensamiento que no se detiene en nada, el pensamiento que no come.

Va al cuarto de baño, se lava, pensativa, como se purifica uno, sin apuro, sin vergüenza de ninguna clase. Se cambia de vestido.

Un poco más tarde (se ha puesto de nuevo a trabajar sobre los insectos, sentada a su mesa, como siempre, levantando la vista de vez en cuando hacia el tilo perfectamente inmóvil, no corre un soplo de viento), se vuelve a levantar, presa de uno de esos impulsos habituales en ella; pero esta vez, el impulso viene de mucho más lejos, de algo mucho más profundo que un estado de humor; comporta un riesgo; es lento como un manantial que viene desde las entrañas de la tierra, cargado de minerales, y que brota más que surge; y los movimientos de Jeanne son menos vivos, los músculos se resisten quizá un poco, como si fueran independientes; y, sin embargo, está levantada, anda, se dirige hacia la pared de enfrente y, con un gesto aún indeciso, desenchufa el teléfono. Regresa sin ruido a donde estaba.

*

El tiempo se hizo considerablemente más lento. Trabajó. Renovar sus clases, encontrar ideas para el tiempo libre de los chicos. Seguía haciendo una ficha de vez en cuando. Ya que había empezado... La poética del cuerpo en sufrimiento. Se olvidaba de fumar, sin darse cuenta.

Un silencio reinaba fuera, y en ella. Una espera. A veces, en medio del calor que se hacía tórrido, miraba desde lejos, sentada a su mesa, sin moverse, el enchufe del teléfono. A veces se levantaba para hacerse un café, cruzaba la cocina sin emoción, abría el frigorífico y contemplaba el bello espacio vacío, rígido y nítido. Iba trazando cruces en el almanaque de correos. Contaba los días de silencio, los días sin madre, los días sin Évelyne, los días sin Didier, como había contado los días sin pan, los días sin azúcar. Adelgazaba.

De vez en cuando, un acontecimiento minúsculo se producía en aquel tiempo estirado, temible: la brizna en el desierto. A principios de agosto, al pasar por delante de una pequeña y lujosa tienda de comestibles donde se había abastecido con frecuencia, sintió como una necesidad de excusarse:

—No me olvido de ustedes, ¿sabe?... Vengo por aquí un poquito menos porque he empezado a hacer régimen.

—¿Ah, sí? —dijo la morena del corpiño rojo, como preguntándose que a ella qué más le daba.

—Me lo había aconsejado usted tanto...

—Yo no, seguro; ha tenido que ser mi hermana —dijo la otra, como molesta.

Jeanne se marchó, confusa. Para ella, la dependienta se había quedado reducida, por un momento, a su mera función.

Unos días después, poniendo «un poco de orden» (cosa que consistía, la mayoría de las veces, en deshacerse de objetos que andaban por medio y de los que sólo sentía la necesidad o lamentaba haber tirado al cabo de varios días), recogió distraídamente una caja metálica de galletas, vacía, que arrojó por el evacuador de desperdicios antes de acordarse de que era la que le servía a Ludivina de caja de costura. Objeto sagrado, objeto fetiche. «Pero ¿qué mosca me ha picado?», musitó.

Justo antes del 15 de agosto, lavó unas cuantas cosas en casa, en el lavabo: un jersey, un par de braguitas, tres camisetas grandes de las que utilizaba para dormir. Luego, con el mismo impulso, cogió un cardigan, un pañuelo, una especie de chilaba de algodón. Lavaba, enjabonaba, sin pensar en nada, cuando, de pronto, un escozor que era casi una quemadura le hizo dar un respingo. No se había puesto los guantes de goma que habitualmente utilizaba, y sus manos, sus bonitas manos, alérgicas al detergente, ya se le estaban cubriendo de manchas. Se las enjuagó a toda prisa, corrió a buscar una crema que había comprado hacía demasiado tiempo, no la encontró, la encontró. Pero ya sus manos, de las que Didier decía amablemente que eran «las hermosas manos de Ana de Austria», hinchadas, veteadas de escarlata, estaban irreconocibles.

Sentada a su mesa de trabajo, con las manos delante como objetos curiosos, las observó detenidamente. «Y pensar que son mis manos, las mismas manos...», y las movía asombrada, como si estuviera haciendo sombras chinescas.

La víspera del 15 de agosto, se pesó. Por la fecha, se había dicho: «La gente ya va a empezar a regresar», y se había como despertado. Aquel día, se subió a la báscula de baño y leyó: setenta y cinco kilos quinientos. Incluso daba la impresión de que la aguja quería deslizarse un poco hacia los cuatrocientos gramos. Setenta y cinco kilos cuatrocientos gramos. Había perdido más de tres kilos y medio desde el día en que había desconectado el teléfono.

*

Llamaron. No abrió.

Llamaron. No abrió.

Llamaron. Esperó a que volviera a hacerse el silencio. Pero un murmullo confuso de voces en el descansillo, unos chirridos, el ruido de unos rasponazos la alarmaron. ¿Sería posible...? ¡Sí, sí! ¡Estaban forzando la puerta de su casa! Echó a correr pero, en el momento en que llegaba a la entrada, la puerta cedió y, seguida por Selim, despeinada, como loca, Évelyne se precipitó en la habitación.

—¡Pero querida! ¡Querida! ¡Hace quince días que estoy llamándote sin parar! ¡A todas horas! ¡Todos los días! ¡Y nada! Incluso esta misma mañana... He estado a punto de llamar a los bomberos. Pero Selim, que acaba de volver de vacaciones, se ha ofrecido para abrir primero la puerta...

—¡Sin estropearla, señora Jeanne, sin estropearla!

—¡... y estás aquí! Pero ¿cómo has podido darme semejante susto!

Jeanne estaba aún que no salía de su asombro ante tal irrupción: Selim endomingado, y con una caja de herramientas en la mano, Évelyne colorada y sofocada, recién rescatada de un bazar benéfico.

—Pero bueno, ¿qué susto? Ya te había dicho que necesitaba un poco de tranquilidad, de silencio...

La voz le resonaba extrañamente en sus propios oídos, como si acabara de bajar de un avión.

—¡Tranquilidad! ¡Silencio! ¡Pues podías pensar un poco también en la tranquilidad de los demás! ¡Cuando se hace una cosa así, se avisa!

—¡Una cosa así! Cualquiera diría que he cometido un crimen. ¡Lo único que he hecho ha sido simplemente desenchufar el teléfono!

—Pues tenías que habérmelo dicho: voy a desenchufar de tal a tal fecha. Lo habría comprendido perfectamente. Pero el silencio brusco, ¿qué querías que pensara? Que estabas muriéndote en un hospital, o que te habían atacado, o... ¡yo qué sé!... Que habías hecho una locura...

—Es verdad, señora Jeanne —intervino Selim con discreta firmeza—. Yo no soy quién para decírselo, pero no está bien lo que ha hecho. No está bien...

—¡Pero bueno! —protestó Jeanne, toda sofocada—. Me parece a mí que tengo derecho...

—Tú siempre te has creído que tenías todos los derechos del mundo —dijo Évelyne con una violencia inhabitual en ella—. Ya va siendo hora de que te des cuenta...

Y, desmintiendo aquellas duras palabras, se echó al cuello de su amiga, con los ojos húmedos.

—¡Ay, es que no sabes el susto que me has dado! ¡El susto que me has dado! ¿Verdad, Selim? Bueno, ahora ya voy a poder coger el tren más tranquila.

—¿Te vuelves a Enghien?

—¡Qué va! Es que, imagínate, estaba tan contenta, y quería por encima de todo contarte, quería hablar contigo... La cosa es que... Y los de Información, ¿sabes?, es que han sido odiosos, pero lo que se dice odiosos, cuando la verdad es que suelen ser bastante amables... Seguramente eran sustitutos... Bueno: ¡Arditi se ha roto una pierna!

—¿Eso es lo que tenía que saber de inmediato?

—¡Sí, porque Xavier lo va a sustituir en Aviñón, en el *Enrique IV* de Pirandello! ¡Mañana es la representación! Un papel tan... ¡a su medida! ¡Estoy segura de que va a ser un éxito! No le he dicho nada. Seguro que Nadia me podrá conseguir una entrada. ¿No te parece que es mejor? Si supiera que estoy allí, lo mismo se altera...

—En la obra, a lo mejor no; pero en otra cosa, a lo mejor sí —dijo Jeanne muy a su pesar.

La carita paliducha de Évelyne, transfigurada por la alegría, la enternecía y la ponía nerviosa. ¡Que semejante beatitud tuviera por origen a Xavier Berthelot!

—Si lo pongo nervioso, ya me lo dará a entender Nadia —decía, no obstante, Évelyne sin que su radiante sonrisa diera la impresión de alterarse—. Volveré en el tren de por la noche. He sacado un billete, por si acaso. ¡Litera, primera clase, no faltaba más!

—Y ahora, ¿quién hace locuras?

—¡No vas a comparar! —suspiraba Évelyne.

No. Indudablemente. ¿Qué podía contestarle?

Ya estaba recogiendo la chaqueta del traje sastre de algodón amarillo oro, que la hacía un poco joven porque era barato.

—Voy a comprarme una camiseta de repuesto y me voy corriendo a la estación, ahora que ya estoy más tranquila. Selim...

—No se preocupe, señora Berthelot. Si la señora Jeanne me lo permite, acabo en un cuarto de hora, le vuelvo a poner los tornillos a la cerradura y, con un poco de masilla, no se notará nada.

Jeanne estuvo a punto de decirle que no. Selim, en ocasiones, hablaba demasiado. Cuando había venido para echarle una mano con la mudanza, se había quedado horas, pero horas de reloj, contándole su adolescencia en el pueblecito de Bursa —que los franceses llaman Brousse—, en el que había nacido. Describiendo tanto las tumbas de la dinastía otomana como su propio matrimonio y la muerte de su mujer; tanto el inicuo pleito que le pusieron sus dos cuñados, y que lo había llevado a la ruina, como la leyenda de Nurredin Hodja.

Pero si lo despachaba, tendría que volver otro día, o llamar a un cerrajero.

—Adelante, Selim. Si piensa que en un cuarto de hora...

Se sentía, no obstante, un poco incómoda por quedarse a solas con él. Aparte del breve encuentro en los almacenes Inno, no lo había vuelto a ver desde que terminó el curso, y no sabía si Geneviève le había hablado del altercado que tuvieron.

Selim trabajaba con tranquilidad y precisión, con cuidado para no ensuciar. Era un hombre alto, fuerte sin llegar a ser gordo, que se vestía con trajes un poco claros, un poco amplios, que le flotaban, y tenía en el rostro ese aire de nobleza y de serenidad que da la calvicie a los rostros regulares. Tenía algo de Pierquin. Su voz era suave, melodiosa, y enseguida cansaba por su monotonía.

—La verdad es que sabe usted hacer de todo, Selim —dijo Jeanne un poco torpemente.

Tenía prisa por que se marchara, pero también le estaba agradecida. Es verdad que podía haberse puesto enferma, o haberse roto una pierna, como Arditi, y no poder arrastrarse hasta el teléfono. Pero ella nunca pensaba en cosas así.

—He aprendido a hacer muchos trabajos manuales en Francia, señora Jeanne. Y bien sabe Dios que no me lo esperaba... ¿No tiene un periódico? No querría ensuciarle la moqueta... Gracias... En Bursa, estaba considerado como un intelectual. Cosa que, por otra parte, más bien fue contraproducente cuando el pleito... ¿Puedo enchufar la lijadora? No tardo ni un momento y quedará mejor acabado... Jugaba muy bien al ajedrez, por ejemplo. Cuando se corría la voz de que iba a jugar una partida, los hombres se reunían por docenas para ver la partida, si el adversario valía la pena. Y luego, también conocía un poco de leyes, daba clases de francés, de ateísmo...

—¿Clases de qué?

Jeanne intentaba recuperar el hilo.

—De ateísmo. Es decir que cogía el Corán o la Biblia, con todo respeto, no vaya a creerse, señora Jeanne, no soy ningún fanático, y ponía de relieve la falta de lógica, los obstáculos al progreso... El espíritu cartesiano, en una palabra... ¿Sabe una cosa, señora Jeanne? Geneviève no aguantó mucho tiempo en las clases de recuperación. No le gustaron. Está en casa de una amiga, en Lozère. Cuando vuelva, a lo mejor puede usted...

Para evitar el tema, Jeanne comprendió que tendría que ofrecerle un café, y que él hablaría de Voltaire. Habló de Voltaire.

Discutir con él, y ahora, los problemas de Geneviève, no. Ya se las apañaría ella para arreglar el problema sola, cuando empezaran las clases. Le pediría perdón (sería desde luego la primera vez que hiciera una cosa así). Le daría explicaciones. Tal vez pudiera incluso inducir a Geneviève a entablar una verdadera conversación. Ya estaba echando de menos el contacto humano. Dentro de unas semanas, cuando hubiera reflexionado un poco más, adelgazado un poco más, puesto a punto una nueva manera de vivir, se sentiría contenta de volver a ver a sus semejantes.

Observó a Selim, que hablaba de Francia como Évelyne hablaba de Xavier. Eso es lo que había que poner a punto, sí: el fervor, el entusiasmo, la abnegación. Pero ¿cómo desterrar el objeto forzosamente limitado, forzosamente indigno de tal fervor? O, más bien, ¿cómo *superarlo*? Dicho de otro modo: lo importante en un régimen no estaría tanto en adelgazar...

Selim estaba citando *El discurso del método*.

*

Pasaron algunas semanas más. Unos cuantos días antes del comienzo del curso, Jeanne estaba como la madre de un recién nacido, que se preocupa porque llora, que se preocupa porque no llora. Tenía hambre, dominaba su hambre, le gustaba su hambre; luego, el hambre desaparecía y se atormentaba hasta que la volvía a encontrar.

Después de haber vuelto a enchufar el teléfono, después de haberle anunciado Gisèle su regreso, después de invitarla Manon a cenar para finales de septiembre, después de contarle Évelyne los éxitos de Xavier y las hazañas de sus hijos y de decirle lo impaciente que estaba por volver a verla en el colegio, después de haber pasado diez veces por delante del buzón sin abrirlo, cuando encontró una postal de Didier de hacía varios días y que decía: «Hasta muy pronto, estoy liadísimo de trabajo (?) pero te escribo mañana o pasado, otra vez hasta muy, muy pronto», supo que ya no podía seguir esperando. La prueba definitiva debía tener lugar antes de que el colegio abriera de nuevo sus puertas, antes de que empezara su nueva vida.

Se puso un vestido limpio, se pasó el peine por el pelo, que parecía más oscuro alrededor de la cara delgada, se lavó las manos y se cepilló las uñas con cierta solemnidad. Buscó algún refinamiento más que pudiera aportar a su persona y, poco experta en cosas de coquetería, lo único que encontró fue dar de blanco las sandalias, cosa que le dejó las uñas otra vez hechas una pena. Pero, ¡bah!, como es blanco, es limpio, pensó, un poco harta ya de todos aquellos preparativos excepcionales, y con algo de miedo, quizá, por el resultado de la experiencia que iba a vivir.

Había cogido la cesta de la compra para darse seguridad. Metió un paquete de cigarrillos, intacto desde hacía ocho o diez días. Un exutorio en caso de tentación demasiado fuerte. Y echó a andar por la avenida, rezando por no encontrarse con nadie, porque necesitaba una concentración total. Cruzó la plaza del mercado.

Respiró profundamente, se sonrió a sí misma para darse ánimo: «No es nada del otro mundo», se pasó la mano por el pelo, que tenía una bonita caída, y, muy derecha, se metió en los grandes almacenes Inno.

Reconoció que estaba nerviosa porque se le había exacerbado el olfato. Al pasar por la sección de ropa, el olor de la lana limpia y ruda, de los embalajes nuevos —acidez del plástico, rugosidad acre del cartón—, casi le dio náuseas. Pero siguió derecho, resueltamente, como si se estuviera metiendo en una hoguera, hasta la sección de alimentación.

Estaba en el sótano. La escalera automática la llevó con una lentitud inmisericorde. Pero Jeanne se sentía animada por una resolución triunfante y, una vez al pie de la escalera, cuando recorrió el lugar con una mirada en redondo, ya había tomado posesión.

Porque lo que experimentaba era una nueva forma de posesión. Andaba entre montones de verduras de todos los colores, con el sabor, fuerte o delicado, en la boca, acariciando con la vista las alcachofas como si fueran las cabezas ensortijadas de pequeños alumnos, degustando el blanco roto, de puntas violáceas, de los espárragos a lo Chardin, riéndose del triunfo tosco, de buenos mofletes, de los tomates que ella imaginaba ya salpicando en su puño cerrado. Después, lentamente, pasó por delante del mostrador de los quesos. Reconocía sus preferidos, el *brie,* el *maroilles,* el *époisses,* el *appenzell,* la bola de *avesnes,* concediéndole a cada uno una mirada, un pensamiento, como a viejos amigos que se reconocen en una foto: «Así era el *appenzell,* seco y con mucho carácter... El *époisses,* basto y, en el fondo, sentimental, con un toque dulce...» También le sonreía a las charcuterías variadas como los mármoles, pensaba en esas mesas italianas que presentan, a cuadraditos, una muestra de aquellos raros coloridos, de aquellas venillas; saludaba aquí al salami, moteado de blanco; allá, al salchichón húngaro, pimentado, con motitas menores; a la salchicha, más grande o más pequeña, de círculos de ópalo o de esquisto. Y, ante tal puesto de armoniosa disposición, evocaba también las grandes cajas de bombones suizos, a las que tanto uso les había dado ella, y en las que, gracias a un papelito adornado con una vaca o una avellana, cada rectángulo desvelaba alusivamente su particular sabor.

Volvió a encontrar, caminando por aquella diversidad de gustos, de olores, de colores, lo que había sido su manera (un poco primitiva) de amar la diversidad de las cosas creadas, de asimilarlas, triturándolas con sus finos y blancos dientes, incorporándoselas con un placer que no excluía la veneración, igualmente primitiva, de quien absorbe a un tiempo el espíritu y la materia, el alimento y el símbolo, la carne crujiente asada al fuego de leña y el alma guerrera del antepasado hecho pedazos.

Hoy, su descubrimiento le quedaba confirmado: en aquel vaivén, se había equivocado sencillamente de sentido. Ingiriendo, poseyendo, había sido poseída. Los símbolos habían dado buena cuenta de su contorno de cintura. Cada acto de fidelidad al universo le echaba curvas por delante y por detrás. Cada acto de amor por la creación, aunque sincero, como esos amontonamientos de piedras que aumentan día a día en una unidad y que indican, entre los celtas, los lugares de oración o de venganza, se le había ido acumulando en las caderas como canastos poco gráciles. Sí, en cierto modo, la gracia había faltado, no la fe. Pero si se admite que se puede comer un símbolo, ser penetrada, fecundada quizá por un símbolo, tal banquete sería un aquelarre, y el diablo (por utilizar una terminología cómoda), ese miembro viril bien presente, despertando humores femeninos extremadamente corporales, y entonces participaría del mismo círculo planetario la Virgen que concibe un hijo del

Espíritu (¡y arrodillaos, arrodillaos, aunque la costumbre se pierda y la noción se difumine, y gritad de alegría y de horror el *se hizo carne*, el *se hizo carne* y sangre y músculos, y tumores, úlceras, llagas de dolor y llagas de divina voluptuosidad!), entonces participarían del mismo arco iris la Virgen, cuyo orgasmo tiene forma de lis, y Jeanne-Ludivina, que creyó recibir eucarísticamente la alegría del mundo en forma de cabeza de ternera.

La sabiduría está en todas partes. No hay tema noble o innoble. La sabiduría, por ejemplo, se halla en la Compañía de ferrocarriles franceses, que distingue, en materia de billete «turístico», la ida de la vuelta. Para darle un poco de categoría a la metáfora, imaginemos que sea verosímil un billete París-Jerusalén: si pagas la totalidad del viaje pero, en el último momento, te lleva a tu destino un amigo que va en coche, descubres, bajo la férula de un san Pedro con gorra de galones, que la ida no es la vuelta, que el trayecto no es el mismo en un sentido que en el otro, que no podrías efectuar la vuelta con el billete de ida, y que regresar de Jerusalén o de Nanterre, con independencia de viles consideraciones de distancia y de precio, no es, turísticamente, lo mismo que ir. Así, la ida «cabeza de ternera-santas alegrías» es en todo punto diferente de la vuelta «santas alegrías-cabeza de ternera». Diferente, pero de idéntica naturaleza. Y ¿quién sabe si, yendo muy deprisa, sin detenerse, y ello a despecho de los reglamentos tan sabiamente concebidos, de la diferencia establecida entre el turista y el trabajador por la Compañía de ferrocarriles franceses (pero ¡fíjate en la lengua!, ¡fíjate en lo que dices, en las palabras inspiradas! ¡Ferrocarriles!

Es bonito, ¿no?), quién sabe si no se podría imaginar reconciliadas la ida y la vuelta, como lo han hecho los ángeles para cuestiones tan delicadas, que se mueven tan deprisa de un sexo al otro que no se les puede atribuir ninguno?

Así, entre ida y vuelta, elevada por encima de sí misma, caminando entre los mostradores del almacén Inno, que sólo son una forma de la vida insensata, meditaba, vacilaba, contemplaba Jeanne-Ludivina bajo la égida del Ángel-de-cabeza-de-ternera, tutelar y brueghelianο. Así, en otro tiempo, en un jardín de tulipanes, y devorada por males sin nombre, yacía santa Lydwine de Schiedam, traspasada por mil llagas por las que daba gracias a Dios. Y así enumeraba Jeanne sus sentidos, que por fin le pertenecían, el olfato adulado por ese melón perfumado como por la cera humeante de un templo, el oído sintiendo crujir las hojas secas que envolvían el queso de cabra, sonido de pífanos, con la vista adulada por el centelleo de un salmonete, el índice, el tacto, rozando, suplicio de Tántalo, suplicio tántrico, el aterciopelado denteroso de una nalga de melocotón, y el último de los sentidos, el gusto, demostrándole por medio de las múltiples variantes de sabor en su boca sana un muy humilde, un minúsculo rincón del misterio de la Encarnación. Y así, Hildegarda de Bingen, interrumpiendo sus sabios trabajos teológicos para describir, sólo describir, el lución, la ortiga o el hipopótamo, apostando por la creación como ganadora y colocada en el gran juego de Dios, el misterio de la Encarnación, el misterio más peligroso del mundo, la esperaba a ella, Jeanne, en un gran almacén de alimentación, entre la fresa y la alcachofa.

Así Jeanne.

Y así otra vez santa Lydwine, despreciando sus llagas espantosas, yaciendo entre sábanas blancas preparadas por los ángeles que las limpiaban de toda sanies, santa Lydwine balbucía en honor de Dios cosas de niño, vagidos de amor más hermosos que poemas, y así santa Hildegarda, dejando de meditar sobre la presencia real para, levantando la vista hacia aquella mosca posada en el escritorio, describirla en todo su diminuto mecanismo admirable, así Jeanne. Así Jeanne, en el pueril encanto de los descubrimientos esenciales, alargando la mano, retirándola, abriendo los ojos, cerrándolos, daba igual, así Jeanne musitaba esas palabras que pesaban, que pesaban a partir de ahora más que nada: «¿Conque puede uno arreglárselas sin estas cosas? ¿Y sin esto? ¿Y sin aquello? ¿Y, a pesar de todo, las poseemos? ¿Puede uno prescindir de todo?»

Y se apoyaba sobre aquella hambre que la tentación había despertado en ella, como se apoya uno en un bastón.

4.

Llegó con paso ágil. Hacía un tiempo espléndido, y se estaba tan bien a solas. Pero no hay que abusar.

—¡Hola, Selim! ¡Buenos días y buen comienzo de curso! ¿Cómo están las chicas? ¿Y Salah?

Selim, que estaba barriendo el patio, masculló un confuso buenos días y siguió con lo que estaba haciendo, sin volverse siquiera para mirarla.

«¡Selim está de morros! Selim está de morros *conmigo*. ¡Y precisamente el día que empieza el curso! ¡A saber por qué!» ¿Geneviève? ¡Aquello estaba ya tan lejos!

Élisabeth, en su despacho de ébano recién abrillantado, tampoco parecía de buen humor, se le notaba. «¡Pues yo sí que estoy contenta de volverlos a ver!», pensaba Jeanne.

Se había puesto aquella mañana su habitual «uniforme» de otoño, uno de esos vestidos funda de colchón, o vestido saco, que tanto le gustaban. Algodón en verano, lana fina en entretiempo. Y, en el momento de salir, con un poco de picardía y como ocultándoselo a sí misma, había cogido del cajón de abajo de la cómoda un cinturón de cuero marrón. «¿Me lo pongo? ¿No me lo pongo?» En aquel vestido de caída recta, el cinturón no era ningún prodigio de elegancia. Lo único que probaba era que Jeanne ya tenía cintura.

Élisabeth no hizo la más mínima alusión a aquella transformación radical. Jeanne se sintió decepcionada, menos por coquetería que por un molesto placer de sorprender.

—¿Te acuerdas del problema que se nos planteó en mayo con las hijas de Selim?

¡Por favor, otra vez! ¿Cuándo se va a acabar el asunto éste? ¿Todo el mundo se iba a empeñar en recordarle su breve delirio? Desde luego, había hecho mal. Pero ¿era eso lo que tenía que decir? Y ¿quién lo sabía? ¿Se había quejado Geneviève?

—Un problema muy delicado de zanjar —musitó prudentemente.

—No hace falta que me lo digas. Pero cabía esperar que se tratara de casos aislados. Figúrate que ahora hay otros centros escolares en los que se está dando el mismo fenómeno. Yo había creído que se trataba de una... extravagancia; pero parece que se trata de un movimiento. Y, además, de un movimiento de carácter más o menos político. Por lo que dicen, existe una concertación, una especie de complot para que se planteen problemas similares prácticamente en todas partes, a comienzo de curso. Me gustaría que nos reuniéramos antes de quince días, para decidir la postura que hay que tomar.

—Claro. Lo entiendo perfectamente...

Jeanne se sentía aliviada. Élisabeth no estaba al corriente de nada. Y, si había otros casos, el asunto de Geneviève desaparecería entre el montón.

—¿Eso es todo lo que me tienes que decir? —añadió Élisabeth, exasperada—. Da la impresión de que te divierte. Cuento contigo para organizar la reunión, conseguir más información, avisar a los padres de alumnos... Si los medios de comunicación se hacen con el asunto... ¡Hay que cortar el mal de raíz! ¡De raíz!

—¡Yo no digo que no me quiera ocupar, Élisabeth! Sola no, evidentemente... Pero ¿no te lo estás tomando un poco a la tremenda? Después de todo, en un centro no confesional...

—Pero ¿es que no estás al tanto de nada, o qué? ¿Ya no te interesa lo que ocurre a tu alrededor? Claro, cuando una se pasa el verano en un instituto de belleza...

Jeanne se quedó sin voz.

Unos minutos más tarde, al pie de la escalera, Évelyne se le echaba a los brazos. Se habían telefoneado, no se habían visto. Évelyne, con el regreso de las gemelas, tenía un montón de plancha por delante. En cuanto a Francis... ¡Que le volvieran a hablar a ella de los campamentos scouts! ¡Parecía que le habían pasado la ropa por una trituradora! ¿Para eso le pedían tantas camisas? Y todas marcadas con el nombre completo —no se contentaban con las iniciales...

—¡Ya te lo enseñaré! ¡Las han metido tantas veces en lejía, que ni el nombre se puede ya leer! Y a Francis le duele el estómago, porque lo único que le han dado de comer ha sido... ¡Ah, sí, Élisabeth! Está como nunca de nerviosa, parece que el asunto ese del velo no ha hecho más que empezar. ¿Te ha dicho que se han dado varios casos más? A mí me parece que puede ser una cosa bastante molesta si va a más, yo creo que no está del todo equivocada. Bueno, ya veremos... ¡Pero Jeanne! ¡Estaba tan preocupada que ni siquiera me había dado cuenta! Pero ¡si estás *delgada*!

No exageremos. Todavía pesaba sus buenos setenta y dos, setenta y tres kilos; aunque, desde luego, había una diferencia. ¡Ah, nunca habría creído que se pusiera tan contenta de volver a aquel caserón! Es como si las vacaciones hubieran durado años.

—¿Te das cuenta? ¡Élisabeth ha insinuado con retintín que seguro que había ido a un instituto de belleza!

—No te hace falta —dijo Évelyne, sinceramente admirada—. ¡Tienes una voluntad tan fuerte! Y ¿piensas seguir perdiendo peso?

—Pues... unos diez kilos —dijo Jeanne con sobria ostentación.

—¡Fenómeno! Ahora sí que estoy segura de que lo vas a conseguir, de que por fin vas a poder llevar una vida normal. Quiero decir...

—Ya sé lo que quieres decir, no hace falta que lo arregles. Eres una metepatas desde que naciste, Vivi, pero te quiero.

—Yo también, Divina. ¿Tienes cinco minutos? ¿Te vienes a la sala de profesores? No hay nadie. Tengo que comprobar unas cuantas matrículas, pero podemos charlar cinco minutos.

—Vamos.

Y fueron, cogidas del brazo, sinceramente felices de volver a verse, con un afecto cálido y simple. Y Jeanne no se daba cuenta de que, apretando con cariño el brazo izquierdo de Évelyne, ponía en peligro el equilibrio de una pila de expedientes que su amiga sostenía a duras penas con el otro brazo, contra la cadera. Y Évelyne no protestaba, ni siquiera pensaba en ello, porque un poco de incomodidad, por no decir un poco de descaro por parte de aquellos a quienes ella amaba, le era habitual. Casi indispensable.

Dejó escapar no obstante un suspiro de alivio al poner los expedientes sobre la mesa de la sala desierta. Hacía todavía mucho calor. Se oía el suave susurro de los árboles del patio.

—Y pensar que dentro de tres días ya no habrá quien se entienda aquí... —suspiró Jeanne con complacencia.

Se quejaba, pero le gustaba el ruido de la vida a su alrededor. Nunca hasta entonces se había dado cuenta de ello con tanta claridad. Salía de la soledad como de un baño, limpia, desembarazada de impurezas y de fatiga, preparada para arrostrar una jornada que se prometía interminable.

—¡Qué suerte tienes de sentirte tan en forma! En el fondo, has hecho bien quedándote en París. Cuando no hay nadie... ¿Ha regresado tu madre?

—Todavía no.

—¡Se va a quedar de una pieza! ¡Lo que te cambia que hayas adelgazado! ¡Pero no sabes tú hasta qué punto!

—Ya sé...

—El mayor problema, según dicen, es no volver a coger los kilos perdidos. Estabilizarse. ¿Te has fijado un peso ideal? Tendrías que saberlo y, en cuanto ganaras más de dos kilos, volver a empezar otra vez...

Jeanne se había sentado y hojeaba los expedientes. De pronto, levantó bruscamente la cabeza, interrumpiendo a Évelyne, como hacía siempre que tenía algún entusiasmo urgente que comunicarle.

—¿No te resulta curioso? En estos problemas de peso siempre se dice perder... Perder peso, ganar peso... ¡Pero es una forma de pensar totalmente negativa! ¡Por eso no se consigue! No se *pierde* peso, se *gana* ligereza, voluntad...

—Sí. Bueno, es una manera de hablar...

—¡No, no! Lo que es formidable es que es... es algo así como darse la vuelta, como si fuera un guante, un pellejo...

—Eso es lo que yo digo: es otra forma de expresar...

—¡No, no, Vivi! ¿Cómo te lo explicaría yo? Te lo aseguro, lo he pensado mucho, he sentido... ¡Es como un descubrimiento! Como en álgebra, cuando el signo más se transforma en menos, ¿sabes? ¡No, no pongas esa cara! Quiero decir: suponte que tienes hambre...

—Yo tengo tan poco apetito... —suspira Évelyne, que lo que quiere ya es empezar con los expedientes.

Después de todo, las clases dan comienzo dentro de tres días.

—¿Sabes lo que te digo? ¡Que no me sigues para nada! Cuando digo hambre, suponte que tienes hambre de hombre...

Évelyne levanta de los expedientes una cara encendida e indignada.

—¡Que tengo hambre de hombre! ¡Jeanne! ¿Cómo se te puede ocurrir...?

—¡Qué convencional eres! Si prefieres que lo llame tu amor por Xavier, a mí me da lo mismo. Suponte, entonces, tu amor, tu deseo: ¿me dejas por lo menos pronunciar la palabra «deseo»? Para ti, ¿qué es lo esencial? ¿La posesión, o, si quieres ahora también un circunloquio, la presencia de lo que deseas?

—¿Y qué? ¡Es mi marido!

—No te quieras engañar. Tú misma me has dicho que tenías un sentimiento de culpabilidad en la satisfacción de tus apetitos conyugales. ¡He dicho «conyugales»! ¡No te enfades!

—¡Estaba equivocada!

—De una manera o de otra, siempre te estás sintiendo equivocada. La herencia judeocristiana...

—Es cierto que no poseo el don de admirarme a mí misma —dijo Évelyne con una sombra de acritud.

—¡Yo no pretendía que me admiraras a mí! ¡Y tampoco quería criticarte! Quería explicarte una cosa: ¡un des-cu-bri-mien-to!

—Sí, ¿tu régimen milagroso?

—¡No se trata de ninguna cuestión de régimen! Es un verdadero...

—Descubrimiento. No te enfades, pero no es el primero... Y Élisabeth me ha pedido que compruebe las matrículas. Bueno, si tanto te interesa...

Dejó el lápiz y puso cara de paciencia.

—¡Jo! —exclamó Jeanne con pueril decepción—. ¡Lo estás haciendo adrede! ¡Y yo que estaba tan contenta de explicártelo!

Por encima de la mesa, Évelyne le cogió la mano. El entusiasmo de Jeanne se puso de nuevo en marcha.

—No quería convertirlo en una cuestión personal, te lo juro. Quería decirte que yo, tú, todos, nos apoyamos en nuestro deseo para adelantar, proyectar, secretar el porvenir. Voy y me digo: el sábado iré con Manon a tomarme un *cassoulet* de verdad, con puntitas de jamón...

—¡Con el calor que hace!

—Évelyne, eres tan cortita que no sé por qué te quiero. ¡O más bien sí! Lo que admiro en ti es el embrutecimiento de una pasión fuerte. Voy y me digo: el sábado iré con Manon a tomarme un... lo que sea; y tú te dices, por ejemplo: «¡Fenómeno!, esta noche voy a joder, Xavier vuelve de Aviñón...»

—¡Jamás! ¡Jamás en la vida!

—¡Te lo dices noblemente: «¡Ah, esta noche mi gran amor...», pero te lo dices!

—A lo mejor.

—Bueno, pues he comprobado que si me digo: «¡Fenómeno!, el sábado *no* iré con Manon a tomarme un *cassoulet*», y te lo aseguro, me imagino todos los detalles, las lámparas *art nouveau* del restaurante, las servilletas dobladas como gorros de obispo, los manteles, los ruidos de los cubiertos que se entrechocan, la carita de monito guapo de Manon, el olor del *cassoulet* que *ella* ha elegido adrede; y yo pido unas costillitas de cordero o un lenguado a la plancha, bueno, pues mi frustración se convierte en una *cosa*, ¿entiendes? El vacío de mi estómago se convierte en un lleno. Poseo el hecho de que no me he tomado *cassoulet*. Que está ahí, y casi me atrevo a decir que me alimenta. ¿No te parece interesante?

Évelyne había puesto cara de torpe.

—¡Si tú lo dices!... Yo lo que veo es que no comerías nada para molestar a Manon, o para sorprenderla; pero no veo a quién le iba a molestar que yo dejara de hacer el amor con Xavier. Salvo a él... ¡y no sé yo!

—Algunas veces encuentro al prójimo un poco decepcionante —dijo Jeanne con dignidad.

Se inclinó sobre los expedientes de los repetidores, con falsa concentración. Llega uno, todo contento, con un montón de cosas apasionantes que decir, y ¿qué es lo que se encuentra? Rutina, falta de curiosidad...

Évelyne punteaba matrículas cotejando dos listas.

—¡Anda! —dijo sin ninguna intención—. Geneviève no va a volver este año. Deja de estudiar. ¡Qué pena!

*

El comienzo de curso iba transcurriendo como todo comienzo de curso. Absolutamente como siempre, se repetía Jeanne. Didier había solicitado un sustituto para tres semanas, un problema de sucesión en la familia; pero, en definitiva, no tenía tanta prisa por volver a verlo.

Tres días después de que empezaran las clases, había renunciado al cinturón marrón. Siempre había sido una persona cuya presencia se notaba, y eso nunca la había molestado, pero demasiado es demasiado. Cuchicheaban, sonreían a su paso, e incluso le daba la impresión de que le ocultaban algo. ¿Se había desorbitado el incidente con Geneviève? ¿Tenía una sanción colgando sobre su cabeza?

—Pero ¿qué pasa para que todo el mundo me mire así? —se quejaba a Évelyne—. No puedo dar un paso...

Conociendo a Évelyne, esperaba que le hiciera alguna observación acerca del inminente regreso de Didier, pero Évelyne se callaba. «Si hasta Évelyne es un misterio, ¡adónde iremos a parar! ¡Pues no le voy a dar el gustazo de ser yo la primera en hablar!»

Ya habían recuperado sus costumbres, se esperaban a la salida para coger juntas el mismo autobús o tomarse un café, remoloneando.

Y, al cabo de un par de semanas, Jeanne proponía:

—Escucha, a partir de ahora, menos cuando llueva a cántaros, se acabó el autobús. He decidido ir a pie. Puedo tardar todo lo más un cuarto de hora o veinte minutos...

—Por mí, encantada. Y hasta lo prefiero. Pero ¡creía que no te gustaba nada hacer ejercicio!

—Y no me gusta nada; lo que ocurre es que, a partir del momento en que lo hago, me gusta la voluntad que me empuja a hacerlo, y de ahí...

—¡No, por favor! ¡No vas a empezar otra vez con lo del descubrimiento que has hecho!

—Rara vez he visto a una persona tan contenta consigo misma como Jeanne —le confiaba Évelyne, en un momento de mal humor, a Rose Pierquin, que tenía a un hijo en su clase.

—¡No se lo irás a echar en cara! Ha tenido que hacer un esfuerzo de tal categoría... Y hace tanto tiempo que se lo decíamos y se lo repetíamos... Y, además, ¿no tiene razones suficientes para estar contenta? Me ha dicho un pajarito que cierto sentimiento...

—Si estuviera yo segura de que era eso...

—¿Qué quieres que sea? Y está más segura de sí misma porque se encuentra mejor en su propio pellejo —dijo Rose, que nunca se paraba a buscarle tres pies al gato—. Es una de las curas mejor logradas de Max. Cosa que te demuestra que los psiquiatras, los especialistas en dietética... Nada como un *verdadero* médico de cabecera. Que conoce al paciente de arriba abajo...

Rose, en plan de buena esposa, se explayaba, pero Évelyne había dejado de prestarle atención.

—¡Bueno, Jeanne *siempre* ha estado muy segura de sí misma!

Aquellos últimos días de septiembre, el amable carácter de Évelyne empezaba a agriarse insensiblemente, sin que ni ella misma supiera por qué.

Jeanne no se daba cuenta de nada. Tenía un problema que su rectitud, más fuerte que su despreocupación, no le permitía esquivar: ¿había tenido ella algo que ver en la determinación de Geneviève? ¡Quién sabe si su explosión de violencia no había alterado a la chica y acelerado aquella decisión! Si era así, no tendría más remedio que verla, intentar reparar, explicar. Sería duro. Pero había hecho cosas más difíciles.

—¿Me podría poner un cafetito, Selim? Hoy no consigo despertarme.

Jeanne se mete con frecuencia en la conserjería, donde Selim lleva un pequeño negocio de bebidas, de cigarrillos, de chicles e incluso, desde hace poco, de pequeños útiles escolares. Normalmente, se alegra mucho de verla, y a ella la cuesta sustraerse a la conversación cultural que a él tanto le encanta entablar. Hoy, le pone el café de mala gana, enfurruñado, taciturno. La mancha color vino que tiene de nacimiento en la mejilla, y que sus hijas llaman, por meterse con él, «la mancha del califa» —porque él pretende que es herencia de familia y signo de noble origen—, parece mayor, como si le estuviera comiendo el lado izquierdo de la cara.

¿Cómo abordar el tema?

—¿Hay algo que no va bien, Selim? ¿Algún problema?

Sin contestar, le deja delante la tacita de borde dorado, se da la vuelta y se pone a sacarle brillo a la estantería. Jeanne hace de tripas corazón.

—Ya veo que se trata otra vez de Geneviève.

Selim no se vuelve.

—Me he enterado de que va a dejar de estudiar...

—No es sólo eso lo que va a dejar —dice con una voz como enfadada que, de pronto, recuerda la de su hija.

Termina por medio volverse hacia Jeanne, pero desde muy lejos, sin dejar de frotar el mármol de una mesita redonda que no lo necesita para nada.

—Se ha marchado a vivir a otra parte. A casa de la tía. La tía del sirio.

—Podía usted haberse negado. Acaba de cumplir dieciséis años...

—¿Y llamar a la policía, quizá? ¿Contra mi propia hija? No, si quiere renegar de mí, que reniegue. ¡Si quiere meterse a vendedora, que se meta a vendedora! ¡En una tienda de recuerdos! ¿Se da cuenta? ¡Si quiere casarse, que se case!

Se le ha acercado, con sus ropas demasiado amplias y claras ondulando a su alrededor; se yergue ante ella. Y Jeanne observa que parece más grande, en aquel reducido chiscón que, tan repleto de objetos heteróclitos, es como un zoco en miniatura. Si no fuera por el pequeño velador que los separa y sobre el que reposa la taza de café, se sentiría un poco agobiada. Se siente un poco agobiada. Con una mirada de reojo, comprueba que la puerta que tiene a su espalda y que da al patio está abierta.

—Lo siento muchísimo... —dice Jeanne inexpresivamente.

—Ya me extraña —contesta Selim, con violencia contenida.

Están frente a frente, con el velador entre ambos. En el rostro lleno y pálido de Selim, la mirada de pronto se ha endurecido, cerrado. ¿Lo sabe? ¿La responsabiliza de la huida de Geneviève?

—Tal vez no actué demasiado acertadamente con ella... Intenté...

—Eso dicen.

Ahora sí que ya no sabe en absoluto qué es lo que ocurre.

Selim estalla. Agarra por uno y otro lado el velador con sus manos grandes y cuidadas, como si fuera a levantarlo y a partírselo en la cabeza.

—¡Ya sé que habló con ella! ¡En un salón de té árabe! ¡Y cuya patrona anda de casamentera con toda esa gente! ¡De manera que si por casualidad no hubiera encontrado a nadie que cargase con ella, no habría tenido que esperar mucho tiempo! ¡Y pensar que me fiaba de usted! ¡Que le pedí que la hiciera entrar en razón! ¡Qué bien elegí!

—Pero le aseguro... —protesta Jeanne, anonadada.

Al mismo tiempo, se echa un poco hacia atrás, ante la transformación repentina que parece apoderarse de aquel coloso.

—¡Una mujer instruida! ¡Una mujer liberada! ¡Pero es usted como todas las demás! ¡Todas son iguales! ¡Todas son unas...! (Vacila un momento, no obstante, no se atreve a pronunciar la palabra, aunque ya está en el aire, piensa Jeanne.) ¡Capaces de cualquier cosa con tal de echar el guante a un hombre! ¡Es lo único que les interesa, ya tendría yo que saberlo! ¡A usted igual que a todas las demás! ¡A usted igual que a todas las demás!

Hay tanto abatimiento como cólera en su voz enronquecida, en sus manos amenazadoras y temblorosas. Jeanne está ya en el umbral. Tiene un poco de miedo, de ganas de reírse, por culpa de aquel perfecto malentendido. No ve muy bien cómo se las va a arreglar.

—Pero bueno, Selim, usted me conoce, yo...

—¡Yo creía que la conocía! ¡Qué equivocado estaba!

—Que sí, se lo juro...

—Mis hijas también juran mucho. Está usted de su parte, ahora ya lo he comprendido. Dicen que no con la boca, y con las entrañas dicen que sí. ¡Son capaces de cualquier cosa! ¡Qué tonto he sido! ¡Si no hay más que mirarla!

Y la mirada del bueno, del complaciente Selim la escruta de los pies a la cabeza con una insolencia buscada, más insultante que un gargajo.

—Ahora ya no se contenta sólo con uno —observó Rasetti al ver salir a Jeanne de la conserjería, un tanto deprisa y con el moño deshecho.

—A falta de pan... —dijo la señorita Lécuyer.

—¡Vaya! ¿Entonces no está enamorada de Schmidt? —se lamentó la señora Dupuy, alma sentimental.

—Hay algunos para quienes tres semanas de ausencia...

—Hace bien en aprovecharse. Cuando se ha perdido tanto peso, siempre se termina por recuperarlo —dijo la señorita Lécuyer, profesora de español, mujer joven y bonita, morena, de falda siempre muy corta, malintencionada sin motivo alguno.

—¡Lo que faltaba! ¡El conserje insultándome! ¡Se imagina que he apartado a su hija del camino recto! Es decir, de lo que él considera el camino recto. ¿No te parece inaudito?

—Está equivocado. Está muy equivocado. Yo que tú lo ignoraría. Si Geneviève se casa, es probable que la perdone, y entonces todo se arreglará.

—¿Y yo tengo que perdonarle que me haya tratado de puta? ¡Ni hablar! Te lo juro, por una vez no estoy exagerando.

—Te creo, te creo —dijo Évelyne suspirando—. Pero, en el fondo, no se dirigía de verdad a ti, ¿sabes? Selim se encuentra en tal estado ante la idea de que sus hijas se ponen exactamente a contracorriente de todo cuanto él les ha enseñado, de todo cuanto él ha deseado para ellas, que insultaría a cualquier mujer de la que supusiera que también desea gustar y casarse.

—Pero es que yo no deseo en absoluto...

—He dicho simplemente que él lo suponía.

—¿Por...?

—Ya sabes que antes de las vacaciones se había hablado bastante de tus salidas con Didier. Y ahora que... O sea, que no es posible no ver... Has cambiado mucho, ¿sabes? ¡Físicamente! ¡Físicamente! Pero, como es natural, Selim supone que es por Didier...

—¡El colmo! —dice Jeanne poniéndose ligeramente colorada.

—Mira, no te enfades, pero aquí..., quiero decir, en el colegio...

—Sigue.

—Todo el mundo lo piensa.

—¡Pero tú no! —había gritado Jeanne, temblando de indignación—. ¡Tú no, espero!

Continuó diciendo:

—¡Ahora comprendo por qué me espían y por qué murmuran! ¡Están esperando a que venga Didier para ver cuál es su reacción!

Évelyne no respondió a ninguna de aquellas exclamaciones.

Esa misma noche, Évelyne está en su cama, con un pijama de seda muy bonito. No gasta casi nada en su ropa de día, pero... Está esperando a Xavier, que volverá tarde del teatro, de la cena que habrá después del teatro, acaso de lo que pueda prolongarse después de la cena... Está esperando, desgarrada, aunque feliz porque volverá. Un poco menos desgarrada, un poco menos feliz sin embargo que los demás días, porque piensa en Jeanne.

«¡Tú no!» Había gritado Jeanne con una sinceridad total. «¡Tú no te crees semejante cosa!» Sí, Jeanne era sincera. Jeanne siempre es sincera en el momento. Eso no quiere decir que sea lúcida. Eso no quiere decir que Évelyne se haya equivocado cuando, angustiada por el silencio de aquel verano, por el teléfono desconectado de su amiga, consiguió dar con Didier para preguntarle si tenía alguna noticia. Cuando, más tranquila, le telefoneó para tenerlo al corriente. Después de todo, hay por lo menos amistad entre Jeanne y él. ¡Por lo menos! Y la intranquilidad y, después, el alivio de Didier le permitieron suponer... Claro que, a lo mejor, se precipitó un poco al contarle a Didier los esfuerzos que estaba haciendo Jeanne, el resultado «milagroso» de tales esfuerzos, y la razón que ella le atribuía a una resolución tan brusca y tan ardiente. ¿Y Didier se sorprendió? ¿Se enfrió? ¡Todo lo contrario! «¡Probablemente fuera el único defecto que tenía Jeanne!», había exclamado, con algo que Évelyne sólo puede llamar amor.

Porque, al fin y al cabo, ella, que no está ciega, conoce los defectos de Jeanne. Y, por encima de todos, ese amor propio y ese gusto desenfrenado por la independencia que la empujan a negar (con sinceridad, de acuerdo, con sinceridad, pero también puede uno mentir con sinceridad, y tal es el caso de Jeanne) tan ferozmente que esté enamorada de Didier, que haya actuado por amor. Évelyne está, no obstante, absolutamente convencida. Absolutamente. ¿Se equivocó al dejárselo ver a Didier? Es posible, pero el incidente con Selim prueba bien a las claras que Jeanne no está dispuesta a admitirlo. Va a cerrarse en banda, a encabezonarse, por culpa de un orgullo estúpido. Va a estropearlo todo. «¡Me habría gustado tanto que todo terminara bien!», suspira Évelyne desde la cama.

¿Qué es lo que ella llama «terminar bien»? Una boda. Con Didier o con otro. Y dentro de cierto tiempo —aunque Jeanne tiene que hacer aún algunos progresos en lo que a silueta se refiere—, un hijo, quizá... Jeanne casada, Jeanne con un hijo... Tales imágenes le aportan a Évelyne un innegable alivio. Porque sus vidas, por fin, se parecerían. Se le viene a la cabeza una frase, incongruente: «¡Por fin estaríamos a la par!» ¿No lo están? ¿La triple maternidad le da a Évelyne una ventaja? ¿O la existencia de Xavier? ¿O, por el contrario, la independencia de Jeanne es una superioridad de la que el matrimonio, o incluso el amor, el amor físico, el verdadero (piensa Évelyne), la despojaría? «¿Por qué no íbamos a estar *a la par*? Tenemos la misma edad, la misma profesión, yo he tenido unas notas tan buenas como las suyas, hasta mejores, porque me dispersaba menos...» Todo el mundo ha estado siempre de acuerdo en reconocerle a Jeanne el mérito de la inteligencia pero, como dicen los Mermont, padre e hija, una inteligencia «muy suya». Lo que significa que esa inteligencia tiene algo un poco sospechoso, un poco herético, universitariamente hablando. ¿Es eso una superioridad? «Es más bien personalidad que inteligencia, en definitiva. En cuanto a sus dotes para la enseñanza, ¡basta con que te toque alguno de sus grupos! No hay quien los meta en vereda... Bueno, eso también prueba que los estimula, desde luego...»

.Con su bonito pijama puesto, esperando a Xavier, las gemelas fuera de casa, Francis, el más pequeño, durmiendo, y un libro de la colección «Clásicos para todos», a la que estaba suscrita, apoyado en las rodillas, Évelyne tendría que estar viviendo un momento de paz, de distensión. Por lo menos, no tendría que ser Jeanne, no tendría que ser Divina, su amiga de infancia, quien lo ocupase. Y, sin embargo, el recuerdo de la conversación que había tenido (de las conversaciones, desde un comienzo de curso aún muy próximo), la indignación cómica de Jeanne, la actitud desagradable de los compañeros, todo aquello la tiene perturbada. Y más que nada, probablemente, el esfuerzo que está haciendo por ser justa. Por conjurar la acritud, apenas perceptible, que altera una amistad que, hasta aquel momento, ha venido siendo simple y fuerte.

«Se somete a un régimen porque está enamorada. Me desvivo por apoyarla, por arreglar las cosas, y de pronto va y se pone a hablar de descubrimientos, de psicología, de filosofía, de metafísica, ¡yo qué sé! ¡Como si todo eso fuera propio de su carácter!»

A pesar de los esfuerzos que está haciendo, Évelyne se siente un poco traicionada, como si Jeanne se hubiera comprometido con ella a seguir siendo siempre la misma, a no cambiar nunca. «En resumidas cuentas, para ella, la tierra, las buenas comidas, la jovialidad, incluso la popularidad; y para mí, los sufrimientos, los sacrificios, los nobles sentimientos... ¡Farisea!... Y lo que implícitamente le echo en cara a Jeanne ¿no es vivir más intensamente que yo, que coma o que no coma, que sea más feliz o que se plantee preguntas, que...? Y cuando le deseo que se case, ¿no es porque casarme me ha supuesto a mí tantos sufrimientos como alegrías? Cuando digo *con tal de que todo termine bien*, ¿no estaré diciendo, en el fondo, *con tal de que todo termine mal*? ¿O, simplemente, termine? Termine de hacerme preguntas, de obligarme a comparar, a abrir cada uno de los compartimentos de cada una de mis vidas perfectamente separaditas, mientras ella sólo tiene una, y tan vigorosa... ¡No, por Dios!...»

En este punto de sus reflexiones, Évelyne se detiene, avergonzada y sumida en un abismo de contrición del que el regreso de Xavier, no demasiado tarde —hecho sin precedentes—, no logra sacarla. Y cuando él se le acerque, ella lo apartará suavemente con el pretexto de que tiene que «reflexionar». Cosa que hará reír a Xavier, sin maldad, por otra parte. Évelyne no reirá.

*

—¿Sabes que tienes acumulados cerca de cuarenta minutos de retraso esta semana?

—No sabía que llevaras la cuenta —contesta Jeanne, bastante amablemente en el fondo.

—Y si crees que lo compensas prolongando tus clases más de lo normal, que sepas que todo el mundo se queja. Tus alumnos, porque los privas de un momento de distensión, y tus compañeros, porque les vas pisando el horario.

—¡Yo no creo que sea ningún drama! Por unos pocos minutos...

—A veces, en unos pocos minutos está toda la diferencia entre una buena y una mala organización —dice Élisabeth, con una sequedad que rara vez exterioriza.

Y añade, con una sonrisita:

—Lo mismo que en unos pocos kilos está toda la diferencia entre una mujer bonita y otra que no lo es... Piénsalo. La disciplina debe ser aplicada en todos los ámbitos.

*

—¿Tienes alguna noticia de Didier Schmidt, Jeanne?

—Y ¿por qué yo y no otra?

—Todo el mundo sabe que erais muy amigos...

—Poner en orden un asunto de sucesión no lleva tres semanas...

—Pero puede cambiar bastantes cosas...

—París no está tan lejos de Blois...

—¿No te apetecería un poco ir a ver qué es lo que está pasando, Jeanne?

—¿Por qué razón?

—Tú lo sabrás mejor que nosotros...

—De todas formas, el sustituto tampoco está tan mal...

*

—Pero ¿qué es lo que les he hecho? —decía Jeanne con estupor—. ¡Cualquiera diría que me van a comer!

Évelyne se ponía colorada, balbucía algunas cosas para tranquilizarla. ¿No compartía ella, en cierto modo, la ferocidad de los compañeros, de la mayoría de los compañeros? Se escondía de Jeanne. Telefoneaba a Blois. Sí, pero ella pretendía la felicidad de Jeanne.

No sabía que eso también era lo que ella pretendía, con ferocidad.

—¡Por fin! —dijo Manon cuando se encontraron por primera vez en el Panier d'Or, después de haberse alegrado y molestado al ver que Jeanne se contentaba con una ensalada—. Vas a poder renovar el vestuario. ¿Cuánto pesas ahora?

—Sesenta y nueve, poco más o menos —dijo Jeanne (anticipando).

—¡Fenómeno! ¡Fenómeno! Nunca me lo habría creído... Bueno, ¿qué? ¿Te vienes esta tarde a las rebajas de Courrèges? Hay cosas estupendas que ya casi te puedes permitir...

—Digamos que no me lo permito.

—¿Por qué? ¿Todavía tienes complejos?

—No me saques de quicio, Manon. Nunca he tenido complejos. Tampoco he ido nunca a ningunas rebajas. No me voy a poner ahora...

—¡Pues claro que sí! ¡Precisamente! ¡Ahora que tienes una talla normal, te tienes que vestir normal! E incluso bien. Te voy a presentar..., hasta ahora no me atrevía, compréndelo, en la *boutique* Lanvin, son amigos míos, y en Christianson... Es un chico joven que está empezando; yo le echo una mano al «relaciones» en el lanzamiento; me hará buenos precios... Ya verás, es un poco extravagante, pero ¡qué confección! El pase es el miércoles, nos viene bien.

—Que sea cuando quiera, yo no voy a ir.

—No te comprendo. Te abandonas durante un montón de años, y ahora haces un esfuerzo sobrehumano, lo consigues, y ¿no estás como loca?

—¿Cómo te diría yo? Un poco quizá, sí...

—¡Ah!

—Pero no como tú piensas.

—O sea, ¿no tienes ganas de salir, de vestirte mejor, de que te vean, de disfrutar un poco con la sorpresa y la envidia de los demás?

—¿Quiénes son los demás?

—Nunca me había dado cuenta de lo egoísta que eres, Jeanne —dijo Manon.

Y se echó a llorar.

Jeanne se tomó el rodaballo al vapor. No se atrevía ya a decir una sola palabra, timidez rara en ella. «En el fondo, Manon nunca se ha dado cuenta de que sus historias de moda, de sombreros redondos o cuadrados, de cafés *in* y *out* no me interesaban. Creía que sería como ella si pesaba como ella. ¡Inaudito! ¡Y se pone a llorar porque le desmonto el tenderete y no me pongo a gritar: sesenta y nueve kilos! ¡Alabado sea Dios! ¡Me voy a suscribir a *L'Écho de la mode*!»

Estaba molesta e incluso se sentía un poco culpable de que Manon hubiera llorado. Afortunadamente, Manon no dejaba nunca nada a fiar, se cobraría cada una de las lágrimas que había derramado. Para empezar, con el rodaballo: «Evidentemente, siempre tendrás que estar privándote.» La tranquila respuesta de Jeanne: «Ya no es ninguna privación», le liberó el veneno que hasta ese momento, con excesiva indulgencia, había retenido:

—Tu régimen, por lo menos, habrá conseguido alguna cosa buena: estimular a Gisèle.

—¿A mi madre?

—¡Exactamente! Hace ya mucho tiempo que se lo vengo aconsejando: tiene cita en la clínica para el martes que viene. Para un *lifting*.

—¿Por qué no me lo ha dicho?

—Adivina, Divina... Porque hasta con un saco por encima te has convertido en una rival: has dejado de ser una hija. Incluso me había prohibido que te lo dijera, pero no sé cómo se me ha escapado.

—Yo sí que lo sé —dijo Jeanne—. Pero no entiendo por qué te ha prohibido...

—Miedo a que saques conclusiones precipitadas. Suposiciones poco agradables para ti.

—¿Éloi?

—Éloi. Puede decirse que tú misma te lo has buscado un poco. ¿No será por eso, en el fondo, por lo que conservas tus vestidos de siempre? Si es así, puedo decirte que estás muy equivocada. El mecanismo se ha puesto en marcha.

—¿Qué mecanismo?

—¡Pues el de la feminidad, anda! El de la competencia. ¿Hace acaso mucho que te dijo: «Eres tú quien debería casarse con Éloi»? ¡Ahí lo tienes! Cuando se podía pensar que eras fea, bueno, todo es relativo..., te lo cedía de todo corazón. Te pones bonita y...

—Todo es *muy* relativo...

—... se hace un *lifting* para superarte. Y se queda con Éloi. Y si quieres saber cuál es mi opinión, tu madre...

—No quiero saber cuál es tu opinión.

Jeanne se levanta y se va, deprisa, recogiendo al pasar su chaquetón de cordero que estaba colgado cerca de la puerta, mientras Manon, con los ojos brillantes de triunfo esta vez, y no de lágrimas, le larga la última andanada.

—¡Perfecto! ¡Déjame a mí la cuenta!

*

—Parece que el nuevo está buscando un apartamento cerca del colegio. ¡Qué raro! ¿No? Para ser un sustituto...

—¡Hombre! ¿Has oído algo, Jeanne?

—A mí, ya sabes que los cotilleos...

—Podías haber tenido alguna noticia más directa...

—... del verdadero titular del puesto...

—Si la tuviera, no diría nada hasta que no fuera una cosa oficial.

—Tienes razón.

—¡Tú estás tan por encima de estas cosas!

—Y, al fin y al cabo, profesores de francés no faltan. Por uno que pierdas...

Todos esperan una réplica mordaz. Pero Jeanne contesta con gran sencillez:

—Estáis subestimando a Didier Schmidt. Yo creo que, si no volviera, no iba a ser tan fácil sustituirlo.

Aquella respuesta siembra la duda. Menos en Rasetti, que se empeña en ver en Jeanne una especie de Mesalina y declara:

—¡Muy valiente! ¡Sí, señor!

*

Llegó a casa de su madre de improviso, contenta, dispuesta a exclamar, a admirar, con un ramo de freesias en una mano. Gisèle, tocada con un turbante que la cubría mucho, y un hematoma en la mejilla izquierda, aunque el resto de la cara indemne, un poco ojerosa, como enfadada, la recibió sin entusiasmo.

—Naturalmente, son freesias sin olor... Lo único agradable de las freesias es el olor, y los floristas se las han apañado para quitárselo...

Jeanne se echó a reír.

—¡Pero mamá! ¡Tú protestando! ¡Voy a terminar por creer que tenemos, a pesar de todo, algunos puntos en común! Son freesias de verdad, con olor, acércate y lo verás...

—Sí, tienes razón.

—¿Te las pongo en esta jarrita blanca?

—Como quieras. Odio los regresos. Esta casa llena de polvo, que huele a alcanfor...

—La asistenta ha venido dos veces mientras estabas en la clínica.

—Sí, también ahora tienes razón. A lo mejor es eso lo que me molesta. O verte ahí, vestida con un saco como siempre, y con tu ramito en la mano... Un *lifting* no es un cumpleaños.

—Es algo que también tiene que festejarse, ¿no?

—¿Tú crees? Según eso, podríamos celebrar una fiesta cada vez que se lleva a zurcir un abrigo.

—Eso ya prácticamente no se hace —dijo Jeanne, cuyos pensamientos se apartaban de la agresividad de la madre—. Y es una lástima. Te haces un siete y es casi imposible que te lo arreglen. Antes también se cogían los puntos a las medias.

—Sí. Cuando yo era joven. ¿Eso es lo que quieres decir?

Jeanne no salía de su asombro. ¿Dónde había ido a parar la indolencia graciosa de su madre, esa indiferencia amable a la que se había acostumbrado tanto que hasta le parecía agradable?

—Pero si eres joven, mamá... —musitó.

—¡Aquí tienes la prueba! —dijo Gisèle señalándose la cara.

—Siempre había creído que las mujeres que se hacían un *lifting* recuperaban el buen humor. Por cierto, ¿por qué no me lo habías dicho? Manon estaba al corriente, y yo...

—Manon me consiguió un buen precio en la clínica Février —dijo Gisèle con algo más de urbanidad—. ¡Y no pretenderás que una cosa así la vaya pregonando por todo París a trompetazos!

—¡Yo no soy todo París, me parece a mí!

Gisèle no prestó ninguna atención a la interrupción.

—Y, además, ¿cómo te has enterado?

—Por Manon, naturalmente. No pudo impedir contármelo. ¡Se creía que así me iba a resultar desagradable! ¿Te das cuenta?

Gisèle le lanzó una mirada penetrante, inteligente.

—¿Y te resulta desagradable?

—¡Pero mamá! ¿Cómo se te ocurre...?

Jeanne seguía sin salir de su asombro. Las suposiciones de Manon, las dejaba de plano a un lado, por parciales y malintencionadas. Pero aquella mirada que de pronto había desenvainado, no podía dejarla a un lado.

—Al contrario, estoy la mar de contenta. Me parece que no lo necesitabas, eso es todo. ¡Estabas tan joven!

—Siempre está una suficientemente joven para su propia hija. Y para las buenas amigas. Marguerite ha intentado por todos los medios disuadirme... ¡Ja, ja!

Tuvo una risita nerviosa, sin alegría. Iba y venía por la habitación, con aquel turbante que tan graciosamente se había colocado. Llevaba un delicioso conjunto de punto blanco ribeteado de violeta.

—¡Marguerite! ¿Quién le ha dado vela en este entierro? «Quizá yo no lo necesite; tú, en cambio, ¡*ya* no lo necesitas!» ¡Tenías que haber visto la cara que puso!

—Creía que os llevabais muy bien.

El cambio de su madre estaba dejando a Jeanne estupefacta. ¿Dónde estaban su indolencia y su distanciamiento?

—Muy bien, muy bien... Una amistad para las vacaciones. Pero hasta de los cuartos de baño mejor equipados se cansa uno. Y, además, este año he decidido ser ingrata. Ingrata y joven.

—Pero mamá —aventuró Jeanne, cuya curiosidad era siempre más fuerte que su delicadeza—, no pensabas así en tu edad, el año pasado... hace unos pocos meses.

—Tú tampoco pensabas en tus kilos —le respondió Gisèle, a bocajarro.

Jeanne nunca se había hecho muchas ilusiones con su madre. Recuerda de qué modo tan encantador y tan poco maternal, después de la muerte de Ludivina, Gisèle, poniéndole al mal tiempo buena cara, había declarado: «No está mal, al fin y al cabo, que no nos conozcamos mucho. Vamos a poder ser amigas enseguida...» Pues claro. Pues claro. Y puedes elegir libremente entre un minúsculo salón octogonal (de la época de los *boudoirs*), con todas las paredes cubiertas de espejos, o un trastero con un ventanuco, muy claro, bautizado despacho, como lugar en el que te vas a meter, sin alterar el delicado equilibrio del gran salón, del comedor con empapelado de falsos relieves (cenadores pompeyanos), de la «habitación de los armarios», mucho más grande que el despacho.

Y dices —a los catorce años, te sacan del granero inconfortable y cálido, siempre habías dormido en la misma habitación que la vieja gruñona, parca en palabras y en sonrisas, pero no en ternura oculta: irradiaba como una estufa—, y dices: «¡Estoy bien en cualquier parte, mamá!», porque sabes ya que no estarás bien en ninguna parte. Y encuentras una compensación a ese juego madre-hija, que sólo es un juego, a esa educación, a esa huida ante el más mínimo choque que podría desvelar una verdad, ante cualquier rasguño que podría hacer que brotara la sangre; encuentras una compensación en la libertad de desarrollarte como quieras, de leer lo que quieras, de comer lo que quieras, de vestirte como quieras, de ver a quien quieras. Gisèle se limita a comentar, ante las sugerencias más descabelladas de una chica de quince, dieciséis, diecisiete años: «¡Qué original!» Ni siquiera sabes de verdad, por otra parte, si te ha oído.

De modo que hoy es una sorpresa. Un momento de distracción, una serie de coincidencias —ese *lifting* que había obligado a Gisèle a pensar que lo necesitaba... La irrupción de Jeanne, que ella quería evitar—... Al brutal: «Tú tampoco pensabas en tus kilos», Jeanne contesta con una violencia aún controlada:

—¿Tú qué sabes?

¿Qué sabes tú de tu hija, salvo que no se parece a ti? ¿Qué sabías de tu madre? ¿De tu marido fugitivo? ¿De ti misma? De acuerdo, se puede vivir así, e incluso con bastante soltura. Pero entonces no se sale. No se sale uno de su personaje. No se evoca, ni siquiera involuntariamente, lo que habría podido ser: una relación de verdad.

Gisèle se azara.

—Eres tan poco comunicativa...

—¿Por culpa de quién?

—No sé qué es lo que me estás echando en cara —dice Gisèle, que ha vuelto a recuperar el control—. ¡La culpa, la culpa! ¡Porque me he hecho un *lifting*! ¡Sólo puedes soportarme vieja y decrépita!

—Le estás dando la vuelta a la situación.

—¿A qué situación? —dice Gisèle con un ligero aire de reto—. ¿Acaso hay alguna situación?

Jeanne la observa, con el turbante enrollado, el ojo morado disimulado con una crema antiojeras, y el rechazo molesto de todo cuanto podría ser, entre ella y su hija, un acercamiento o incluso una confrontación.

—No —dice—. No hay ninguna situación.

Donde no hay amor, no hay conflicto posible. Gisèle parece aliviada.

—¿Quieres una taza de té?

Sin esperar a que le conteste, se va a la cocina. Jeanne grita:

—¿Te echo una mano?

Gisèle contesta:

—No innovemos.

*

«¿De qué te sorprendes?», piensa Jeanne. Y se sorprende. Ha salido de los jardines Velpeau y regresa a pie hacia la distante plaza de Italia. Se ha puesto a caminar desde que empezó el curso, y encuentra en ello cierto encanto. Pasa por delante del Bon Marché, coge la calle Saint-Placide, llena de escaparates de mil colores, sube por el bulevar Montparnasse hacia el Observatorio; después, los Gobelinos. Camina sin prisas, sin cansarse. Va en zapatillas de deporte.

«¿De qué te sorprendes? ¿De que no te quiera? Eso ya lo sabías.» También sabía que en su próxima visita se encontraría a Gisèle adornada con esa amable indiferencia que hacía pensar a los amigos que era «tan fácil vivir con ella». Sí, se la encontraría como siempre. Pero, por un momento, la máscara se había resquebrajado. ¡Qué coincidencia entre las apariencias y el fondo de las cosas! ¡La máscara de Gisèle resquebrajándose en el momento preciso en que se hace un nuevo rostro! Y, a través de las grietas del rostro y del humor, por fin desvelada, la faz de piedra del desamor.

*

¿Es de verdad, como decía Manon, una rivalidad femenina lo que ha transformado los sentimientos, tibios indudablemente pero afectuosos, en fría animadversión aparecida repentinamente? Gisèle tampoco quiso mucho a su madre, y de ella no puede decirse, sin embargo, que proyectara ninguna sombra en el plano femenino. ¿Quizá es que nunca ha amado a nadie? «Si me quiere, ¿por qué me ha dejado?», preguntaba la niña Divina. Torpe y apiadada, la abuela decía: «Te ha dejado aquí porque no sabe cocinar.» Y luego daba con las palabras necesarias: «Para que yo esté contenta.» Por un tiempo, bastaba.

¿Más preguntas? Gisèle se había vuelto a casar. No había que molestar. Acaso luego, seguramente luego... El amor materno estaba ahí, como un depósito en un banco, una reserva para casos de desgracia. Lo que en algunas familias modestas se llama «guardar para cuando no haya». No hay que tocar el botín, pero proporciona un sentimiento de seguridad. Es como un seguro. Se sabe que se tiene, ¿no es eso? También se tiene la sed.

Eran recuerdos que Jeanne llevaba en su interior desde hacía tiempo. Desde los tiempos en que había decidido llamarse Jeanne, ser fuerte y alegre, y seguir adelante. Se había blindado. Había engordado. Había renunciado a los recuerdos, a las recriminaciones, a echar de menos. Había tomado la vida como era. Había tomado a Gisèle como era. Había olvidado hasta los refinamientos culinarios de Ludivina. Un día, se había comido una hamburguesa sin la más mínima vergüenza. A partir de ese momento, podía tragarse lo que fuera.

Por lo menos, así lo creía ella. Los recuerdos, las esperanzas vanas, estaban guardados en un cofrecito que nunca se abría, como cartas, mensajes del pasado. «Un día las volveré a leer, cuando vea las cosas con más claridad», piensa uno. Mientras tanto, se poseen. Están ahí. Por la noche, se pasa una mano tranquila, segura, por la caja y no se da uno cuenta de que está llena de polvo. Los recuerdos están ahí. Un día, la memoria nos proporcionará la llave perdida, el cajón se abrirá y aparecerá el querido e irrisorio tesoro, y subirá a la superficie la postal amarillenta: «Tu mamá que te quiere», el anillo demasiado pequeño, un botón, un medicamento pasado de fecha, un pañuelo. Polvo de rosas, polvo de lágrimas. Pero ¿y si la llave abre un cajón vacío? ¿Una caja limpia e inmaculada, un joyero cuyo fondo de satén o de algodón blanco denuncia que nunca ha servido para nada?

Jeanne busca una huella, una palabra, una prueba, un testimonio mínimo que convierta su inmensa sorpresa en una buena cólera roborativa, rápidamente encendida y rápidamente apagada, un rencor contra el que luchar. «Hoy estaba de mal humor... Hay mujeres para las que los años representan una verdadera catástrofe... Se ha sentido vieja porque ha querido rejuvenecerse, y por eso la ha tomado conmigo por un momento...» Pero, para creerse eso, tendría que encontrar en la caja una fiesta de cumpleaños celebrada, un boletín de notas leído, un consejo dado, incluso un reproche, una de esas preciosas banalidades sobre las que uno se dice: «No sé para qué guardo esto.»

La caja está vacía.

¡Ay, Ludivina! ¡Dolorosa pérdida: las palabras que uno intenta recordar, que uno quiere exprimir para sacarles un poco más de jugo! ¡Dolorosa la voz perdida, el rostro que se borra —dejadme que lo vea un instante, sólo un instante—! La suave imagen que nos da calor, por la noche, como una manta de pelo largo, que después, comida por la polilla, se llena de agujeros, de rotos, y cuya urdimbre, cada vez más fina, deja pasar el frío. ¡El gran frío negro que también va a devorarnos!

Dolorosa pérdida... Pero más terrible aún es la carencia. La ausencia. No, la ausencia no, puesto que la ausencia es también pérdida, tiene un contrario. Lo que nunca ha sido: la ventana condenada en el pasillo de la infancia. Hemos pasado por delante doscientas veces, silboteando, arrastrando un carrito metálico o con una cosa cualquiera que nos acaban de dar, hemos rayado la pintura vieja con un poco de miedo divertido. Un día, decidimos saber. Habíamos crecido, éramos personas instruidas y fuertes, habíamos mirado de frente los rostros gesteros del reloj, al hombre escondido debajo de la cama. Habíamos visto muertos, la mar de tranquilos a fin de cuentas —a un tío segundo, con un rosario entre los dedos y la nariz en la boca, piadoso polichinela, y a ti, pobre abuela, toda apretada en tu horrible traje de los domingos, a quien le había sido infligido el oprobio supremo: ser enterrada de mal humor—. Teníamos ya edad de hacer preguntas, de abrir la ventana.

Con violencia, si era necesario.

Antes, habían existido las leyendas. No sólo está la abuela para mentir. Sino una conspiración entera alrededor de algunas infancias. No se quiere reconocer que les ha faltado algo. Que el armario cerrado con llave estaba vacío. Que el desván nunca visitado no contenía ningún tesoro. A esos niños se les dice que han comido carne todos los días, que no han carecido de nada. Que alguien los quería. Un padre muerto joven, pero heroicamente (la foto de encima del piano). Un tío comerciante, que tenía un reloj de oro y unas rodillas muy anchas sobre las que sentarse. Un abuelo sepia, empleado probo, leal obrero, a veces campesino: en tal caso, no tenía igual en prever los cambios de tiempo, y comprendía el lenguaje de las cabras.

No hay más remedio que ir haciéndoles un ajuar a esos niños curiosos que rebuscan por los rincones, que se temen algo. Con los muertos es con lo que mejor se consigue: la madre arpista, bordadora, que hacía unas mermeladas como nadie y, además, con los ojos más bonitos de Angulema. Con los vivos, se citan frases trasplantadas, se justifican las ausencias reales, físicas. Lo más duro son las ausencias-presencias, pero siempre queda el agotamiento en el trabajo, lo preocupado que está contigo y, en casos verdaderamente desesperados, la enfermedad. El hígado. ¿Qué quieres contestar a todo esto? *El pulmón...*

Y luego, también se puede esquivar, volverse uno hacia una buena madrina, hacia un primo que, con diez años, nos regaló su peonza. La criada vieja y sus macarrones reblandecidos. Son ya los últimos cartuchos. Las almas bondadosas hacen un esfuerzo supremo. ¿Y el perro, Calino, lo recuerdas? Rubio, con una mancha negra en el hocico. ¿No? Me queda un gato tuerto, muy feo, pero tan inteligente... Nunca cruzaba cuando el semáforo estaba en verde...

Cualquier cosa, antes que decirle a aquel niño que fuimos: «No fuiste amado. No hay nada en el armario, en el cajón, en la cajita de marquetería.»

—¿Y la ventana?

—Nunca hubo ninguna ventana, ¿no te lo dijeron? Ni siquiera condenada. Es una ventana falsa. Son cosas que existen, inventadas por los arquitectos. Para que no se diga que a la familia, a la casa le falta algo. Una ventana falsa. *Por la simetría*.

*

Andar incita a la meditación. Después de los Gobelinos, Jeanne constata (es una manera de escapar al monólogo en el que ella misma se desdobla y se vuelve a encontrar) que el *descubrimiento* se bifurca y se completa. Hacer de la privación riqueza, sea. «¡Ahora sí que he dado con lo que había que dar!» Pero ¿y de la nada? ¿Cómo darle la vuelta a lo que no existe?

*

Jeanne llegó a su casa. Abrió el buzón mecánicamente y encontró un sobre que venía de Blois. No lo abrió. Después de la caminata por París, por aquel fino polvo de sol, agotada por el desarrollo de su propio pensamiento más que por el camino recorrido, no se sentía con fuerzas suficientes para enterarse, por pluma de Didier, de que ya nunca lo volvería a ver.

Se metió en el ascensor, con la carta en la mano. Bérengère, su vecinita, la alcanzó corriendo en el momento en que la puerta se cerraba.

—¿Qué tal, señorita?

—Bien, gracias.

No habría podido decir mucho más.

—Parece cansada —dijo Bérengère, que nunca puede estarse quieta, nunca puede dejar de dar saltitos primero con un pie y luego con el otro, de manipular los botones del ascensor con esas bonitas manos un poco sucias que tiene—. Pero está mucho mejor así, ¿sabe? En primavera, se puede comprar unos vaqueros.

Salieron. Bérengère rebuscaba la llave en la cartera.

—¡Jo! ¿Qué habré hecho yo con la llave...? Siempre la estoy perdiendo. Lo mismo tengo que pasar por su casa, saltando por el balcón... No, aquí está. ¡Adiós!

Jeanne abría ya la puerta cuando Bérengère añadió aún, antes de desaparecer por el pasillo verdemar:

—¡Ánimo!

Ánimo... Se dejó caer, por costumbre, en una silla de la cocina. ¿Por qué no delante de su mesa de trabajo, donde la vista sobre el tilo, sobre la catalpa, era la misma? Es que la mesa de trabajo implicaba una actividad: abrir el sobre, despacio, con un abrecartas (tenía uno que le había regalado Évelyne, *Recuerdo de Alpe-d'Huez*, con una florecilla inclasificable, nunca lo utilizaba: pensaba en él como medio para hacer más lento el proceso); abrir despacio el sobre; ir a la firma, asegurarse de que era efectivamente una carta de Didier, leer quizá antes que nada la fórmula final que le diría todo: «Con cariño. Un beso... Te escribo otro día más detenidamente...» Y después, ya no hay más cartas, pasa el cartero, pasan las semanas, y se esconde uno para ir a abrir el buzón a horas inverosímiles.

Tenía la carta delante, encima de la mesa de la cocina; Jeanne estaba sentada, con la espalda encorvada, enfundada en su vestido de otoño, de fina lana granate, cortado como un saco, con una pieza delante y un cuellecito. Y, desde lejos, habría podido creerse que no había cambiado, que no había adelgazado, porque la tela hacía como masa y la sombra le daba pesadez a los contornos. Ella misma tuvo de pronto la sensación de no haber cambiado, porque el peso perdido le caía encima otra vez, la carne se le hinchaba de angustia a su alrededor, dejándola clavada en el sitio, desvanecidas su libertad y su ligereza de las últimas semanas, por culpa de una carta. Por culpa de una caminata en el atardecer dorado. Por culpa de una pena aún desconocida, juguete de niño, regalo de cumpleaños que olvidaron traer y descubierto demasiado tarde para poder utilizarlo... Esta vez, había ido por delante de su pena, ya la había vivido, deseo, posesión, abandono. ¿Tenía que deshacer el camino andado, por culpa de una carta?

¡Bueno! Lo había perdido. Pero, una vez más, una vez más, ¿se puede perder lo que nunca se ha tenido? Ella le había interesado, lo había divertido. Le había prestado orgullosamente modestos servicios. E incluso —hasta ahí llegaba— le había gustado. Ahora que veía todo aquello con un poco de distancia, se daba cuenta de que ella le había gustado. Volvía a ver su mirada un poco titubeante, juguetona, y, en el fondo, ese pequeño y vacilante resplandor de un deseo que podría crecer y ser llama alta, o morir con un soplo de viento.

Esa perplejidad, ese instante en que todo se inmoviliza y puede bascular, Jeanne había notado que existía cuando, en clase, Geneviève, aquel famoso día, había ido hacia ella, bonita por un momento, deseable por un momento, portadora por un momento de todo un misterio de feminidad sobre sus hombros rellenos. «La zaherí, la humillé. Y ahora me llega el castigo.» La carta. No por lo que la carta contenía, cosa que ella ignoraba, aceptaba, sino por lo que la carta despertaba de humillante sufrimiento en ella, de individualidad. Volvía de nuevo a ser Jeanne, una mujer aún joven, ni fea ni tonta, cabezota, testaruda, demasiado orgullosa para no verse como era, para pedir lo que no podía obtener. Ya no era la niña Divina que saltaba a la comba en el patio del Relais, que nada tenía y nada deseaba.

Castigada. A lo mejor, ni siquiera eso. ¿Geneviève turbada? ¿Quién sabe si, apenas alcanzada por la violencia desordenada de Jeanne, no había seguido sencillamente su camino, indolente, impávida, sorda y muda como el deseo? Jeanne perdía ya de vista aquella silueta con la que, por un instante, se había identificado...

Ahí seguía la carta. Jeanne estaba cansada por el largo paseo. Se anda, se anda, y sólo al llegar se da uno cuenta de que ya no le quedan fuerzas. Observaba la carta, observaba a través de la carta. Observaba el rostro de su madre a través de la carta. El de su abuela. El sufrimiento no cabe en una carta, no. No es algo que pueda ser dado por un solo ser. Es una inmensa música que se eleva desde todas partes, y cada nota es una flecha, y cada flecha causa una herida. Y, sin embargo, como sólo hay una melodía, sean cuales sean los contrapuntos, sólo hay una herida. Sólo hay un hambre...

De pronto, se encontró de nuevo en el desierto del verano, caminando. La soledad. Dios, quizá. ¿Dios, este vacío, esta carencia? ¿La cosa a la que no se le puede dar la vuelta, que no tiene ni revés ni derecho, ni densidad, ni extensión? ¿La nada que no es lo contrario del todo? ¿El vacío que no es lo contrario del lleno?

¿Son éstas las verdaderas letanías?

No se habría podido mover de la silla de la cocina, tal era el agotamiento que le producía aquella reflexión. «¡Y pensar que hay quien me considera intelectual!» Alargó su bonita mano hacia el cenicero, las cerillas. Se quedó mirando cómo ardía la carta.

*

Dos días después, Évelyne, sentada en una silla de hierro junto a la fuente de Luxemburgo, que está rodeada de rocalla y representa a Acis y Galatea amenazados por Polifemo, se retorcía las manos, como otra ninfa desconsolada. Jeanne y ella regresaban del Instituto Pedagógico Nacional, de recoger material didáctico.

—Pero ¿cómo has podido hacer semejante cosa? ¡Quemar la carta sin leerla! ¿Has perdido la cabeza, o qué? ¡Dios sabe lo que te decía! Pero ¿por qué lo has hecho?

—Un impulso...

—¿Quieres decir que tenías miedo a saber?

—A lo mejor.

—Pero, vamos a ver, ¡razona! ¡Si hubiera querido romper toda relación contigo, no habría tenido ninguna necesidad de escribirte!

—Precisamente... Ha podido preferir poner las cosas en claro antes de volver...

Évelyne se puso imperceptiblemente colorada.

—¿No será que todavía no puede regresar?

—Ya lo veremos.

—No seas cabezota, Jeanne. ¡No te va a haber escrito sin razón alguna! Y tú..., ¿sabes una cosa?, ¡hay momentos en los que ya no te reconozco!

—¡No nos vamos a quedar hablando de lo mismo toda la vida! ¿Sabes que Selim me ha pedido perdón?

—¡No me digas!

—Sí. «Le he hablado mal, le he faltado al respeto que le debo...», etc. Manso como un corderito. ¡Cuando me había tratado de puta, como quien dice! ¡Y sin paliativos!

Y añadió, pensativa:

—Es verdad que los turcos descienden de los mongoles, ¿no? Tiene algo de mongol en la cara, la tez, y Geneviève...

—Estás desviando la conversación.

—Sí.

—La carta... ¿Y si fuera una declaración... O sea, una proposición?

—A lo mejor es eso lo que me da miedo saber...

Hasta aquel momento había permanecido de pie, pero se dejó caer, desanimada, en uno de los durísimos asientos que hay alrededor de la fuente. No conseguiría escapar, lo sabía, a la afectuosa preocupación de Évelyne, y, de todos modos, le dolían los pies.

Todavía hacía bueno, un poco húmedo; la penumbra verdusca, la rocalla entremezclada de hierbas blandas, creaban una intimidad glauca, propicia para las confidencias.

—Pero bueno... ¿es que ya no lo quieres?

—¿En qué te basas para decir que lo quería?

—Divina, no seas ridícula. Soy yo, tu amiga, quien te hace la pregunta, no Élisabeth. Sabes perfectamente que lo único que me interesa es tu felicidad.

Había dicho aquello con una energía poco habitual y, como si las dos mujeres hubieran intercambiado sus papeles sin querer, fue Jeanne quien suspiró.

—Demasiado. Te interesa demasiado.

—¡Ah!

—Te interesa demasiado a tu manera. Es verdad que he cambiado un poco y es verdad que eso te molesta. Gorda o delgada, lo que tú deseas es que cambie lo menos posible.

—Algo hay de eso —convino Évelyne.

Pugnaban en franqueza, pero no por ello dejaba de ser una pugna.

—Lo quería. Lo quiero, si prefieres. Pero eso no lo resuelve todo. Para ti, la cosa es muy simple: yo lo quiero, y si el también me quiere, es un final de película de vaqueros y salimos del cine. Pero para mí...

—¿Para ti? —preguntó Évelyne, como si se esperara una mala pasada.

—Para mí, es un poco más complicado. Se ramifica. Si me quisiera hoy y no hace seis meses, es que lo único que le gusta es la apariencia. O, por lo menos, mi apariencia lo bloqueaba.

—¡No es eso en absoluto! —dijo Évelyne con una repentina autoridad burguesa—. Si te quiere hoy, te quería hace seis meses. Sólo que te quería como a una chica sin dote, con la que no se puede uno casar cuando se es razonable: tú misma me dijiste que te habías sentido molesta cuando te presentó a su madre. Y si te quería entonces, lamentando... las apariencias, te quiere hoy que ese obstáculo ya no se presenta. ¡Te quiere como a una chica con dote!

—¡Oh! —se quejó Jeanne con una voz de pronto infantil—. ¿Tú te crees que Didier es tan razonable como dices?

Una pelota lanzada por un niño vino a golpear la pata de la silla de Jeanne. Un niño pequeño llegó corriendo, recogió la pelota, abrió la boca, la volvió a cerrar, se marchó lentamente, serio.

—¿Lo ves? —suspiró Jeanne—. Cuando los niños ya no te quieren, es una señal...

—Pero ¿cómo puedes decir...? Pero ¿estás hablando en serio? ¡Lo único que ha pasado es que ha visto que nos molestaba, y ya está!

—Ha visto otra cosa. Didier verá otra cosa cuando vuelva.

—Le concedes mucho crédito a la opinión masculina...

«Mi dulce Évelyne también ha cambiado —pensó Jeanne—. Da la impresión de que tiene algo contra mí.»

—Tú has visto que he cambiado.

—¡Anda! ¿Yo he dicho eso? —dijo Évelyne, que empezaba de nuevo a mentir.

Afrontar las cosas nunca había sido su fuerte.

—Que lo que antes me bastaba ahora ya no me basta...

—¡Pero eso es perfectamente normal! ¡Y está muy bien! —exclamó Évelyne, sintiéndose de pronto nuevamente animada—. Esa amistad platónica no tenía ningún sentido. Esa vida que llevabas era una vida demasiado austera. En el fondo, estabas muy sola. Como cuando murió la abuela. ¡Y por eso te habías puesto a engordar!

—¡Fantástico! —dijo Jeanne, desanimada.

—Te va a volver a escribir. Yo... O sea, seguramente te va a volver a escribir. Júrame que si te vuelve a escribir...

—¿No quemaré la carta? Te lo prometo. Te la daré a ti. Y si me pide que me case con él, echaremos la contestación a cara o cruz. Además, te voy a decir una cosa, la quemé, pero después ¡me roía los puños de rabia!

La cara de Évelyne era como para pintarla.

Ya era hora de regresar. Frente a ellas, dominando la fuente, el cíclope amenazaba con una enorme piedra a los minúsculos amantes.

—No hemos pagado las sillas —observó Évelyne—... Pero, por favor, Jeanne, suponte, suponte...

—¿Suponte qué?

—¿Me estás tomando el pelo, o qué? Suponte que te pide que te vayas a vivir con él... ¡Bueno, son cosas que pasan! ¿Te atreves a decir que rehusarías? ¿Que tendrías alguna buena razón para rehusar?

¿Cómo contestarle a Évelyne que, de pronto, se había convencido de que rehusar era poseer mejor? ¿Cómo meter aquella noción en ese cerebro lleno de claros de luna, de balbuceos tiernos y de canastillas de bebé? «Bueno, además, lo mismo soy yo quien está desvariando...»

—No lo sé —dijo honradamente—. No lo he pensado... ¡A lo mejor perdía la cabeza como una niña y me iba derecho a encargar cosas a Pronovias!

—Pero ¿no estás segura?

Se habían levantado. Évelyne observó que, con el vestido amplio pegado al cuerpo por el viento, Jeanne parecía casi esbelta, apetitosa en cualquier caso. «Jodible», por emplear un término que Évelyne odiaba pero que Xavier empleaba cada dos por tres.

—Y sin embargo —prosiguió (en inconsciente asociación de ideas con el vestido, el viento, la silueta por un instante desvelada)—, te escribe, y no te ha vuelto a ver desde entonces...

—¿Te parece que tendría que haber caído de rodillas delante del sobre y haberle dado gracias a Dios?

En resumidas cuentas, sí. A Évelyne le parecía que sí. Ella estaba dispuesta a darle gracias a Dios cada vez que Xavier volvía a casa antes de las doce de la noche. Pero se conformó con decir:

—No has contestado a mi pregunta.

Habían echado a andar, con dos bolsas grandes de papel fuerte llenas de pinturas pastel rebajadas, de compases y de transportadores de ángulos.

—¿Cómo quieres que conteste? —dijo Jeanne, según llegaban al final del Observatorio, donde hay otra bonita fuente—. Es como si dijeras: suponte que un autobús te pasa por encima, ¿te morirías? Esas cosas son imprevisibles.

Reflexionó un momento más y concluyó:

—No contesto a tus preguntas porque no son verdaderas preguntas. La verdadera pregunta es: suponte que te lo pide, y suponte que le dices que sí, y suponte que todo sale normalmente, ¿eso resuelve el problema de la saciedad? Dicho de otro modo: ¿soy feliz o vuelvo a engordar?

Habían pasado ya la hermosa fuente, con su globo terráqueo y sus tortugas, y se encontraban en el refugio de la parada, esperando el 83, que las llevaría hasta la plaza de Italia.

—¿La saciedad? —dijo Évelyne, a quien el sol, el nivel de la conversación y una cerveza que se habían tomado en los jardines desorientaban un poco.

—Sí, la saciedad. ¿Cómo dices tú?... ¡Sólo Dios basta!

Al oír el nombre de Dios, Évelyne se había relajado e iluminado a un tiempo, como si se hubiera mencionado a un pariente querido y respetado, a una amistad común que ahora descubría, encantada, entre ella y su amiga.

—¡Ah! —exclamó, feliz, rindiéndose—. Evidentemente, si se trata de una búsqueda de Dios...

«Todo te está permitido», parecía dar a entender. Desgraciadamente, Jeanne, en el mismo momento, con uno de esos cambios súbitos que nada en el mundo le haría perder, volviendo atrás en la conversación, enunció con gravedad:

—Me pregunto si se podrá vivir en Blois...

Se miraron y se echaron a reír, justo cuando el 83 se paraba. El conductor las encontró bonitas.

*

Qué raro: cuanto más le parecía que iba comprendiendo a los demás, menos la comprendían a ella los demás. Se daban pequeños roces (sobre todo con Élisabeth), apartes que sorprendía sin querer. Parecía que estuvieran esperando algo de ella, pero ¿qué? Que estuvieran vagamente descontentos con ella, pero ¿por qué? ¿Porque estando ahora, en apariencia, más cercana, siendo más parecida a los demás, se esperaba que todo su comportamiento, en definitiva, se alineara?

El calor se prolongaba, duraba. La gente hablaba, no sin cierto esnobismo, de verano indio. Jeanne no había vuelto a ir a casa de su madre. Manon no le había vuelto a telefonear. Didier no había regresado, no había escrito. Selim se cruzaba con ella sin una palabra, con la mirada inquieta, suplicante: «¿No está usted enfadada? ¿No está usted de parte de ellas, verdad?» Ella volvía la vista, molesta. Geneviève no había regresado. La joven y bonita Jacqueline se empeñaba en seguir llevando pañuelo. ¿Escribirle a Didier? Jeanne iba relegando la tentación de un día para otro. El asunto del velo se propagaba, los periódicos hablaban de ello. Élisabeth estaba preparando otra reunión en la que hablaría de tolerancia, de patrimonio cultural, de neutralidad absoluta, cosa que le sería bastante fácil porque en el colegio había muy pocas musulmanas y muchas asiáticas. Éstas, al menos, no creaban incidentes y consentían en hacer gimnasia. Porque ya ¡hasta la gimnasia planteaba problemas!

*

—¿Os habéis dado cuenta? ¡*También* hay oporto!

—¿Cuándo van a sacar el whisky?

—Yo creía más bien que iba a haber restricciones.

—¿Porque Élisabeth está de mal humor? ¡Precisamente! El oporto es para disimular...

—En cualquier caso —dice Jean-Marie—, las patatas fritas siguen siendo las de siempre.

—¡Hola, Jean-Marie! ¿Vuelves al redil? ¿Qué tal la niña?

—Es un niño.

—¡Ah, perdón! Con éste ya van tres, ¿no?

—Cuatro. Se llama Fabian.

Foto. Embelesamiento.

Entró Élisabeth, esbelta, severa, sonriente, toda de gris, con un leve tul victoriano.

Leyó el informe mensual que nadie escuchaba nunca.

—¡Jeanne, estás guapísima! ¡Guapísima! —susurró Laure Lécuyer.

—Todavía no, pero todo llegará.

—Jeanne, ¿por qué eres siempre tan desagradable con Laure?

—La encuentro demasiado gorda —dijo Jeanne ahogándose de risa.

—Si a la señora Berthelot no le importara dejar un momento sus apartes, quizá pudiera decirnos algo sobre los nuevos horarios. Hablaremos del asunto de los velos al final de la reunión. ¡Ah! A propósito de horas de clase, os comunico que he recibido la dimisión definitiva de Didier Schmidt.

Un silencio. Miradas.

—Me parece que no es ninguna sorpresa para algunos de vosotros...

Nuevo silencio. La voz de Élisabeth va suavizándose poco a poco, haciéndose más etérea, cosa que indica un grado más en su mal humor.

—Porque en la carta que me dirige, perfectamente amable, por otra parte, y en la que me explica los problemas familiares que justifican su dimisión, cita de pasada a algunos compañeros a los que, según parece, ya ha prevenido... el señor Savary... la señora Berthelot... la señorita Grandier...

—¡Jeanne lo sabía!... ¡Lo sabía! —le sopla Rasetti, excitadísimo, a Laure Lécuyer, que parece decepcionada.

—Y algunos más, de los cuales, y lo digo con sorpresa, ninguno ha juzgado oportuno prevenirme. No puedo ocultaros que esta falta de confianza, que prefiero pensar que no ha sido calculada para ponerme en un aprieto...

—¡Ay, ay, ay! —exclama Rasetti.

Jean-Marie se turba. Évelyne se pone colorada. Jeanne se reserva para hacer algunas preguntas después. Hay algo que no comprende. Está la carta quemada, claro. Pero...

—... me plantea un problema...

—Otros dirían me entristece, me da rabia, pero a ella le plantea un problema... —dice Jean Bénamou, profesor de gimnasia, casi en alta voz.

—Eso quiere decir que no lo va a olvidar —suspiró Jean-Marie.

—Pero, entretanto, pasemos a los nuevos horarios antes de...

—¿Lo ves? Ha dicho entretanto... Eso quiere decir...

—... pasar a la tradicional copa que debería significar, que significará en el futuro, así lo espero, confianza y amistad.

Elevó ligeramente la voz al final de la frase, como si estuviera haciendo un brindis. Inmediatamente después, Évelyne leyó con voz apagada las propuestas de horario. Se dijeron unas cuantas cosas de principio sobre el velo. Élisabeth estuvo noble. Después, acercaron la mesita de ruedas.

Élisabeth se llevó a Jeanne aparte.

—Por favor, Jeanne, de mujer a mujer...

«¡Mujer, ella! ¡Mujer, yo!»

—¡*Tú* por lo menos habrías podido decírmelo! Ahora me encuentro frente a dificultades administrativas.

Jeanne se puso colorada y sintió que Élisabeth lo apreciaba como un indicio de culpabilidad. ¿Qué decir? ¿Que no había leído la carta en la que Didier, con toda seguridad, le hablaba de su decisión? Eso no había quien se lo creyera.

—No estaba segura de que la decisión fuera definitiva —dijo por fin.

—¡Ah! —dijo Élisabeth, como si hiciera un descubrimiento de importancia—. ¡Claro!

Jeanne observó en aquel rostro frío una especie de distensión, de alivio, que despuntaba como una aurora.

—Probablemente has intentado disuadirlo...

Jeanne seguía sin saber por dónde iban los tiros.

—Más o menos —dijo, prudentemente.

Los bonitos ojos de Élisabeth, tan tranquilos, tan claros, se calentaron; cogió una copa de la mesa que pasaba junto a ellas, empujada por Évelyne, y se la ofreció a Jeanne como en gesto de reconciliación.

—Lo comprendo. Lo comprendo —dijo afectuosamente—. ¡Lo que habrás sufrido!

Estaba radiante, los humores se habían disipado.

«¡Ésta sí que es buena!», pensó Jeanne con cierta vulgaridad.

*

Cruza el patio. Desde la última visita a su madre, ha progresado en sus reflexiones, en el descubrimiento de un mundo tan diferente como el paisaje que tenía a sus espaldas, y más complejo, ingenuo, abundante, un vergel cándido de colores francos... Si se pudiera deshacer el camino andado, ¿lo haría? Enfrascada en sus pensamientos, sin darse cuenta, se choca violentamente contra una chica que sale del gimnasio y lanza un grito.

—¡Ay, perdona! ¿Te he hecho daño, Jacqueline?

La hija menor de Selim, y la más bonita, tiene los ojos llenos de lágrimas y se frota con gesto de dolor el brazo izquierdo. Es menuda, delgada, morena; tiene catorce años, es lista, viva, y frágil también. Geneviève era más grave, menos inteligente, terca en su especie de nobleza. Jeanne se había dicho a veces, antes del encontronazo terrible que tuvieron, que al verla se adquiría consciencia de que determinada forma de inteligencia degrada. La inteligencia de Élisabeth la esteriliza. La inteligencia de Didier —que acaba de demostrar una vez más con su carta de dimisión—, esa inteligencia que la conmovió, en la que vio y en la que encuentra delicadeza, ¿demuestra también conocimiento, aceptación, quizá un poco baja, de los engranajes del colegio? ¿Lo que ella llama «ser razonable»? La inteligencia de Jacqueline, que es vivacidad, encanto de niña, apertura, no es una tara. Pero puede ser una debilidad.

—¡Claro que te he hecho daño! ¡Estás pálida!

¿Es acaso éste el momento de la intervención que Selim está esperando de ella?

—¿Tienes un rato libre, Jacqueline?

—Es que... tengo que ir a cambiarme, señorita.

El pantalón corto obligatorio se ha convertido en bermuda, el niqui es de manga larga, pero al fin y al cabo Jacqueline ha hecho algunas concesiones a las que Geneviève siempre se había negado, habiendo llegado incluso, en los últimos tiempos, a no presentarse siquiera en clase de gimnasia.

—Adelante... Pero lo que llevas puesto está muy bien. Muy suficiente. No se te puede pedir más. ¿Sigues viendo a Geneviève?

—¡Claro! Nos vemos en el salón de té marroquí. ¿Lo conoce?

¡Que si lo conoce!

—Y ¿no ha cambiado de opinión?

—¿Geneviève? Antes habría que matarla.

Jeanne no puede aguantarse y se ríe.

—Tampoco hay que dramatizar. Comprendo todas las convicciones, pero también hay que tener un poco en cuenta las normas escolares... Bueno, el caso es que contigo parece que todo se arregla. Nadie te persigue.

—¿Ah, no? —dice Jacqueline, como desafiante.

Y le tiemblan los labios. Se sube la manga izquierda del niqui, le enseña a Jeanne el brazo contra el que había chocado. Cubierto de círculos amarillos, violeta, azules desde el codo hasta la muñeca.

—No me pega, no. ¡Me aprieta, me aprieta! Tiene mucha fuerza, ¿sabe? Y me dice: «Cederás antes de que se te parta el brazo. No me preocupa mucho...» El que dice «no me preocupa mucho» es él.

—¡Qué horror! ¡Pero qué sadismo! O sea, quiero decir ¡qué crueldad!

—Me dice: «¡Conque quieres ser una mujer, eh! ¡Pues te voy a hacer algunas pulseras!» Y aprieta.

—¡No, por favor! ¡Y yo que había intentado razonar con él!

—Ya lo sé, señorita —dice Jacqueline con una sonrisita irónica y amable—. Usted creía que estaba haciéndolo como debía.

—¿Y él no lo ha comprendido?

—Yo no sé lo que usted le dijo —contesta Jacqueline, que ya no se sonríe—. Él lo que ha comprendido es que queremos llevar velo para... para pasarlo bien con cualquier chico joven y que no puedan reconocernos.

—Eso no es en absoluto...

Jacqueline levanta hacia Jeanne su fino rostro oliva, en el que se lee una puesta en guardia, una advertencia.

—No le diga nada más, señorita Grandier. Ya sé que lo hace con toda la buena intención, pero no le diga nada más. Usted le dice una cosa y él comprende otra. Es peor el remedio...

—¡Pero es que no puedo permitir que siga haciendo lo que está haciendo!

De pronto, el rostro almendrado de Jacqueline vuelve a estar resplandeciente, iluminado de malicia.

—No se preocupe. Yo me defiendo. Cuando acaban las clases, me siento en la ventana de la conserjería, la que da a la calle, muy maquillada, hasta me pongo pestañas postizas, y me pongo a mirar a los chicos, que me dicen cosas. Si a *él* no le gusta, le contesto: «¿Quieres que me ponga un velo?» Y leo el Corán en voz alta, como si estuviera aprendiendo una lección, y le digo: «¿No has querido que siguiera yendo al colegio?» Y no puede decirme nada, porque lo mejor de todo es que este año tenemos a Mahoma en el programa...

Y echa a correr, riéndose, bajándose la manga sobre el brazo magullado. Jeanne se pregunta si, a pesar de su brutalidad, no es Selim quien más pena le da.

*

—¿No podrías dejar de hacer punto dos minutos?

Están sentadas en la cama de Évelyne. Una cama grande, cubierta con un *patchwork* ingenuo. El *patchwork* es obra de Évelyne; el papel japonés de la pared, que simula con un encanto un poco empalagoso un cenador, ha sido Évelyne quien lo ha pegado. Si a Jeanne se le ocurre decir que quiere tomar té, vendrá acompañado con las mermeladas de Évelyne. Y, a pesar de todo, los ejercicios de Évelyne están corregidos, sus clases —un poco tristes, bien es verdad— están preparadas; tiene tres hijos, un marido absorbente y, además de la madre atrabiliaria y del viejo gruñón de Enghien, se ocupa también de obras diversas, de los Deshollinadores católicos, de las Esposas de militantes amputados... ¡qué sé yo! Y, en cuanto tiene un minuto, va tejiendo cuadraditos de colores y los va apilando en una cesta, para hacer luego colchas, cojines, mil pequeños horrores, cubreteteras... «Pero soy injusta, ni siquiera será feo», piensa Jeanne, entre cariñosa y harta. Incluso con una pizquita de envidia ante aquel interior cuidado, peinado, delicado, en el que cada detalle se corresponde, se ajusta con todo lo demás y se convierte en parte integrante. Si quitas un cubretiesto, la vida de Évelyne se derrumba. Se *desteje*.

—¿Te molesta de verdad que haga punto?

—Me pone nerviosa el *tiquitic*... Y luego, en el fondo, me digo que yo también hacía punto... Quiero decir que era como un conjunto lógico, mis kilos, mi desorden, mis libros, mi buen humor... No molestaba a nadie, y ahora, como se me ha escapado un punto, toda la malla se deshace.

Excepcionalmente, Évelyne parece haber comprendido de inmediato. Deja el entrechocar de agujas y levanta la vista.

—¿Quieres decir que no nos hemos portado bien contigo en el asunto de Didier?

—¡Que no os habéis portado bien! ¡Eso es tener sentido de la lítote! ¡Estaban todos ahí, como caníbales, esperando a que yo me derrumbara!

—Todos no... Bénamou, que te aprecia mucho, no; ni Jean-Marie, ni...

—Ni dos o tres sordomudos que no están al corriente. Evidentemente, no os habéis portado bien. Y luego, cuando Élisabeth leyó la carta y todos creyeron comprender que yo lo sabía, ¡la decepción! ¿No los viste? ¡Qué buena Lécuyer! ¡Y qué bueno Rasetti!

—Te vas a buscar a los más...

—¿Y Élisabeth? ¿Sabes lo que me dijo Élisabeth? Ya viste lo decepcionada que estaba porque no me puse a lloriquear, y porque tuvo que confesar que no íbamos a tener el divertido número en el programa de la recepción...

—Siempre estás exagerándolo todo.

—Pues luego vino a hablar conmigo, y yo, como te puedes imaginar, estaba que no sabía muy bien ni qué hacer ni qué decir, porque no sabía lo que ella creía que yo sabía...

—¡Pirandelliano!

—Así es que le di a entender que había intentado más o menos disuadir a Didier, para que se pusiera un poco contenta, y me dijo: «¡Lo que habrás sufrido!» Seguramente se creyó que yo le había suplicado y que él me había dejado plantada, ¡y gozaba! ¡Un verdadero orgasmo!

—Las groserías no explican nada —dice Évelyne, volviendo a coger el punto para ocultar que se encuentra incómoda, cosa que a Jeanne le resulta divertido—. Desde luego, no estás del todo equivocada. Pero yo creo que es más envidia que maldad. En el fondo, en el colegio hacías un poco lo que te daba la gana. Horarios, programas, tiempo libre, hacías juegos malabares con todo lo establecido... Vale, hacías más que los demás, diez veces más que los demás, pero era porque te gustaba... Estabas sola, pero dabas la impresión de que también te gustaba... ¿Cómo decirte? Nunca te quejabas de lo que cobrabas, ni de los impuestos, ni de la familia. No correspondías a tus señas particulares de mujer sola, enseñante, asalariada... ¡Eras tan libre! Entonces, todos se consolaban pensando en..., bueno, pensando en tus kilos: «¡Pobre Jeanne!» Se las arreglaban sin problema para tenerte lástima. Para decirse que, en cierto modo, *pagabas*. Ahora que lo has conseguido...

—¡Todavía me encuentro demasiado gorda!

—Puedes perder cinco kilos más, o incluso diez. Pero ya no hay por qué tenerte lástima.

—¿Y entonces, han tenido que buscar otra cosa?

—¡Eso es!

—¿El amor desdichado?

—Exactamente.

—¡Qué desgraciados! —dice Jeanne sin rabia—. ¿Y tú?

—Y yo ¿qué?

—Tú sabías que yo no sabía. Entonces, ¿por qué no me lo advertiste?

—¡Hace tres días que me dijiste que no habías leído la carta!

—Pues en ese mismo momento habrías podido...

—Me dejaste tan confusa... —dice Évelyne.

Intentó explicar.

—¿Sabes? Cuando algunas veces hemos hablado del..., o sea, del sexo...

—Por llamar a las cosas por su nombre —dijo Jeanne, en son de burla.

—¡No te burles! ¡Para una vez que hablamos en serio! Bueno, pues cuando hemos abordado el tema, te has dado perfectamente cuenta de que entre Xavier y yo había una atracción muy fuerte...

—Eso había creído comprender. No, no me burlo. Ya me conoces, es que soy así, siempre tengo que reírme de todo. Pero no me burlo. De verdad. Sigue.

—Y sabes que, a veces, a propósito de los hijos... o de las otras mujeres... he llegado a preguntarme si no le concedía demasiado. Por ejemplo, cuando le parecía inútil regalarles nada a las gemelas por Navidad, con el pretexto de que habían tenido clases particulares de matemáticas, o cuando me dijo que había estado diez días de rodaje en las Bahamas, cuando en realidad sólo fueron siete, y cuando...

—¿Total?

—Pues que me hacía el firme propósito de ponerlo...

—¿A régimen?

—Más bien de ponerme a régimen —dijo Évelyne con una sonrisa muy amable—. Pero nunca lo conseguía. Y yo misma me lo recriminaba. Me ha pasado una docena de veces. Y por mucho que te burles de mis escrúpulos, y por mucho que Xavier y yo estemos casados, desde el momento en que yo no estaba moralmente de acuerdo, ¿no era, en cierto modo, impureza?

—Yo no soy tu confesor...

—Y esas veces... No te enfades, pero pensaba en ti, me preguntaba si no lo hacías un poco adrede para..., o sea, quiero decir, si te habría resultado fácil ponerte un poco más...

—¿Presentable?

—Si quieres. Si tú no pensabas que valía más que vuestra relación, de Didier y tuya, siguiera siendo pura...

—Si hay una palabra que me saca de quicio...

—Ya lo sé. Pero no encuentro otra. Y el otro día me preguntaba si no era por eso por lo que habías quemado la carta.

—¡Pero si no sabemos lo que decía la carta! ¡Y Didier no va a volver!

—Yo creo que volverá para verte —dijo Évelyne, poniéndose colorada, como culpable.

Jeanne no abusó de lo que adivinaba.

—Es posible.

—Suponiendo eso... O sea, suponiendo que algo era posible, quemaste la carta.

—Eso es un hecho.

—Bueno, pues, ¿lo ves?, no me he atrevido hasta ahora a hablarte de todo esto porque... Supongo que existe una relación con lo que me decías el primer día de clase... ¿Te acuerdas? El descubrimiento... Una experiencia que me decías que habías vivido, una especie de ascetismo... Te confieso que aquel día te escuchaba, me interesaba, claro, pero como te conozco desde siempre y desde siempre has sido exagerada... Cogía y dejaba lo que me parecía.

—Muchas gracias —dijo Jeanne ofendida, como si sus palabras hubieran sido siempre expresión de una estricta y sobria verdad.

—Pero desde el asunto de la carta...

—¿Me tomas en serio?

—Pues... ¡casi! —le dijo Évelyne, en una tímida tentativa de humor.

—¿Te acuerdas de que, antes de las vacaciones, me habías hablado de un libro que leíste para Didier, y habías dado con un trozo en el que se describían torturas...?

—¡Ah, sí! ¡Qué horror! Me daba la impresión de que estaba yo misma allí metida, descuartizada por cuatro caballos.

—En el fondo, es que sentías que el dolor o, si te fijas en el otro aspecto de las cosas, la crueldad humana es eterna. A través de la anécdota, siempre es el mismo mal, la misma esencia de las cosas, pequeñas o grandes.

—¡Sí, eso es! ¡Eso es! ¡Me has comprendido perfectamente! —exclamó Jeanne con entusiasmo.

Y le dio un beso a su amiga, tirando el cesto y esparciendo por el suelo los ovillos de lana.

—Entonces, puede decirse lo mismo... Espera, que los recojo... ¿Quieres un poco de té?... de amor. Siempre es el mismo, Romeo y Julieta, Didier, Xavier... Es como un rayo de luz pasando por un vaso. El vaso permanece indiferente.

—Sí, bueno, tampoco hay que exagerar —dijo Jeanne, que, no sin cierta inquietud, veía a Évelyne ya a punto de levitar—. Eso es el principio. Pero la verdad es que hay vasos en los que preferiría no beber. Sí, me apetece una tacita de té...

Fueron a la cocina.

—Voy poniendo el agua a hervir. Bueno, pues, la luz pura, sin el vaso, ¿no sería lo que yo llamo Dios? Y lo que tú intentabas contarme, ¿no sería una especie de experiencia espiritual? ¿Como un principio de conversión, en definitiva?

—¡Es que tu vocabulario! —se embaló Jeanne—. Pero todo es experiencia del espíritu, al fin y al cabo. ¿Sabes en lo que pensaba la primera vez que fui a la consulta del horrible Pierquin?

Le contó la anécdota de los patés de carne humana: el viajero que, sin saberlo, había cenado en casa de unos verdugos y comido carne de condenado a muerte. ¡Los comensales se santiguaban en homenaje al hombre que estaban saboreando en la empanada!

Évelyne pareció desagradablemente impresionada y le echó una ojeada dubitativa a la bandeja en la que había puesto unos cuantos bollitos.

—¡Comemos ideas! ¡Comemos símbolos! ¡Comemos siempre algo distinto de lo que comemos! Si estás comiendo conejo tan a gusto y, bruscamente, te dicen que es gato...

—¡Qué horror!

—Sólo era una comparación. Pero válida. Porque tú no sabes que es gato...

—Pero si sólo existe la idea, el espíritu, ¿lo demás es indiferente, según tú? ¿Eso no es un poco contrario al dogma de la Encarnación?

—Te estoy contando una experiencia. No la estoy vertiendo en un molde.

—No me lo dices todo —dijo Évelyne, en una de esas inspiraciones superlúcidas que de vez en cuando la iluminaban.

Echó el agua hirviendo sobre el té, llevó la bandeja a la habitación, se calló inteligentemente.

Jeanne se decidió de pronto. Algún día se lo tendría que decir. ¿Quién sabe si, sin quererlo, Évelyne no le aportaría algo de luz al Episodio? Se lo contó.

—Supongo que, al principio, lo único que pretendía era demostrarme a mí misma que no tenía miedo... Y además, tenía una curiosidad tonta por saber si se atrevería a volver, si iba a repetirse...

—Pero... ¿nunca te has preguntado quién podía ser?

—Claro. Habría podido saberlo. Con una palabra, con un gesto... Pensaba que podría saberlo en cuanto quisiera. La vez siguiente, por ejemplo. Luego, ya no quise saberlo. No saberlo formaba parte del placer. Lo contrario de Montaigne, ¿sabes? Porque *no* era él, porque *no* era yo... A principios del verano volvió a ocurrir otra vez más. Había apagado todas las luces porque tenía jaqueca, se me había olvidado distraídamente echar el cerrojo a la puerta. Decidí que aquélla era la última vez. Romper el vaso, para seguir con la metáfora.

—¿Y...?

—Y después sentí un hambre feroz. Un hambre como una quemadura. Como un castigo. El cuerpo que se me rebelaba, que quería imponer su ley... Pero había tomado precauciones. No tenía nada de comer en casa, voy comprando al día, y ya había cenado...

—¿Entonces qué? —preguntó Évelyne, embelesada con aquella novela.

—Entonces registré la bolsa de la asistenta; se la deja muchas veces en el armario de las escobas y la recoge al día siguiente. Y me comí lo que había, como por obligación.

—¿Qué era?

—Un bote de comida para perros.

Évelyne se precipitó al cuarto de baño.

Habían tomado el té, Jeanne estaba algo pálida. Pero se había recuperado rápidamente, se había enjugado la humedad de los ojos, sonado y reído. «Va y se ríe, después de lo que me ha contado! —pensó Évelyne—. ¡Es que es indestructible!» Y a la admiración de siempre, a la indulgencia, a la sorpresa, venía a mezclarse de nuevo una imperceptible huella de amargura y de envidia.

*

—¡Ha cruzado el patio y se ha metido derecho en los vestuarios!

—¡Qué cara!

—¡Parece como si hubiera matado a alguien!

—¡O se dimite o no se dimite!

—El pobrecillo del sustituto estaba que no le llegaba la camisa al cuerpo. Debía de creerse que le iban a quitar el puesto...

—¿Y ella? ¿Qué ha hecho?

—Tú tendrías que saberlo, no has dejado de fisgonear ni un minuto.

—Es que daba un reflejo en el cristal.

Risas.

—¡Lo ha confesado! ¡Lo ha confesado! ¡Estaba espiando!

—¿Qué? El conserje también estaba mirando. ¡Todos somos humanos! ¡Quiero saber cómo termina el idilio!

—Siempre he pensado que Jeanne te hacía tilín, Rasetti. ¡No era normal que siempre estuvieras metiéndote con ella!

—No lo hacía con mala intención...

—¡No, claro! ¡Era para darle gusto!... Mira, ya se van, ya se van... Selim los está observando desde el gimnasio.

—Seguro que se van a cenar...

—¿Tú crees que ha vuelto expresamente por ella?

—Eso es que le ha mandado los tiques del peso...

—¡O una foto!

—¿Creéis que le va a pedir la mano?

—¿Y por qué no? —interviene Élisabeth, asomada a la ventana desde su mesa de trabajo, por encima del grupo—. ¡Venga, dejad de mirarlos así, por favor! ¡Es una indecencia! ¿Y por qué Jeanne no iba a casarse? ¿Qué tiene de más que las otras?

—¡De menos que las otras! —rectifica, sin pensarlo, Jean-Marie.

—Lapsus revelador —dice Rasetti con insolencia.

*

Didier había vuelto a ella con el rostro radiante de placer. Jeanne lo encontró sutilmente cambiado, ¿o era ella? Más rústico, más directo. Sin embargo, Blois no es el campo.

—¡Querida Jeanne, he pensado mucho en ti, ayer y hoy! Hice una parada en Anet, ya sabes: las *Fábulas de ríos y de fuentes* de nuestro amigo Pontus de Tyard.

—Así es que no hay nada que hacer: ¿vas a dejar la tesis? (Había dicho «así es que» por la carta: ¿quién sabe si no se lo anunciaba ya entonces?)

—Hablaremos mientras comemos. ¿Quieres venir a comer conmigo? Me han dicho que han abierto un chino nuevo aquí al lado.

—De acuerdo —dijo toda nerviosa—. Pero vámonos. Me saca de quicio que me observen desde lejos.

—¡Ni siquiera se esconden! ¡Es que eres un auténtico compromiso!

Se rieron. Se fueron por el gimnasio, cruzándose con Selim, que parecía furioso. La verdad es que ella estaba bastante contenta de que le hubiera dicho que era un «auténtico compromiso». ¿Y la carta? ¿Cómo prever que iba a regresar tan pronto? ¿Hacer alusión? ¡Había estado tan segura de que se trataba de una carta de despedida! ¿Había estado tan segura?

Fueron andando hasta el restaurante. Estaba todavía todo limpio, impecable. No duraría mucho así. Se habían instalado en una mesa tranquila, una especie de nicho con un paisaje pintado al fondo, un pescador entre juncos. Jeanne pensaba en que por Blois pasa el Loira. Estaba tan aturdida por la sorpresa, que tenía como sueño. Afortunadamente, había conseguido disimularlo, con lo que daba incluso la impresión de que estaba tranquila. Tranquila y contenta, era de buen tono.

Así estaba él, tranquilo y contento. Parecía que nunca se hubieran separado. Le explicó. Muy simple. Un tío suyo había muerto en accidente de coche, cuando se iba de vacaciones; sin ningún otro pariente «varón», atendiendo a la petición insistente de su madre, Didier continuaba con el negocio (seguramente también le decía algo en la carta. Daba la impresión de que daba por sentado que ella estaba al corriente. ¿Serrería? ¿Negocio de vinos?). En resumidas cuentas, heredaba. Jeanne había sonreído a su pesar. Así es que se trataba de eso. En el fondo, siempre había sido un heredero. Alguien que espera en el bordillo de la acera, en la terraza de un café, o sentado en la hierba, no muy lejos de la carretera, el coche que tarde o temprano pasará a recogerlo. Un chico que se lo puede permitir todo porque está de paso. La complicidad que existía entre ambos estaba basada en aquel malentendido. Ella también había creído que todo le estaba permitido por un privilegio de la naturaleza, ella también esperaba, pero de otra manera. Hoy, comprendía su error: se había equivocado de espera.

Tomaban sopa pequinesa. Estuvieron de acuerdo en que estaba mejor que la del Lagon Bleu. Didier, con el semblante quizá algo más vivo, la palabra algo más pausada, proporcionaba ahora algunos detalles con una tristeza decorosa. El tío era soltero, no se entendía con la señora Schmidt, era el hermano de su padre. Evidentemente, si Didier hubiera querido, hace tiempo que habría podido trabajar con el tío, pero entonces su madre lo habría pasado mal... Por otra parte, ella había querido que estudiara. Cuando les trajeron el cerdo y el pato, acababa con el balance de la situación. Su madre estaba enferma. Algo del corazón, una cosa realmente preocupante... Tarde o temprano, llegaría un momento en que él se encontraría solo...

Jeanne admiraba aquel bello rostro inocente, que hablaba de la muerte como se habla de una cosecha, con naturalidad. Sin embargo, quería a su madre, puesto que había estudiado y renunciado a una asociación interesante para no contrariarla. Tampoco detestaba a su tío, ya que, si no hubiera sido por su madre, habría trabajado con él a gusto. Explicaba todo aquello con sencillez.

«Lo sabía —pensaba Jeanne con estupefacción—. Sabía que era eso.» Y habría podido pensar que era *sólo* eso, pero no cometió semejante error. El hombre que se dice que ya ha encontrado su sitio, delimitado su tarea, y en ello se queda, y se queda satisfecho, no es tan corriente como podría pensarse. La «fiesta», como habría dicho el joven de antes de las vacaciones, había terminado. Y así estaba bien. Una fiesta no puede durar toda la vida. Y su alivio se dejaba ver sutilmente en su comportamiento. Hablaba menos deprisa, con menos ligereza, sopesando cada palabra; masticaba los alimentos con una lentitud nueva. Ya no era un chico joven entretenido en futilidades, era un hombre que acababa de firmar su pacto con la vida. Irradiaba una belleza obtusa, impenetrable, nutritiva. Sólo con mirarlo, Jeanne sentía como una debilidad en las piernas.

Hasta perdió la facultad de indignarse cuando (pensando inocentemente que ella se lo sospechaba un poco) le reveló que, preocupado por el teléfono desconectado, por la falta de noticias, había intercambiado durante el verano, e incluso últimamente, numerosas llamadas telefónicas con Évelyne, que lo había tenido «al corriente de todo». «¡Qué fuerza de voluntad!», repetía con admiración. «¡Qué fuerza de voluntad!» —y ella estaba tan lejos de aquella idea, que tardó un momento en comprender que hablaba de su régimen.

Entonces llegó a la carta. Habló de ella con una frialdad voluntaria, como de un proyecto de acomodamiento, como de un contrato. Dijo que había intentado ser preciso, pero que al mismo tiempo se había preocupado por mostrarle las diversas posibilidades que se presentaban. El «asunto» podía ofrecerle, a ella, si le interesaba, «un puesto de gestión» o «responsabilidades». No tardaría en ponerse al tanto de todo. Estaba seguro de que... Hablaba con seriedad y con esa gran madurez viril que tienen a veces los niños muy pequeños. Y ella se sentía henchida de ternura. Se le resquebrajaron las defensas que había ido elevando en su interior contra él. Y, aunque ni siquiera le tomó la mano en aquel momento, le pareció que lo recibía en ella, totalmente, con el remordimiento de haberlo diferido tanto y con el terrible miedo de que todo aquel movimiento interior, aquel derrumbamiento geológico de las capas de su ser, tan ferozmente defendidas, sólo pudiera servir en definitiva para hacerlos sufrir a ambos.

Porque era efectivamente eso lo que estaba diciendo: que podrían vivir juntos, hacer su vida juntos —ése era el contenido de la carta—. Jeanne se preguntó si no lo había sabido desde el primer momento. En cualquier caso, sabía perfectamente lo que la otra Jeanne, la de hacía seis meses, siete meses apenas, habría respondido. Aquella Jeanne independiente y alegre, un poco temeraria, y viva, y ávida de todo, inocente y de mala fe, que quería a aquel muchacho sin discernimiento, lo deseaba sin saberlo, con la carne emocionada, el corazón prudente... ¡Aquella sí que habría sido una mujer para él! Se habría apasionado por Blois, la serrería, el negocio de vinos. Habría hecho amigos que habrían dicho, como sus compañeros de ahora: «¡Esta Jeanne es que es imposible!» La gente se preguntaría cómo habría podido casarse con ella, elegirla —él, tan guapo chico—. Ella se habría introducido en los «negocios». Se habrían hecho populares. Todo había entrado en la balanza, la báscula de baño de Anubis. Él había dudado por culpa de esos kilos de más. Ella los había perdido, y ya no era la misma.

Seguía hablando con una ternura conyugal, apacible, inocente. Se extrañó de que a los chinos no les gustara el queso, de que no lo fabricaran. Sin embargo, tienen leche. Se preguntaba lo mismo sobre los japoneses, los vietnamitas, los laosianos. Después, volvió al edificio que estaba levantando.

Sabía lo que a ella le gustaba la enseñanza. O creía saberlo. No pretendía anexionársela. Indudablemente, trabajar juntos sería muy agradable, pero en la ciudad hay centros privados de enseñanza. Su madre conocía a mucha gente en Blois y, aunque estuviera enferma, movería cielo y tierra...

«¡Dios mío —se decía Jeanne—, si por lo menos pudiera acordarme de cuándo basculó todo! ¿Con el primer Episodio? ¿Con la batalla de la escalera? ¿Con la orgía de las tostadas? ¿En qué momento dejé de ser esa Jeanne que habría querido a Didier, a la madre de Didier, a los chicos de Blois... y a la que le habría encantado la cara de Élisabeth al ver que me marchaba? Que no sería como soy en este preciso instante (en que, a pesar de todo, noto el calor del cuerpo amado), separada de mí misma, de él, errante por un camino oscuro, batido por los vientos, que no conduce a ninguna parte...»

«¡No es justo! ¡No es justo!», gritaba en su interior su indesarraigable vitalidad. Pero ¿era justo imponer a Didier una compañera insatisfecha, peor aún, que le comunicaría su insatisfacción?

Dijo que tenía que pensarlo. La independencia, la soledad amada, mil banalidades que él escuchó con aire grave. Una crisis por la que estaba pasando. Pidió tiempo, reflexión, cobardemente. Y viéndolo asumir con tanta y tan sencilla dignidad una situación que habría podido parecerle ridícula (le concedía sin problemas un plazo de reflexión, digamos que hasta fin de año, ¿por qué no hasta Navidades?, podría ir a pasar unos días a la propiedad, completamente aparte de la casa de su madre, y darse así mejor cuenta, apreciar lo que podría suponer estar fuera), Jeanne se encontraba desgarrada de pesar, de remordimiento. Ya ni sabía, de verdad, por qué actuaba así, aunque tenía la impresión de que debía hacerlo. Nunca jamás había tenido tanta hambre. Se dejó más de la mitad de la banana flambeada en el plato.

Generosamente, con una generosidad que lo avejentaba, Didier no insistía. Ella vería, juzgaría; volverían a hablar. Él tendría que pasar un fin de semana al mes en París. Y, mientras le traían la nota, seguía con aquel aire grave que ella no le conocía. Se había convertido de golpe en el más viejo de los dos, el más razonable. Él, ¡Didier!, el hermano mayor que aguarda paciente e indulgentemente. Tenía una cartera nueva, de piel de cerdo, que Jeanne sintió deseos de besar. Durante toda aquella exposición, que él se había esforzado por que fuera fría y concreta, ella lo había adorado, como se adora a un hombre con el que se podría vivir años y años sin cansarse. Y aunque diera la impresión de estar seguro de sí mismo, seguro de ella, sordo a sus argumentos (bastante endebles, todo hay que decirlo), y ya metido en los preparativos de una fiesta de la Razón, ella no se había sentido herida. Seguramente él no comprendería nunca. Bueno, y ella ¿qué es lo que comprendía de lo que irrevocablemente había ocurrido? Didier se había puesto una gabardina Burberry, nueva también. Había dicho: «Hasta pronto. No. Hasta muy pronto.»

¿Quién sabe lo que ella haría? Si se iba a vivir con él —si se casaban, poco importa—, sería probablemente una desgracia para ambos. Así es que ¿cómo podía dudar? ¿Contar con una casualidad que tomara la determinación en lugar de ella? «He perdido todo mi orgullo —se había dicho entonces ella, según caminaba junto a él, a la salida del restaurante—. ¿Es posible? También eso he perdido...» Y sentía ganas de llorar, pero con la emoción de quien se acerca demasiado a un misterio.

No tuvo tiempo de pensarlo, porque él se marcho rápidamente; y, cuando entraba en el patio del colegio, vio un amontonamiento de gente junto a la conserjería, abrirse las dos puertas de la verja y entrar una ambulancia en el patio, transformado bruscamente en una especie de teatro. Una decena de profesores —los que tenían clase durante la primera hora de la tarde— estaban allí agrupados, como un coro antiguo, mientras dos enfermeros sacaban con mucho cuidado, por la estrecha puerta de la conserjería, una camilla en la que iba Jacqueline, envuelta en una manta.

—Pero ¿qué ha ocurrido?

—Un gesto desafortunado...

—No sabe la fuerza que tiene...

—Un padre puede...

—Se ha dado contra un pico de la lavadora.

Selim estaba como derrumbado en los tres escalones circulares de acceso a la conserjería, y sollozaba.

—Estamos esperando a la policía —le susurró Jean-Marie a Jeanne, que intentaba ver algo.

—¿Está muerta?

—No, no. Se trata de una simple conmoción. Le ha dado una bofetada y ha caído...

—... ¡contra un pico...

—... de la lavadora!

—Tiene que hacer una declaración.

La policía llegó en un tiempo relativamente breve.

—¿Es de nacionalidad francesa?

—¿Ha habido algún testigo del accidente?

Los alumnos estaban saliendo del comedor o llegando para la primera hora de clase, preguntaban, exclamaban. Los agentes terminaron llevándose a Selim a la comisaría para que hiciera una declaración. El conserje lloraba a sus anchas; el bello rostro redondo le brillaba de sudor. Y protestaba mientras lo arrastraban, sin demasiada brutalidad, hacia el coche de policía aparcado en el callejón: «¡Todo esto lo he hecho por ustedes! ¡Lo he hecho por Francia!»

«Esto ya es demasiado», pensó Jeanne. Y, como se deja uno resbalar después de haber luchado un buen rato, agarrado al borde de un abismo, así se abandonó, en el mismo patio del colegio, a su primer ataque de nervios.

*

¡Lo absurdas que son las cosas!

Un poco más tarde, sentada en la cocina de su casa, sin hacer nada, con una coartada: está descongelando el frigorífico. Con un cuidado nada habitual, coloca unas bayetas en el suelo, alrededor del aparato abierto. Sus gestos son lentos. Su pensamiento discurre con dificultad. Esta última semana de octubre ha estado bastante repleta, y el buen tiempo persistente es también un elemento de malestar, contrasta con acontecimientos desagradables, incoherentes. La marcha de un Didier sonriente, seguro de sí, la detención de Selim, la actitud de Évelyne, tan pronto expansiva como, de golpe, hostil, la negativa (telefónica) de Gisèle a ver a su hija. «No. Cuando me encuentre totalmente presentable... —Pero si ya te he visto. —En contra de mi voluntad. Ni siquiera quiero que me vea la asistenta, así es que...» A Jeanne le parece, como si estuviera iniciándose en una lengua extranjera, que oye las frases de Gisèle por primera vez, según las va pronunciando. «Pero ¿y la compra?» «Éloi me manda todas las comidas desde la cocina del Relais.» ¿Qué diría Manon?

En el colegio, afortunadamente, la cosa va menos mal. Bueno, menos mal es una manera de hablar. El asunto de Selim ha empujado a las sombras, de momento, lo que Rasetti llama el «idilio» de Jeanne. Jacqueline ha sufrido una conmoción y todavía está en el hospital Lariboisière, pero, con lealtad, ha confirmado la tesis de la caída desafortunada. Y la propia Geneviève (¿por solidaridad con su padre?) pretende venirse de nuevo a vivir a la conserjería y promete «desvelarse». ¡Ay, ya es demasiado tarde para encontrar un arreglo! Aunque a Selim lo suelten dentro de unos pocos días, lo que todo el mundo llama ya el «asunto del velo» ha adquirido un volumen tal en otros centros y en la prensa, que Élisabeth ha decidido deshacerse de Selim y de su familia, a pesar de la intervención de la mayoría de los profesores. Entre ellos, Jeanne. Probablemente montaría una campaña más eficaz si no estuviera desgarrada por problemas bien diferentes. Eso al menos parece pensar Selim, con el que se encuentra cuando está ya dejando libre la conserjería y que le lanza una mirada de puro odio. «Siempre se ha creído que tenía más poder del que tengo...», piensa Jeanne, sin concederle mucha importancia. ¿Qué puede importarle ahora incluso el odio? Va a ver a Jacqueline. «Cuando esté un poco más tranquilo, dímelo, le buscaré algo.»

«Si al menos le hubiera pegado *para* que se pusiera un velo —declara Élisabeth con calma—, quizá habría podido mantenerlo en su puesto. Habría podido pasar por tolerancia, por amplitud de miras. ¡Pero lo contrario!... Todo el mundo se volvería contra mí. ¡Se terminaría diciendo que fui yo quien le aconsejó que le pegara!» Lógica imperturbable. Lo peor es que quizá no esté del todo equivocada. Entretanto, considera que la víctima es ella. Y pensar que hay un montón de chicas musulmanas que *se niegan* a llevar velo, que habría podido acogerlas bajo su manto, con las que habría podido dialogar, organizar a lo mejor un seminario... ¡Pues no! ¡Parece como si todas estuvieran en otro sitio! ¡A ella le han tocado las reaccionarias que quieren ponérselo!... ¡Pobre Élisabeth!

¡Lo absurdas que son las cosas!

Por la mañana, se subió a la báscula de baño, cosa que no había vuelto a hacer desde el verano. Sesenta y nueve kilos doscientos. Así es que no le había mentido a Manon. Seguramente sesenta y nueve kilos, para una mujer que mide un poco menos de un metro setenta, es todavía demasiado. Pero ya no es obesidad. Ya es una persona «normal», como dice Évelyne. «Lo soy, debo serlo», eso es lo que todo el mundo piensa. Incluida Évelyne que, consciente o inconscientemente, forma parte de la conspiración que Jeanne nota a su alrededor, y que le *pesa*. Un peso sustituye al otro. Una mujer «normal» debe tener una vida «normal». Casarse con Didier sin titubear. Llegar a la hora. Hacer su trabajo sin alegría, sin fantasía. No saltar las barreras del metro. Una mujer «normal» tiene que desembarazarse, a la vez que de sus kilos superfluos, de esas pequeñas excentricidades, de esas rarezas que le perdonaban porque, en definitiva, le tenían lástima. Pero ella, naturalmente, como de costumbre (Évelyne no dudó en decírselo, e incluso con un ápice de acritud), ha ido demasiado lejos.

Évelyne intentó (es buena, en el fondo) encontrarle una coartada: Dios. Pero el Dios de Évelyne... «A lo mejor es que yo soy muy difícil. Pero el Dios de Évelyne...» Lo que tiene de bueno el Dios de Évelyne es que se le puede sacar un método. Progreso, sacrificio, recuento de méritos, todo eso establece un nexo entre las mil tareas abrumadoras que Évelyne se echa encima. Eso las hace quizá un poco más interesantes, como los episodios de las viejas novelas policiacas: la hora del tren no tiene la más mínima importancia en sí, pero si permite arrojar una sombra de duda sobre el modo como ha empleado su tiempo el culpable, se convierte en algo excitante. Y el culpable, para Évelyne, es Dios. Lo pierde, lo vuelve a encontrar, lo busca como en esas viñetas para niños, que hay que girar en todos los sentidos. «¿Dónde está escondido el cazador?»: en las ramas del árbol que dibujan la silueta de un hombre. «¿Dónde está el ama de casa?»: en la puerta del horno, metida entre los rasponazos de la pintura. «¿Dónde está ese Dios de quien se dice que es bueno?»: en las exigencias de las gemelas, las inocentes maldades de Francis, la plancha, las buenas obras inútiles y amables...

Y, desde luego, hay algo que es más agradable y más difícil —pasamos de los cubos para niños al rompecabezas de dos mil piezas—, cuando Évelyne dice gravemente: «Se puede encontrar a Dios hasta en el amor físico.»

¿Se miente a sí misma? ¿Traiciona a Xavier? Si, en sus retozos conyugales, Évelyne encuentra lo que ella llama «Dios», ¿no es porque en ese momento Xavier ya no es Xavier, sino esa transparencia, esa peripecia traspasada por un deseo tan viejo como el mundo, un amor impersonal que se parece al hambre? ¿Acaso tú, Évelyne, que coleccionas las fotos, los artículos, todo lo que se refiere a Xavier, estás buscando en él, en el fondo, sinceramente, de verdad de la buena, algo distinto de lo que yo buscaba y hallaba en el Episodio?

Pero a lo mejor era a Dios a quien traicionabas, pobrecita mía, tú que no soportas ni la música moderna, ni la cocina india, ni nada de lo que es fuerte. A lo mejor Xavier, con sus papeles de comandante de navío, de leal segundo de un capitán Intrépido, con sus sienes plateadas, sus ojos duchos en la mirada recta de los semihéroes, a lo mejor Xavier es tu Dios. A lo mejor le concedes tú todos los derechos y prerrogativas, incluso hacerte sufrir voluptuosamente. Incluso ocultarte para siempre tras sus anchos hombros (con un poco de relleno, ésa es la verdad, cosas del personaje) la sombra peligrosa que se perfila detrás de tu amor.

¿Detrás de Didier?

Didier, sin duda, que es más sencillo, más guapo, más íntegro y más valiente que Xavier, podría llegar a ser para Jeanne lo que ha sido el Episodio. Y ella no lo desea. Hay en ella algo que se resiste —una animalidad, una maternidad loca que grita: «¡No! ¡Eso no! ¡Él no!»

Entonces, ¿qué? ¿Llegará a la humildad de Évelyne? ¿Y, pensándolo bien, a la de Ludivina? (Las sábanas, las servilletas, los manteles, las fundas, inútiles para siempre en el armario de la muerta, preparados para el otro mundo, como en las tumbas egipcias y etruscas los juguetes, los esclavos, los alimentos, preparados para un mundo cuyo dios sería aquel joven alegre y moreno que la amaría por fin, de nuevo.) Eso tampoco puede hacerlo. Dedicárselo todo, entregárselo todo a su querido diosecillo rústico, práctico, de ojos de esmalte que parece que nunca pestañean. Lo intentaría al menos si no hubiera vislumbrado la Sombra por encima de su hombro... ¡Venga! ¡Llega hasta el final! ¿Lo que buscabas en el Episodio no era sobre todo proteger tu sentimiento particular —el de Jeanne por Didier— de la indiferenciación, de la fusión, del Dios terrible que todo lo nivela y engulle en esa sublime indiferencia a la que algunos se atreven a llamar amor?

Sí, leal en el fondo. Antes incluso de haber presentido el camino por el que se adentraba.

Leal a Didier preservado del rayo, de la transparencia. Intacto. Intacto de Dios.

Las gotas caían y las bayetas secas se iban humedeciendo. Jeanne pensaba en Dios por primera vez. Para ella, había sido un pariente de Évelyne, un viejo general, un conocido, amigo de unos amigos, de quienes oía hablar a veces en la conversación, como de Philippus el dentista, de la tía de los Pierquin, y de quien termina por imaginarse uno que lo conoce vagamente: «¡Ah, sí! ¿Han operado a la tía Renée? Y ¿cómo ha salido de la operación? ¡Me alegro!» O, a veces, al enterarse uno de que al general le han concedido una nueva condecoración, se llega a pensar si no habría que ponerle unas líneas, aunque uno no lo conozca personalmente.

Pero ahora que sabía que había rechazado a Didier por lealtad, por amor (no hay otra palabra y es una pena, porque su amor, el de ella, había sido arrojarse sobre él, cubrirlo con su cuerpo, por decirlo de alguna manera, para evitar que el Espíritu lo tocara), resulta que a Dios, la cosa terrible que se oculta detrás de todos los vanos alimentos, los rostros, las apariencias que prometen saciedad y nunca la dan, a Dios ella lo había reconocido: Dios era efectivamente el Hambre...

¡Ah, Didier, amor mío, tan satisfecho del lugar que has vuelto a encontrar! ¡Con tu simpatía, tu delicadeza obtusa, tu belleza viril y cándida, en lo que haces pensar es más bien en uno de esos pequeños dioses paganos orgullosos de su modesta tarea: lares, penates, o también medio dioses, medio animales, sátiros amigos del dios Pan, con la flauta o el pene erecto, fecundando los campos! Que nunca conozcas nada del hambre ni del dolor, salvo la pequeña parte que es tuya. ¡Ni del amor, naturalmente! ¡Ni del amor!

¿Quién sabe si Cristo de verdad nos visitó? Pero si vino, el dolor que traía era ya bien antiguo, procedía ya de tiempos mucho más remotos. No se conoce el origen de ese dolor del desamor que demuestra que el amor existe. La vieja historia vuelve a empezar con cada nacimiento y cada historia, pero siempre es una continuación. Benditos sean los ciegos, los sordos, los hartos. Los que creen que «Dios los colma de gracias cuando los colma de tesoros»

¡Oh, Cristo! ¡Eterna lanzada desde la primera lanzada que atravesó el costado de un animal sorprendido, desde el primer hombre que comió carne! ¡Oh, Cristo, que lo sabía y que quiso ser comido!

Ahora las gotas de agua han formado un hilito que impregna más rápidamente las bayetas. No tardarán en estar saturadas. Un pequeño lago se va formando a los pies de Jeanne.

Pero el dulce Cristo de las espinas, amigo de los asnos, de las bodas modestas de las afueras, el dulce Cristo que no quiso escandalizar a los niños (porque Dios es escándalo, y conocer a Dios es perder uno su infancia), de quienes se apiadó, el dulce Cristo, el Ecce Homo, les ocultó su terrible origen, lo divino en él, que era ya la lanzada en el costado, la llaga, el Hambre. Y lo Humano en él, por un instante, ganó la partida: quiso ser comido, quiso creer que podía dejar saciados a los hombres, ¡él, el hijo del Hambre!

Pastad, ovejas mías... Y, desde entonces, van propagando la buena palabra con el pan; la buena y falsa palabra que adormece el hambre de Dios como se adormece un niño al que se mece, la palabra que dice que podemos ser saciados.

Pero Jeanne, sentada en la cocina, levantándose como un autómata, escurriendo la bayeta en el cubo azul, volviéndola a colocar, sentándose de nuevo, con los ojos mecánicamente fijos en el cuadro vacío y azulenco del frigorífico, Jeanne se ve atrapada por su propia visión, avanza insensiblemente, y cada vez más, y fascinada, como santa Lydwine implorando que fueran más numerosas y más dolorosas sus llagas, como María de los Valles recibiendo en vida los gusanos de su propia tumba, como Jean-Joseph Surin renunciando por un tiempo a la lengua de los hombres, porque lo que habla es el silencio (y, acuclillado en el patio del convento, bajo la mirada un poco asqueada de los monjes, balbucía y babeaba en su sublime bobería, y limpiándole la boca con un pico del delantal, pasaba invisible el ángel Herejía), como Hadewyck de Amberes, que saboreó la ausencia de Dios como el más dulce brebaje que jamás *dejara sedientos* labios humanos, así Jeanne miraba el vacío frigorífico, el recuadro de nada, la ausencia de todo alimento que lentamente se le había ido desvelando, como Ruysbroek «perdiendo su propio rastro», así miraba ella la divina ausencia, la única Hambre que colma y, en el agua ahora ya extendida por el suelo, helada, doblaba lentamente las rodillas.

*

—¡Jeanne! ¡Jeanne!... ¡Abre! ¡Sé que estás!

La voz desde el descansillo, que el nerviosismo hace más aguda. Los puñetazos en la puerta. Jeanne emerge, chorreando aún, en sentido propio y figurado, cruza la extensión de la sala de estar, que se le hace interminable, para llegar hasta la puerta. Se siente agotada.

—¡Ah, por fin! *Sabía* que estabas aquí. ¡No querías abrirme!

Es una afirmación, no es una pregunta. Y se mete en la sala, como en terreno conquistado.

—Évelyne te ha telefoneado para avisarte, ¿no?

—¿Para avisarme de qué?

—Pues... ¡de que venía! Vengo...

—Siéntate, Xavier, me estás mareando... Estaba durmiendo.

—Pero estabas durmiendo en el baño, ¡porque estás empapada!

—¡Ah, sí...! —dice Jeanne vagamente.

Es verdad que tiene la sensación de que se acaba de despertar. Coge un trapo desde la puerta de la cocina, se seca con gesto mecánico las rodillas, se seca el vestido por delante.

—Tenía jaqueca. A lo mejor es algo de gripe.

Xavier se había quedado ahí, de pie, mirándola, plantado en la sala de estar, sin el más mínimo reparo, como si estuviera en su casa y ella fuera una visita inoportuna a la que uno no sabe qué decirle. Y ya se le iba borrando la rabia de sus rasgos enérgicos, bien tallados: la mandíbula potente, la nariz recta, los ojos grises, las cejas enmarañadas. Un conjunto de rasgos que, al igual que su cuerpo —no muy grande pero de anchas espaldas—, daban una sensación de vigor, de decisión. Pero cuando sonreía, un poco de lado, los dientes lo traicionaban: diminutos y puntiagudos, los dientes de un animal cruel y cobarde. Una hiena extaordinariamente inteligente, incluso encantadora, presta a captar las debilidades ajenas para morder o acariciar...

Ella lo odiaba. Siempre lo había odiado, pero hoy lo odiaba a través de una bruma, como si aún no hubiera regresado, no del todo, de un país extraño, más allá de ella misma.

De pronto, Xavier sonrió. Jeanne le vio los dientes. Sintió de nuevo hasta qué punto le resultaba desagradable, y aquello le vino bien.

—Es verdad. Tienes mala cara. Siéntate.

¡Como si estuviera en su casa! Pero ella se sintió tan débil que no respondió.

—Sé, o sea, creo que le tienes cariño a Évelyne, si es que dos mujeres pueden quererse sinceramente...

Era una frase tonta, pero Jeanne no replicó. Estaba demasiado cansada. Él pareció sorprendido.

—Bueno. Es injusto. La verdad es que no sé por qué te he dicho eso... Estoy seguro de que deseas la felicidad de Évelyne, ¿no? ¿No?

Pareció leer en los ojos de Jeanne una respuesta evidente. Se sentó. Siguió.

—Entonces, explícame. Si crees de verdad que sería más feliz sin mí... ¿Te la imaginas sola con los niños? ¿Sola con unas clases que no soporta? ¡Es que se moriría de aburrimiento, de tristeza! Desde luego, ¡no pretendo ser un marido perfecto! Ni muchísimo menos. Pero, por otra parte, ¿qué iba a hacer Évelyne con un marido perfecto? ¡Bueno, Jeanne, di algo, contéstame! ¿Por qué incitas a Évelyne a divorciarse?... No te quedes de pie, estás lívida.

Era incapaz de responder, casi de comprender. Por lo menos, lo miraba, lo veía. Xavier..., es Xavier... Incluso tenía la impresión de que nunca lo había visto tan bien. Desde fuera. Como a través de una ventana. Como a un extraño. No se puede odiar a un extraño.

—Gracias —llegó a decir, y se sentó.

Por un momento, dio la impresión de que Xavier estaba intentando que la cólera volviera a aflorar en su rostro, pero renunció inmediatamente. Era demasiado inteligente, demasiado culto para satisfacerse con medios tan manidos: los grandes gestos, la vehemencia, el tono de voz con el que se asusta a una mujer. Por otra parte, no la deseaba, lo que le menguaba una parte de su agresividad. Y sabía que era un sentimiento recíproco. Para Jeanne, era un ser asexuado. Sus modales seductores y burlones no le hacían mella. De modo que ¿para qué cansarse?

—Sé que no te caigo bien —dijo, casi con naturalidad.

Ella se callaba, intentaba centrarse en él. «Es Xavier, Xavier, que me cae mal, Xavier...» Pero resultaba difícil.

Desde que había cumplido los cuarenta años, tenía más trabajo. Papeles de segunda fila, y nada interesantes, en el teatro. Rodaba series. Su edad concordaba mejor con su físico: pelo plateado, mandíbula enérgica. Le daban papeles de piloto, de comandante de navío, de hombre maduro, a veces engañado pero leal... La disonancia entre una apariencia viril y decidida y su carácter vacilante, por falta de valor o por exceso de lucidez, le había sido muy perjudicial en sus comienzos profesionales. Siempre había un momento, en los papeles simples y fuertes que le daban, en que no encajaba, en cierto modo. Y el público lo notaba. Después de haber dado, durante algún tiempo, la imagen de hombre de acción, comprometido con un objetivo bien determinado, su representación se alteraba de pronto, se resquebrajaba. Y por todas las fisuras, la duda y el titubeo sobre la legitimidad de sus emociones pasaban como un olor a muerto, y disolvían su personaje. «¡Si sólo hubiera obras de un acto, Xavier sería perfecto!», le había dicho un día Jeanne a Évelyne, que se echó a llorar.

—¡Jeanne!

—¿Eh?

—Pero bueno, ¡contéstame! ¡Dime algo!

Ya empezaba a soltar presa. Se le descomponía el rostro, expresando desesperación más que rabia o exigencia. Pero, por un sutil corrimiento de sus rasgos ya trabajados por los cuarenta años y el alcohol, la disonancia se hacía enternecedora. Jeanne emergía. Emergía, empapada aún por una ternura inexplicable, por una nostalgia punzante: regresar.

—No entiendo muy bien, Xavier. ¿Por qué quiere divorciarse Évelyne? ¿Y qué tengo yo que ver en el asunto?

Y añadió, sin poder remediarlo, sin poder remediar acudir a él, porque estaba ahí y ella necesitaba que la ayudaran:

—¿No ves que estoy enferma?

Aquello pareció tranquilizarlo.

—Sí. Es verdad. He irrumpido aquí... Pero es que estaba tan alterado, tan seguro... ¿Qué puedo hacer? ¿Una copa de coñac, un té bien caliente?

Estaba de verdad dispuesto a ayudarla, a poner agua a calentar, a ir a buscarle una aspirina al cuarto de baño... Servicial, casi amable en cuanto no tenía que pelear. Ese lado femenino es lo que ella siempre había presentido en él, y no le gustaba. Hoy, lo aceptaba.

—Un whisky. Ponte uno tú también, Xavier.

Ya lo estaba haciendo, con esa confianza, casi con esa gracia que era natural en él y que no le iba.

Jeanne bebió. Él se volvió a sentar y también bebió.

—Lo estaba necesitando de verdad —dijo Xavier en tono lastimero—. Ya veo que realmente no estabas al tanto de nada. Te explico: Évelyne ha cambiado mucho durante el verano... sobre todo a partir de la vuelta... y sin que te dieras cuenta... bueno, creo de verdad que no te das cuenta, ha sido por influencia tuya... (De pronto, tuvo un estallido de voz, que decayó inmediatamente en una pregunta.) Bueno, ¿puedes explicarme por qué, porque tú pierdes veinte kilos y te niegas a casarte, Évelyne tiene que rechazarme y pensar en una separación?

Jeanne se había recuperado. Había vuelto. Los rostros, los problemas, las peripecias... Pero aún no tenía fuerza suficiente para sonreír. Ni para demostrar mucha curiosidad.

—Te aseguro que jamás me ha hablado de eso.

—Estoy dispuesto a creerte —dijo él, huraño porque la creía—. Pero es que aún no hace nada que habéis tenido algunas conversaciones, Évelyne no me lo ha ocultado, que la han trastornado completamente. Has reavivado en ella un complejo de culpabilidad. ¿Tú sabías que nunca nos hemos casado por la Iglesia?

—¿Yo? No creo... La verdad es que nunca me he parado a pensarlo... Me parece una cosa tan al margen de la cuestión...

—¡Ah! —dijo él, por fin satisfecho—. ¡Así es que hay una cuestión! Pues esa cuestión la vamos a resolver. ¡Porque te aseguro que no me dejaré birlar a mi mujer así como así!

Había bebido. Se había vuelto a servir. Había bebido de nuevo. Y, con ayuda del alcohol, había adoptado un tono inquisidor, seco aunque moderado; no soltaría presa. «¡Hombre! ¡Por una vez, ha dado con el tono exacto!», pensó Jeanne; y siguió, sorprendida: «Pero es que ¡está dispuesto a pelear por ella!» Y supo que ella, Jeanne, se había posado finalmente en tierra firme.

—Bien. Así es que Évelyne se ha visto impresionada por algunas de las cosas que os habéis dicho. Habla de ascetismo, de verdadera espiritualidad... Le has calentado la cabeza. Siempre ha sido un poco quimérica, mi pobre Évelyne. La prueba es que se casó conmigo...

Sonrió de un modo inesperado, y Jeanne tuvo que reconocer que aquella sonrisa tenía cierto encanto.

—No veo inconveniente alguno en que las mujeres... O sea, quiero decir que respeto todas las creencias. Pero que lo utilices, más o menos conscientemente, para separar a Évelyne de mí, no, no y no. O sea: ¡no!

—Sí, tú soportas un poco de devoción entre mujeres, pero a condición de que sea pura forma —dijo Jeanne, que había recuperado la suya.

—Tienes razón, era una frase tonta. Como antes. Estoy un poco cogido por mi propio personaje, sabes que no soy en absoluto misógino. De hecho, no soporto la devoción de Évelyne. Ni tampoco la influencia que tienes sobre ella. En particular, cuando tiende a separarnos... No soy misógino, estoy simplemente celoso.

—Nunca te había visto sincero —dijo ella, a su pesar.

—Es que resulta difícil... Jeanne, tú eres una amiga de infancia, la mejor amiga de Évelyne. Siempre te ha tenido una admiración enorme. No excluyo que en su complejo de culpabilidad no entre algo de... digamos de competitividad... ¡Tú das la impresión de hacer las cosas con tanta facilidad! Ella ha trabajado más que tú con peores resultados. Se ocupa mucho más de sus alumnos, y la quieren menos que a ti. Tenía sobre ti —eso creía ella— dos superioridades: un marido y una fe. ¡Si es que a eso se le puede llamar superioridad! Pero eran de ella. Y ahora se te presenta un marido y tú lo rechazas; y se te mete en la cabeza vivir una aventura espiritual e inmediatamente es el éxtasis, las visiones... Que sí, que sí.... Para ella es eso. Y te vuelves a poner por delante una vez más. ¿Qué puede hacer entonces para rivalizar? Divorciarse, porque me quiere, y así será desgraciada y conseguirá quizá ser más desgraciada que tú, ¡que siempre tendrás tus chifladuras para hacerte compañía!

—¡Hombre, muy bien!

—No quería herirte —se excusó.

Era verdad. Era demasiado egoísta para ser verdaderamente malo.

—Pero reconoce que si hubieras podido separarnos...

—En un determinado momento, quizá. ¡Pero nunca así, como tú dices! ¡Ni siquiera se me habría pasado por la imaginación! Lo que ocurre es que, desde hace unos cuantos meses, estoy reflexionando, en una especie de experiencia interior de la que he podido hablar dos o tres cosas con Évelyne, como le hablo de todo cuanto me ocurre, pero...

—¡Pero es que le has montado todo un teatro! ¡Con ese carácter extremoso que tienes, porque has perdido unos cuantos kilos te imaginas que eres una reencarnación de santa Teresa! ¡Lo único que te falta es oír voces! ¡Te digo que estás chiflada! ¡La religión! Hasta los curas de hoy en día...

(Había dejado de dominar su hermosa voz de escenario, subía hasta un registro agudo, se daba cuenta él mismo y eso le atrancaba los finales de frase.)

—Y ¿por qué rechazar de pronto a ese tipo por el que estabas loca?

—Pero ¿a ti quién te dice...?

—Como cabía esperar, Évelyne ve en todo ello una iluminación del cielo, cuando en realidad sólo se trata de... de... ¡mortificaciones neuróticas! Eso dice el padre Bott, con quien he hablado del asunto, y al que, como hombre, estimo mucho. Está totalmente de acuerdo conmigo. Todo esto es muy insano, está muy alejado de la verdadera fe...

—Pero ¿quién pretende...?

—Déjame terminar. El padre Bott ve en ello una desviación, si es que no se trata de una perversión. Naturalmente, la pobre Évelyne no comprende nada. Tú siempre has conseguido correr una cortina de humo delante de sus ojos. Te toma por una mujer superior, y te va siguiendo los pasos. Hace seis semanas que duerme en habitación aparte. ¡En habitación aparte! ¡Porque una solterona frustrada tiene una erupción de religiosidad!

Jeanne pensó que no estaba tan frustrada, puesto que no se había echado a los brazos de Didier —ni de ningún otro, además—. Pensó que tampoco era una solterona, puesto que todavía no había cumplido treinta y seis años. Pensó que Xavier había analizado las reacciones de Évelyne con una lucidez que quizá fuera amor.

Xavier se había vuelto a poner de pie, recorriendo la habitación muy nervioso pero con habilidad. No se chocaba con nada, ni hacía ruido. Pocos hombres, en semejantes circunstancias, se habrían resistido al deseo de dar un puñetazo en la mesa, de tirar una silla. Él, no. A lo mejor por eso tenía Jeanne la impresión de que lo estaba viendo moverse por un escenario, en el que unas marcas hábilmente disimuladas ordenan los desplazamientos de los actores. ¿Era posible dominarse así y seguir siendo a pesar de todo sincero? ¿Actor y espectador? Ella había pensado durante muchísimo tiempo que no era más que un parásito y, desde luego, un hipócrita sin ningún interés. ¿Iba a matizar su opinión precisamente el día en que venía a insultarla a su propia casa?

—Estoy yendo demasiado lejos. Perdona —dijo, como si le hubiera leído el pensamiento—. (Volvió a sentarse.) Pero ¿qué sentido tiene todo esto, en definitiva? (Volvió a levantarse.) Vale, te pones a régimen. Quieres gustar, o sentirte mejor, a mí me da igual, eso es problema tuyo. Después, le descubres un nuevo sentido a la vida. Eso dice Évelyne. ¡Estás en tu perfecto derecho, también! Pero ¿con qué derecho se lo impones a los demás? ¡Pavonearte con esos vestidos miserables que llevas, esos pelos sin peinar siquiera, llamar la atención alimentándote con un huevo duro en la cafetería! ¡Rechazar a un chico después de haber hecho de todo por atraerlo! ¡Sí, de todo! ¡Eso es sadismo! ¡Un orgullo de enfermo, de tarado! Ya no eres una obesa, sino algo peor: ¡una tuerta o una jorobada de la cabeza! (Volvió a sentarse.) Otra vez estoy yendo demasiado lejos. ¡Pero es que todo esto me hace perder la cabeza! ¡Por una idiota semejante, perder yo a Évelyne! ¡Es que me vuelvo loco! ¡Podía por lo menos pensar en los hijos! Aunque yo, los hijos... (Los barrió con un gesto.)

—Por lo menos, eres sincero —dijo Jeanne, con algo de ironía.

—¡Pues claro que soy sincero! ¿Qué habría venido yo a hacer aquí si...?

—Sí, por cierto, ¿qué es lo que has venido a hacer aquí? ¿Qué es lo que quieres exactamente?

—¡Pues ayuda, Jeanne! ¡Ayuda...!

Que se atreviera a pedirle ayuda después de haberla tratado así le pareció tan insensato que llegó casi a conmoverse. Tal vez, como era actor, las palabras no tenían para él el mismo alcance... Y sin embargo se abría a ella, el pánico de perder a Évelyne, la indiferencia hacia los hijos, la antipatía que él siempre le había inspirado. Y también, la confianza que ella le inspiraba, puesto que pensaba que Jeanne podía con una palabra arreglarlo todo. Y se ponía en manos de un ser al que no comprendía. Cuyo absurdo aceptaba.

Jeanne pensó aquello, observó su pensamiento, colocado delante de ella como un objeto.

Le contó.

Dilapidó en unos pocos instantes todo cuanto había acumulado durante meses extraños y preciosos. Sus intuiciones, sus desfallecimientos, los bruscos estallidos de luz, las inmersiones en la noche. A veces lírica, a veces trivial, a veces sencillamente un poco perdida. Ella evolucionaba en medio de todo aquello como él por el escenario, entre las marcas que impiden perder el paso del todo, salirse del estrecho espacio que nos está destinado, limitado a uno y otro lado por los bastidores sombríos que llevan a la locura o a la nada.

Le contó todo. La escalera. El libro de torturas. El cuerpo enemigo. El amante de Ludivina. Y el Episodio. Y la libertad. Y el encuentro con el terrible espíritu que sólo sopla una vez en la vida. Y observaba con creciente asombro que Xavier comprendía.

Sólo decía cosas banales pero, como vivía desde hacía tantos años rodeado por las apariencias, entre dos mundos, la seguía en su relato.

—¡Eso sí que es un buen tema! —decía—. Tendrías que escribirlo...

Ella no se ofuscaba. Comprendía que se trataba de una transposición necesaria, de una clave dentro de otra. Que hablaba de la necesidad de rendir cuentas de una experiencia ya vivida, y no de hundirse en ella, de vivir un amor ya cien veces consumido, de ser portadora de un niño ya nacido, ya muerto, de seguir.

Ella había creído que podría liberarse, quizá ya se había liberado. Se encontraba en escena con un botín irrisorio, piedras que brillan mientras no se secan, muy rápidamente; flores violentas; una mancha de sangre que se empañaría de inmediato. Y Xavier le decía: «Rápido, antes de olvidarlo todo, decirlo, representarlo... ahora te toca a ti. ¡Te toca a ti!»

Por muy poco y muy mal que fuera, Xavier lo sabía, participaba de ello. Évelyne había descuidado la única parcela de aquel hombre que merecía la pena ser salvada...

Lo absurdas que son las cosas.

Más tarde.

—Le hablaré —dijo Jeanne—. Se lo explicaré... a su manera. Ya verás, no se irá. Al contrario..., a lo mejor vuestro entendimiento sale consolidado...

—¡Estoy seguro de que lo conseguirás, si quieres! ¿Lo harás por mí?

Ahora era todo amistad. Casi familiar. Con esa soltura de los hombres que han gustado mucho a las mujeres y se encuentran bien ante ellas.

—Por ti, no. Por ella.

Xavier se echó a reír. Había entre ellos una especie de complicidad sorprendente, nueva.

—Ya verás, terminaremos siendo buenos amigos.

—¡Uy, amigos...! Queda mucho camino por delante.

—Es verdad. Ése es otro terreno. Pero somos... ya somos buenos compañeros, Divina.

*

Arrastró la báscula de baño hasta el centro de la sala de estar. En pleno centro, para tenerla siempre a la vista. Y, a partir de ahora, se pesaría todos los días. Todos los días.

—No hay más remedio que resignarse —dijo en voz alta— a tener un peso normal.

¿De dónde regresaba? ¿Y a dónde había estado a punto de arrastrar con ella a Évelyne, leve sombra asustada? Nunca lo sabría. Como Xavier tampoco sabría nunca si era un buen actor mal empleado, o un mal actor lúcido, o un actor malo o bueno en una obra absurda.

—Aquí me quedo —añadió.

Como sintiéndolo. ¿Cómo se resigna uno a tener un «peso normal»? Un poco más, resulta demasiado. Un poco menos, resulta inquietante. El margen es muy estrecho. Y en él hay que vivir...

Fue a la cocina, cerró de un portazo la puerta del frigorífico. «Una crisis, sí, he atravesado una crisis. ¡Y cuantísima agua por el suelo!» Cogió una escoba, la bayeta, el cubo...

Más tarde, se sentó resueltamente, decidiendo que iba a comer. Aceptando que iba a comer. Preparó con cuidado una cena razonable: una ensalada de pepinillos —le quedaban dos—, con unas cuantas hojas de hierbabuena, huevos pasados por agua. El estómago volvía a acostumbrarse poco a poco. Ahora que lo pensaba, seguro que se le había olvidado alguna comida de vez en cuando, las últimas semanas.

Observaba. Meditaba. ¡El mundo había sido tan interesante! Terrible, pero interesante. «¡Salvados, pero en el último momento!» Una frase que recordaba de una obra de teatro. ¿Qué obra? Salvada por Xavier. Iba a hundirse. Él le había hecho ver que existe, entre verdad y verdad, un vaivén. Pero había que llegar a un equilibrio. ¿Lo conseguiría? ¿O, como esas bulímicas de las que Pierquin le había hablado, pasaría incesantemente de un platillo a otro de la balanza, perdiendo quince kilos, recuperando veinte, yendo del asco por la vida a la avidez sin freno?

Lo más difícil es mantener un peso normal...

Estaba terminando los huevos cuando oyó un ruido en el descansillo.

*

Una multitud de datos afluyó a su cerebro en un instante, como si ella fuera una central informática.

Ya era tarde. La conversación con Xavier había durado muchísimo. Para recuperar la tranquilidad, conmovida, había apagado todas las luces, menos la de la cocina, cuya puerta había dejado casi cerrada. Era sábado, el portal de abajo no estaba cerrado.

Tuvo miedo, como un relámpago. Sin hacer el más mínimo ruido, fue hasta el interruptor de la cocina, lo giró. Después, entreabrió un poco más la puerta que iba de la cocina a la sala de estar.

Un roce y un chirrido muy leves. «¿Es posible que sea...?» ¡No! No deseaba el Episodio. ¡El vaivén es posible en el teatro, pero en la vida no! Mañana le escribiría a Didier. Le diría: «Si quieres que lo intentemos...» Lo intentaría —un peso normal...

Oyó girar el pomo de la puerta: dejó escapar como un gritito de pájaro, muy breve, característico, que Jeanne conocía perfectamente. Y, de pronto, como renace la llama de las cenizas, volvió a sentir gusto por la vida. Una especie de alegría un poco loca, y se dijo: «Vamos a exorcizar al fantasma. ¡La cara que va a poner!» Después de todo, si ella renunciaba a la suavidad de las sombras, la Sombra sólo podía aceptar.

Alargó despacio la mano por la rendija de la puerta entreabierta. A su alcance, el interruptor de la sala de estar. En unos pocos segundos, el Desconocido iba a penetrar en la habitación, no encontrar a nadie, volver a la entrada. Si le daba en ese instante al interruptor, el apartamento se iluminaría. Y podría ver.

Ningún peligro. Adrien estaba seguramente en su casa, y los Larivière también. Ella no intentaría oponerse a la huida de la Sombra. Pero ¿y si fuera Adrien? ¿O el señor Larivière? Armarían aún menos alboroto...

Va a entrar en la habitación. Ya ha entrado.

Alarga la mano hacia el interruptor, palpa un instante en la oscuridad, lo va a tocar. Un ruido enorme, estrepitoso, en la habitación, la inmoviliza. Le da tiempo a pensar: «Eso es la lámpara de bronce», y ya siente una respiración junto a ella. Dos manos la cogen por los hombros. Intenta retroceder hacia la cocina, se queda bloqueada contra la mesa. La noche clara, por la ventana, envuelve un cuerpo a cuerpo confuso. Sobre el rostro que se inclina y que ella intenta rechazar, Jeanne ve de pronto con toda claridad la «mancha del califa».

Por un instante, se imagina la cara de Élisabeth oyéndola decir: «Al final, me he decidido por el conserje», mientras dos manos furiosas le aprietan el cuello, sin saber que lo que están ahogando para siempre, y con tanta facilidad, es una carcajada.

Este libro
se terminó de imprimir
en los Talleres Gráficos
de Rogar, S. A.
Fuenlabrada (Madrid)
en el mes de abril de 1992

ULTIMOS TITULOS PUBLICADOS

314. Gudbergur Bergsson
TOMAS JOHNSSON
Bestseller
Traducción de Enrique Bernárdez

315. Nicholson Baker
LA ENTREPLANTA
Traducción de Miguel Martínez-Lage

316. Louis-René des Forêts
LOS MENDIGOS
Traducción de José Luis Checa Cremades

317. Hugo Claus
LA PENA DE BELGICA
Traducción de M.C. Bartolomé Corrochano y P.J. van de Paverd

318. Stig Dagerman
LA SERPIENTE
Traducción de Jesús Pardo

319. Sara Paretsky
GOLPE DE SANGRE
Traducción de Eva Rodríguez Halffter
(Damas del crimen)

320. Amanda Cross
MUERTE EN LA CATEDRA
Traducción de Ester Gómez Parro
(Damas del crimen)

321. Ruth Rendell
EL ROSTRO VELADO
Traducción de José María Gómez Pérez
(Damas del crimen)

322. John Berger
UNA VEZ EN EUROPA
Traducción de Pilar Vázquez

323. Muriel Spark
MUY LEJOS DE KENSINGTON
Traducción de Maribel de Juan

324. Tobias Wolff
VIDA DE ESTE CHICO
Traducción de Maribel de Juan

325. William Boyd
PLAYA DE BRAZZAVILLE
Traducción de Maribel de Juan

326. Amanda Cross
NI PALABRA DE WINIFRED
Traducción de Ester Gómez Parro
(Damas del Crimen)

327. Frances Fyfield
SOMBRAS EN EL ESPEJO
Traducción de Ester Gómez Parro
(Damas del Crimen)

328. Patrick Modiano
VIAJE DE NOVIOS
Traducción de Santiago Martín Bermúdez

329. João de Melo
GENTE FELIZ CON LÁGRIMAS
Traducción de Eduardo Naval

330. Paul Bowles
CABEZAS VERDES, MANOS AZULES
Traducción de Guillermo Lorenzo

331. Kurt Vonnegut
BIRLIBIRLOQUE
Traducción de Ramón Buenaventura

332. Michel Tournier
MEDIANOCHE DE AMOR
Traducción de Santiago Martín Bermúdez

333. William Faulkner
LUZ DE AGOSTO
Traducción de Enrique Sordo

334. Anna Maria Ortese
EL PUERTO DE TOLEDO
Traducción Esther Benítez

335. Viacheslav Pietsuj
LA NUEVA FILOSOFÍA MOSCOVITA
Traducción de Helena S. Kriúkova y Vicente Cazcarra

336. Venedikt Eroféiev
MOSCÚ-PETUSHKÍ
Traducción de Helena S. Kriúkova y Vicente Cazcarra

337. Michel Tournier
EL REY DE LOS ALISOS
Traducción de Encarna Castejón

338. Paul Bowles
LA TIERRA CALIENTE
Traducción de Rodrigo Rey Rosa y Guillermo Lorenzo

339. Fabrizia Ramondino
HISTORIAS DE PATIO
Traducción de José Luis Checa Cremades

340. Nicholson Baker
VOX
Traducción de Ramón Buenaventura

341. Marguerite Yourcenar
PEREGRINA Y EXTRANJERA
Traducción de Emma Calatayud